Pôle fiction

Mary E. Pearson

L'héritage Jenna Fox

Traduction de l'anglais (USA)
par Valérie Le Plouhinec

(Les Grandes Personnes)

Titre original : *The Fox Inheritance*
Édition originale publiée aux États-Unis
par Henry Holt and Company, LLC, 2011

Pôle fiction est une collection de Gallimard Jeunesse.

PREMIÈRE PARTIE

LE DOMAINE

Chapitre 1

Mes mains se serrent sur le lourd rideau et le tordent pour former un cordon épais.

À peu près de l'épaisseur d'un cou.

Je les laisse retomber le long de mon corps.

Je les laisse retomber le long de mon corps et les essuie sur mon pantalon comme si on pouvait lire mes pensées dans mes paumes. Le Dr Gatsbro, par exemple. Je me demande ce qu'il sait de moi, au juste.

Je regarde par la fenêtre. Depuis le premier étage, le docteur n'est qu'une petite tache sur la pelouse. La fille que je croyais connaître est à quelques mètres de lui. Il est en train de lui parler. Celle-ci l'ignore aussi parfaitement que s'il était transparent. Je ne saurais dire si c'est délibéré ou si ses pensées tournent en rond – comme le font souvent les miennes – dans cette autre vie de ténèbres dont nous n'arrivons pas à sortir. Il y a beaucoup de choses chez elle que je ne comprends pas, du moins en ce moment, et bien que je la dépasse d'une tête et d'au moins vingt kilos, elle me fait peur. Pourquoi ? Est-ce quelque chose dans ses yeux ? Alors que je ne suis moi-même pas encore certain de pouvoir me fier aux miens ? Même mes mains me terrifient. Et ça, le Dr Gatsbro le sait-il ? J'ai l'impression qu'il sait tout.

Je m'écarte de la fenêtre. Un mur est couvert de livres anciens, un autre d'objets qui remontent à une lointaine époque primitive. Le Dr Gatsbro est un collectionneur. Faisons-nous partie de sa collection ? Tels des tableaux volés, que l'on ne peut montrer à personne ? Que l'on ne peut contempler qu'en privé ? Son domaine est isolé de tout, et nous ne nous sommes jamais aventurés au-delà du portail.

Le Dr Gatsbro vient de passer un an à nous apprendre ce qu'il faut savoir, à nous aider, à nous donner des explications, à nous tester. Mais certains phénomènes, dans ce monde, demeurent inexplicables. C'est peut-être là qu'est son erreur, surtout avec nous. Il y a trois mois, de professeur il est devenu proie. Une proie pour elle, en tout cas. J'ai peur pour lui. J'ai peur pour moi.

Je retourne à la fenêtre pour voir s'ils reviennent. C'est l'heure de notre réunion matinale. Ils se sont rapprochés du bâtiment mais le Dr Gatsbro est toujours à quelques mètres d'elle, la bouche en mouvement. S'il ne tenait pas son menton dans sa main, je pourrais lire sur ses lèvres. Une chose dont j'aurais été bien incapable avant.

Elle est dos à moi. Sa tête s'incline d'un côté, puis de l'autre, lentement, comme si elle soupesait une idée. Soudain, elle fait volte-face et regarde droit vers la fenêtre. Vers moi. Elle sourit, les yeux froids comme de la glace. Ses lèvres forment un baiser qui mord ma joue tel du givre.

Je suis incapable de m'éloigner de la fenêtre, alors que ce serait la réaction la plus sûre. Parce qu'elle a un avantage sur moi. Pour une raison qu'elle connaît trop bien.

Parce que je l'aime.

Elle est tout ce qu'il me reste.

Je force mes jambes à bouger. À reculer. Un pas en arrière. Un autre. La dernière chose que je vois, c'est sa tête qui se renverse pour rire. Je me laisse finalement tomber dans le fauteuil du Dr Gatsbro et passe mes mains sur les accoudoirs, écoutant le léger crissement de ma peau sur le cuir, le tic-tac de l'horloge ancienne, les grincements du fauteuil qui se balance, puis, enfin, leurs pas dans l'escalier, l'un lourd et traînant, l'autre, derrière, furtif et discret comme celui d'un chat.

« Locke, tu es là. Tant mieux. »

Le Dr Gatsbro traverse la pièce et je lui rends son fauteuil. Il s'assied et j'entends le coussin soupirer sous son poids, soudain vidé de son air.

« Pardon de t'avoir fait patienter. Nous avons complètement oublié l'heure dans le jardin. N'est-ce pas, Kara ? »

Elle me regarde. Ses yeux se réduisent à deux fentes, ses cheveux forment un rideau noir et brillant qui effleure ses épaules, ses lèvres sont parfaites, rouges comme elles l'ont toujours été, rouges comme dans mes souvenirs, mais le sourire qui les anime n'est plus le même.

« C'est vrai, Doc. Le temps nous a filé entre les doigts.

– Alors, on commence ? » demande le Dr Gatsbro.

Je me dis que pour sa part, elle ne nous a pas attendus.

Chapitre 2

Ils ne viendront pas, mon garçon. Personne ne viendra. Il n'y a plus personne.

Cela fait un an que nous nous sommes réveillés. La première chose que j'ai faite a été de chercher de l'air. Une inspiration après l'autre jusqu'à suffoquer, cracher, étouffer, la poitrine déchirée par la douleur sans être capable de m'arrêter pour autant, comme si j'avais enfin crevé la surface d'un bassin noir et profond. J'ai perdu connaissance.

Plus tard, quand j'ai rouvert les yeux, le Dr Gatsbro était là, dans une chambre pleine de couleur et de lumière. J'ai fermé mes paupières, terrifié à l'idée que c'était une nouvelle torture qui m'était imposée, peut-être même une torture que je m'imposais à moi-même, une ruse pour me faire croire que tout était terminé.

« Allons, Locke. Tu ne risques plus rien. Regarde. Regarde le monde. »

C'est alors que j'ai entendu Kara hurler. Un hurlement réel qui résonnait à mes tympans, pas dans ma tête. Mes yeux se sont rouverts d'un coup et j'ai tenté de me lever, mais quelque chose m'en a empêché. *Encore une illusion. Tu ne peux toujours pas l'aider.*

« Ton amie va bien. Crois-moi. Tu peux te détendre, mon garçon. Calme-toi.

– Jenna ! ai-je crié. Et Jenna ? Où est Jenna ? »

Pas un son venant d'elle. Pas même un gémissement. Le temps n'avait plus de commencement ni de fin pour moi, mais je savais que quelque part, dans le noir, à un moment donné, j'avais également entendu Jenna.

Peu après, le Dr Gatsbro m'a expliqué où j'étais et ce qui était arrivé. C'est seulement là que j'ai compris le hurlement de Kara.

Nos familles ne viendraient pas. Personne ne viendrait. Tout le monde était mort.

De tous les gens que nous avions connus, plus aucun n'était en vie.

Nous avions été absents pendant deux cent soixante ans.

Dès le lendemain, je faisais quelques pas, et le surlendemain, j'ai eu le droit de voir Kara. J'ai pleuré. Un mètre quatre-vingt-dix, quatre-vingt-dix kilos, et je me suis effondré à genoux en sanglotant comme un enfant perdu. Kara, elle, avait les yeux secs. Son visage est resté neutre, mais elle s'est approchée de moi, m'a tenu dans ses bras et m'a parlé tout bas à l'oreille, comme elle l'avait toujours fait.

« Je suis là, Locke. Je serai toujours là pour toi. »

Ce n'est que plus tard, lorsque nous nous sommes retrouvés seuls, qu'elle m'a giflé et m'a dit de ne plus jamais laisser le Dr Gatsbro entrevoir ma faiblesse. J'en ai gardé des picotements dans la joue tout l'après-midi.

Les rendez-vous avec le Dr Gatsbro ont commencé le jour suivant. Nous avions encore beaucoup à apprendre.

Chapitre 3

« Savez-vous quel jour nous sommes aujourd'hui ? » demande le Dr Gatsbro.

Je regarde Kara. Pendant une microseconde, la rage flamboie dans ses yeux, mais aussitôt elle compose soigneusement le sourire qu'attend le docteur.

« Cela fait un an depuis notre réveil », dis-je.

Je n'aime pas que l'on me fasse penser à l'écoulement du temps, mais il vaut mieux que ce soit moi qui réponde, plutôt que Kara.

« Exact ! » claironne joyeusement le Dr Gatsbro, comme s'il fêtait un anniversaire. « Et il...

– Il est temps de nous aventurer dans le vaste monde, pas vrai, Doc ?

– Kara, ma chère, nous en avons parlé dans le jardin. Cela viendra en temps voulu. Quand je vous sentirai prêts. »

Ce qui n'arrivera jamais, espèce de connard pontifiant.

Les pensées de Kara, pas les miennes. Je les

entends encore de temps en temps, même quand je ne le souhaite pas.

« Mais j'ai une surprise pour vous, pour marquer l'occasion. Un visiteur. »

Il nous observe attentivement en guettant nos réactions. Kara n'hésite qu'un instant avant de sourire, en bonne fille qu'elle est. Quant à moi, j'ignore ce qu'il voit sur mon visage, mais cela ne lui plaît pas. À moins que je n'aie encore eu une absence, perdant la notion du temps et de l'espace comme je le fais souvent, glissant vers l'avant, absorbé par mes idées noires.

« L'idée d'une visite te perturbe, Locke ? »

Je me ressaisis très vite.

« Non. C'est une surprise, voilà tout. Une bonne surprise. Ce sera très agréable de rencontrer quelqu'un de nouveau.

– Lassé de ma compagnie ?

– Non. »

Je me redresse dans mon fauteuil et souris, tout en lui en voulant de m'avoir fait peur. J'ai l'impression d'avoir peur depuis toujours, de faire attention à chaque pas. Le temps d'un éclair, j'imagine mes mains énormes et fortes, et son crâne petit et fragile comme une coquille d'œuf.

Kara pouffe de rire. *Fais-le.*

Je lui décoche un regard interloqué. Le Dr Gatsbro a toujours été bon avec nous. Il est notre sauveur. Je me souviens de ça. Il est notre seul ami, désormais, hormis le personnel du domaine. Celui-ci comprend Miesha, qui s'occupe de nous pendant la journée, Cole, qui est là la nuit, Hari, qui veille sur notre santé et nous organise des activités, et Greta, qui prépare nos repas. Comme le dit le Dr Gatsbro, nous sommes comme des coqs en pâte.

« Qui va venir ? » je demande, penché en avant comme pour devancer son enthousiasme. Je hausse les sourcils et relève un coin de ma bouche pour composer un sourire. Je sais qu'il réagit bien à cette expression faciale.

Il s'adosse dans son fauteuil, satisfait, en joignant le bout des doigts.

« D'abord, une petite révision s'impose. Je veux être certain que vous soyez bien préparés. Et Locke, ajoute-t-il en s'inclinant vers moi, je voudrais que tu fasses particulièrement attention à tes absences. Concentre-toi. Notre visiteur risquerait de ne pas comprendre. C'est *essentiel* qu'il voie à quel point vous êtes exceptionnels, tous les deux. »

Essentiel ?

« Bien sûr », dis-je.

Mes absences ont tendance à se faire plus rares ces temps-ci, mais quand votre esprit a pris l'habitude, pendant des décennies, de se prélasser dans d'interminables corridors noirs, on ne peut l'obliger du jour au lendemain à enchaîner les pensées sans accroc. Partir à la dérive, c'était mon comportement par défaut, celui qui m'a permis de survivre. Je m'en sers encore. « Absence » n'est pas un gros mot pour moi. Quand j'ai une absence, je plonge dans le silence, le regard vide, et je me perds dans les souvenirs de tous les « avant » de ma vie, les bons et les mauvais, avant aujourd'hui, avant les ténèbres, avant l'accident. Avant. Ma vie d'avant.

Nos révisions commencent. J'espère qu'il va sauter le passage concernant Jenna. La dernière fois, celui-ci lui a valu un point de suture au front. Il l'a pourtant étonnamment bien pris, on l'aurait cru presque content : d'après lui, c'était la preuve que nous étions restés nous-mêmes. Je serais étonné que Kara se montre de nouveau si impulsive. À mesure qu'elle apprend, elle se contrôle mieux. J'ai toujours un temps de retard sur elle, ce qui n'est pas sans danger pour moi. Je la contemple à présent, belle, comme toujours, et j'ai envie de la tenir dans mes bras, de la protéger. Si je l'aime suffisamment, peut-être pourrai-je me racheter de tout le reste.

Chapitre 4

J'avais demandé à les voir. Il fallait que je sache. Le Dr Gatsbro les a rapportées de son laboratoire de Manchester. Il approuvait pleinement ma demande. Il appelait ça « conclure ». Cela ne concluait rien du tout.

« Seul, lui ai-je dit.

– Elles sont dans ce carton. Je vais t'attendre dans la bibliothèque. »

Je me suis assis, les yeux rivés sur le carton, mais pas encore prêt à découvrir son contenu. Tout l'après-midi, je suis resté ainsi, le regard fixe, à me rappeler,

à rouvrir au lieu de refermer,
    à arpenter les couloirs plongés dans le noir,
        à tâter les murs qui disparaissaient,
            à chercher des plafonds inexistants.

Et je suis demeuré là, à perdre la notion du temps, exactement comme avant. À errer pendant des heures, des siècles... peut-être des secondes seulement, impossible de le savoir. Je ne pouvais même pas mesurer le temps au rythme de mon souffle. Je n'en avais pas. Pas de langue. Pas de doigts. Pas de toucher. Rien. Rien que le tic-tac de mes pensées.

Tic.

Tac.

Tic.

Tac.

Les ténèbres dans lesquelles je m'étais égaré sont devenues autre chose, s'étendant, s'étirant bien plus que je ne l'aurais cru possible. Semblables à du métal fondu, elles ont envahi des poumons, des oreilles, des fentes et des pores imaginaires. Le noir était partout, jusqu'au moment où il s'est imprégné au point de faire partie de moi, et où je me suis demandé si, un jour, il y aurait à nouveau de la place pour autre chose.

Après la disparition de Jenna, ma seule source d'espoir était la voix de Kara. Elle était mon unique lumière. Mon oxygène. Même quand elle hurlait. Même quand elle accusait. Au moins savais-je que je n'étais pas seul. Et quand les hurlements se taisaient, ses pensées s'étiraient jusqu'aux miennes, et les miennes jusqu'aux siennes.

Tu es là ?

Ici. Toujours. Pour toi.

Tu es là ?

Locke, je suis là, là, là…

Une pensée seule ne peut rien faire. Elle ne peut que savoir. Quel que fût cet enfer, je savais que nous y étions ensemble. Je me répétais qu'un jour – j'ignorais encore comment –, je nous sortirais de là tous les deux. C'était ce que j'espérais. Mais même dans cette idée la nuit s'insinue, jusqu'à ce que l'espoir soit aussi noir que toutes les pensées qui tournent en vous.

« Locke, il se fait tard, m'a rappelé Miesha à travers la porte.

– J'arrive. »

J'ai écouté ses pas s'éloigner dans le couloir, puis je me suis avancé vers la table où était posé le carton et j'ai soulevé le couvercle.

Conclure.

Dans le fond étaient posés deux petits cubes noirs qui ne mesuraient pas plus de quinze centimètres de côté. Ordinaires, sans rien d'impressionnant, pas du tout aussi infinis ni terrifiants que l'univers qu'ils contenaient. Des *environnements*, c'est ainsi que le Dr Gatsbro les appelait. C'était cela, la technologie soi-disant révolutionnaire que Matthew Fox avait abandonnée, au moins en ce qui nous concernait, Kara et moi. Comment pouvait-on appeler « environnements » ces cubes de quinze centimètres ? Comment pouvait-on y télécharger un esprit entier ? *Comment quoi que ce soit pouvait-il y survivre pendant deux cent soixante ans ?*

C'était donc là-dedans que nous avions passé tout ce temps. C'était là que nos esprits, une fois téléchargés, avaient continué à tourner alors que le monde entier nous croyait morts. J'ai soulevé en premier celui qui portait une étiquette à mon nom, et je l'ai tenu à deux mains. J'ai ressenti à la fois un malaise, de la colère et de la peur en le touchant, puis je me suis surpris à vouloir le protéger. Si j'avais pu si facilement disparaître de ce monde une fois, cela ne pouvait-il pas se reproduire ?

Ensuite, j'ai sorti l'autre cube du carton et je les ai maintenus côte à côte, comme ils l'avaient été pendant tout ce temps, oubliés sur une étagère dans un entrepôt. J'ai contemplé fixement celui qui avait contenu Kara.

Tic.

Tac.

Tic.

Tac.

Le moindre fragment. Le moindre recoin sombre. Tout se trouvait-il là-dedans ?

C'est alors que Kara est venue me chercher pour le dîner. Elle n'avait pas voulu les voir. Elle n'avait pas besoin, comme moi, d'une conclusion, avait-elle dit au Dr Gatsbro. Deux pas dans la pièce, et elle les a repérés dans mes mains. Haussant les épaules, elle a dit : « C'est tout ? », comme si ce n'était rien, mais j'ai surpris ses yeux rivés sur les cubes noirs, et sa poitrine qui se soulevait rapidement.

« C'est tout. »

Elle s'est rapprochée de quelques pas. Des pas prudents et calculés.

« L'équivalent de plusieurs existences s'est déroulé là-dedans, ai-je dit. Même si elles sont désormais vides, j'ai l'impression qu'elles méritent mieux qu'un carton dans une salle de stockage anonyme.

– Ce n'étaient pas des existences, Locke. N'imagine jamais que c'était ça. »

Elle m'a alors pris les cubes des mains, les a observés sous tous les angles, et a fait le tour du bureau du Dr Gatsbro pour les jeter dans la poubelle. Elle m'a lancé un regard, puis, comme prise d'un remords, les a recouverts de papiers pris sur le bureau.

« Voilà. Ça, c'est un vrai enterrement. C'est tout ce qu'elles méritent. »

Conclure. Peut-être que cela n'existe pas.

Chapitre 5

« Kara, si tu commençais ? Parle-nous de l'héritage Fox. »

Kara s'avachit et bâille.

« Zip. Couic. Nous voilà. »

Le Dr Gatsbro soupire.

« Peut-être vaudrait-il mieux que Locke reçoive cette visite tout seul aujourd'hui... À moins que tu ne veuilles bien réessayer avec un peu plus d'éloquence et d'emphase ? Je pense que notre visiteur le mérite. »

Kara se redresse. Un visiteur est une curiosité qu'elle ne veut pas rater.

« Quelle version ?

– Il n'y en a qu'une, ma chère. Celle que je vous ai donnée. »

Et celle que Cole nous a racontée un soir, tard, quand Kara et moi l'avons surpris à dévaliser le bar dans le bureau du Dr Gatsbro.

« Très bien. Une seule. »

Elle se lève et, accordant au Dr Gatsbro toute l'éloquence et l'emphase qu'il réclame, elle se lance, avec force silences bien placés, sourires, intonations et mouvements des mains pour souligner ses effets.

« Locke et moi avons été victimes d'un tragique accident. Officiellement, Locke mourut deux semaines plus tard ; quant à moi, on me débrancha au bout de trois semaines. »

Je repense à la description de Cole. Elle était bien plus détaillée et haute en couleur.

D'après les dossiers médicaux, vous avez eu un accident de voiture épouvantable. Il était absolument impossible de vous sauver, mais vos parents n'ont pas pu se résoudre à vous laisser partir tout de suite. Cependant, au final, les médecins les ont persuadés que c'était la seule chose à faire et, de toute manière, légalement, ils n'avaient pas le choix. La loi elle aussi vous avait déclarés irrécupérables. Vos parents n'ont donc jamais rien su du projet. Ce que Fox Biosystems a fait de vous à l'époque était illégal. Ça l'est d'ailleurs toujours.

« Par chance, le Dr Ash, un chercheur incroyablement visionnaire de chez Fox Biosystems, a réussi à scanner et à télécharger nos esprits dans un environnement spécial à l'aide d'une nouvelle technologie très prometteuse, mais pas encore testée. Alors que certaines difficultés en poussaient d'autres à abandonner le projet, il fit ses propres copies de nos esprits et, bien décidé à nous sauver, poursuivit ses activités clandestines. »

Matthew Fox, le directeur de Fox Biosystems, a laissé tomber le projet quand vos parents vous ont fait incinérer sans qu'il ait eu le temps de prélever des tissus. On suppose qu'il a ensuite détruit les environnements d'origine. Mais le Dr Ash, qui travaillait avec lui, a pour sa part continué ses recherches à l'insu de Fox Biosystems. Il a ainsi réalisé des copies de vos esprits – des sauvegardes –, avant de les dissimuler.

« Par la suite, le Dr Ash parvint à récupérer des spécimens de nos tissus, afin que notre ADN soit préservé. »

Après quoi il a embauché des individus, disons… peu recommandables, pour aller récolter des spécimens dans vos chambres en l'absence de vos parents. Je crois même qu'ils ont fait ça pendant vos obsèques. Ces types n'étaient pas vraiment formés à la collecte d'échantillons. Leur domaine d'expertise, c'était plutôt la collecte d'objets de valeur en vue d'une revente rapide.

« Grâce à sa méticulosité et à son attention aux détails, le Dr Ash se procura tout ce dont il avait besoin. »

Pour toi, Locke, ils ont ramassé une rognure d'ongle dans un coin de la salle de bains. Pour Kara, quelques cheveux sur une brosse. Personne ne pouvait être certain que cela vous appartenait vraiment, mais c'est tout ce qu'ils ont pu trouver. Des spécimens, comme on les appelait. Ceux-ci ont été rangés avec les sauvegardes, ainsi que vos dossiers médicaux et quelques photos numérisées, volées elles aussi.

« Cependant, à la suite d'événements funestes, ce brillant philanthrope décéda avant que les espoirs et les rêves qu'il nourrissait pour nous aient pu se réaliser, et les sauvegardes de nos esprits se retrouvèrent dans son héritage, sans que ses héritiers se doutent de leur valeur et de leur importance. »

Le Dr Ash avait peut-être des intentions honorables, mais le fait qu'il ait gardé le secret sur ses actes porte plutôt à croire qu'il n'était motivé que par l'argent – qu'il espérait gagner soit par le chantage, soit peut-être en revendant cette technologie à un concurrent. L'homme était criblé de dettes. Malheureusement, peu de temps après le téléchargement de vos esprits et le prélèvement des échantillons d'ADN, il est mort dans des circonstances mystérieuses : un improbable accident de bateau. Certains sont d'avis qu'il comptait effacer la piste des individus peu recommandables qu'il avait embauchés, et que cela se serait retourné contre lui. Quoi qu'il en soit, il n'a pas pu mettre son projet à exécution.

« Suite à son décès prématuré, les sauvegardes changèrent de mains à de nombreuses reprises, et sur plusieurs générations, en attente de la bonne personne et de la bonne technologie. »

Elles ont été oubliées dans un entrepôt pendant des décennies. Elles étaient simplement étiquetées FOX, et on a fini par les appeler « l'héritage Fox ». Puis les batteries qui vous maintenaient en mouvement ont fini par approcher de leur date d'expiration : elles ont émis un signal d'avertissement deux ans à l'avance. Le petit laboratoire de recherche qui les avait acquises, n'ayant ni les moyens ni la volonté de déchiffrer des codes obsolètes, et ne voulant pas se retrouver impliqué dans une affaire qu'il soupçonnait être illicite, les a alors cédées au Dr Gatsbro, connu pour mener des recherches au-delà des limites établies..., cela pour une somme rondelette, évidemment.

« Enfin, au bout de deux cent soixante ans,

l'homme de la situation arriva, un visionnaire possédant à la fois les ressources et les compétences requises pour nous donner une seconde chance : notre cher Dr Gatsbro en personne. »

Kara lui sourit gentiment et incline la tête sur le côté, comme si elle était réellement touchée.

Le Dr Gatsbro garde le silence, puis finit par opiner du chef.

« Excellent, ma chère. » Il se tourne alors vers moi. « Quant à toi, Locke, ton rôle consistera à décrire vos nouveaux corps, et à souligner qu'ils sont absolument à la hauteur des anciens. Mieux, même. T'en sens-tu capable ? »

Je regarde mes mains. Leur sens du toucher est amplifié. Elles pourraient détecter un grain de sable au creux de leur paume. Je les pose sur mes cuisses, qui sont plus fortes et plus musclées que celles dont je me souviens. C'est mieux, effectivement. Mais ce n'est pas tout à fait à moi. Il m'a fallu presque une année pour m'y faire. Aurait-il pu me redonner exactement le même corps, ou a-t-il été obligé de tâtonner ? Je lève la tête ; ses yeux sont toujours fixés sur moi. « Oui, bien sûr, Dr Gatsbro. Mieux, vous avez raison. »

Je récite mon discours bien répété, mais je sais que ma prestation est en dessous de celle de Kara. Il a tout de même l'air content.

« *Très bien.* » Il savoure ses mots tel un gourmet. « Très, très bien », se répète-t-il à lui-même, après quoi il nous dit de regagner nos chambres le temps que notre visiteur arrive. Nous sommes presque à la porte – peut-être a-t-il fait en sorte que nous soyons trop loin pour le frapper – lorsqu'il ajoute : « Et si jamais notre visiteur aborde le sujet de Jenna, vous me laisserez faire. Compris ? »

Il n'a pas pu se taire. Mon regard croise celui de Kara, mais elle se contente de hocher la tête et sort de la pièce.

Chapitre 6

Où étais-tu, Locke ? Où allais-tu quand tu ne me répondais pas ? Où allais-tu quand tu me laissais seule ? Où ? Pourquoi ne me répondais-tu pas ?

Il vaut mieux qu'elle ne le sache pas.

Elle n'a pas à le savoir.

Parce que cela ferait mal, et que je ne veux pas lui faire de mal. J'allais là où je devais aller. J'allais là où je survivais sur des bribes de souvenirs et des vestiges de contact. J'allais là où je me souvenais d'une bonne forme de tranquillité. D'une certaine paix. J'allais retrouver mes souvenirs de Jenna. Sa voix n'était peut-être plus là, mais mes souvenirs, eux, étaient toujours bien vivants.

« Je ne me rappelle pas où j'allais. Je mourais. Je m'éteignais. J'étais perdu dans un trou noir. Comme toi. »

Où étais-tu, Locke ? Dis-le-moi. Où étais-tu ?

Chapitre 7

Nous étions inséparables, Kara, Jenna et moi. C'était du moins mon impression. Notre amitié n'avait qu'un an et demi d'existence lorsque l'accident s'est produit, mais pour moi c'était une vie entière. Nous nous étions liés dès notre rencontre. Peut-être parce qu'elle avait eu lieu à un moment clé de nos vies, à l'instant exact où nos univers étaient parfaitement alignés, et que nous avions tous besoin de quelque chose, peut-être la même chose, peut-être besoin les uns des autres. Nous nous soutenions. Nous nous donnions de la force. Nous nous tenions par la main. Nous passions les bornes. Nous nous donnions du courage.

J'étais le plus jeune. Je n'avais que deux mois de moins que Jenna, mais toute une année de moins que Kara. Toute une année ! Aujourd'hui, cela me fait sourire, mais à l'époque, un an, c'était beaucoup. Quand on a quatorze ans et qu'on rencontre une fille de quinze ans qui vous sourit et se montre gentille avec vous, *gentille*, c'est tout un nouveau monde qui s'ouvre. Par la suite, lorsque Jenna a fait de même, je n'ai plus pu me passer d'elles. Jenna a été la première fille que j'ai embrassée, et Kara la deuxième. Il s'agissait juste de s'amuser, bien sûr, et j'en riais avec elles, mais au fond, je sentais qu'il y avait autre chose. Quelque chose d'important. J'étais quelqu'un de différent.

Quand le Dr Gatsbro nous a appris que Jenna avait survécu à l'accident, j'ai été soulagé. Plus que soulagé, même : il a fallu que je m'assoie, tandis que deux cent soixante ans de remords pour ce que j'avais fait s'écoulaient de moi comme un torrent. Et pour la première fois, j'ai cru voir des larmes dans les yeux de Kara. Mais ensuite, lorsqu'il nous a annoncé qu'elle était *encore en vie*, c'est Kara qui a dû s'asseoir.

« Ils l'ont sauvée ? Elle a vécu toutes ces années ? Libre ? Pendant que nous… »

Le Dr Gatsbro a poursuivi ses explications, mais Kara, l'entendant à peine, a haussé peu à peu la voix en digérant l'information.

« Tout ça parce qu'il lui restait dix pour cent de son cerveau, et que ce n'était pas notre cas ? *Dix pour cent ?* »

Je l'ai vue changer. À ce moment précis. Comme si du marbre veiné était monté dans ses jambes, ses genoux, jusqu'à ses épaules, raidissant son cou et couvrant finalement son visage, pour ne laisser qu'une version fendillée, craquelée d'elle-même.

« Ils l'ont sauvée, *elle*, mais ils n'ont pas pris cette peine pour nous ? »

Elle s'est levée et s'est mise à faire les cent pas. Le Dr Gatsbro, renonçant à donner plus d'explications, lui disait qu'il fallait qu'elle accepte la situation. Mais au contraire, Kara a commencé à parler plus fort. Elle singeait Jenna quand celle-ci s'agaçait contre ses parents, comme cela lui arrivait si souvent : « Précieuse Jenna ! Leur précieuse Jenna adorée ! Tout est bon pour Jenna ! »

Elle s'est immobilisée en fixant du regard un abat-jour de l'autre côté de la pièce, comme si elle avait regardé tout droit vers Jenna.

« Tu as continué à vivre ta vie pendant tout ce temps, et tu n'as jamais fait un geste pour nous aider ? »

C'est alors qu'elle s'est emparée du premier objet qui lui est tombé sous la main, un presse-papiers en verre posé sur le bureau du Dr Gatsbro, et qu'elle l'a jeté. Je ne pense pas qu'elle ait intentionnellement visé le docteur. La Kara que je connaissais n'aurait pas fait de mal à une mouche. Mais elle n'était plus la Kara que je connaissais. Je l'avais compris dès le premier jour, quand elle m'avait giflé. Elle avait changé. Nous avions tous les deux changé. Et dès le lendemain, je me demandais avec elle : *pourquoi Jenna ne nous a-t-elle pas sauvés* ? Nous l'aurions fait, nous.

Chapitre 8

« Allons, ne bouge pas, laisse-moi arranger ton col.

– Miesha, arrête ! » J'essaie d'esquiver sa poigne, mais elle me tient déjà. « Et maintenant, tu vas cracher dans ta main, c'est ça ?

– Quelle idée ! Pourquoi veux-tu que je fasse une chose aussi vilaine ? »

Parce que c'est ce que faisait ma mère pour dompter mon épi. Mais je ne le lui dis pas. Je ne veux pas qu'elle croie que ma mère était une sauvage. Ni que je la prends pour ma mère.

« Parce que tu es une vilaine », lui dis-je.

Elle me donne une tape affectueuse sur le côté de la tête.

« Et toi, tu es un bon petit. Même si tu ne le sais pas.

– Miesha, je ne suis plus un petit garçon. Regarde-moi. Tu trouves que j'ai l'air d'un petit garçon ? »

Elle me tapote la tempe du bout du doigt.

« La taille n'a rien à voir avec ce qu'il y a là-dedans. Allez, tourne-toi ! »

Elle me pousse par les épaules et je m'exécute. Je sais qu'elle gagnera, de toute façon. Elle gagne toujours. Elle lisse des plis inexistants et tire sans nécessité sur ma chemise pour la rendre impeccable. Je sais déjà que lorsqu'elle aura terminé, elle me donnera deux petites tapes dans le dos. Je ne crois pas que s'agiter ainsi fasse partie de son travail. Ça, c'est un supplément gratuit.

Quand je suis avec Miesha, je parviens presque à oublier où je suis. Je pourrais tout aussi bien me trouver dans mon ancienne maison, sur Francis Street. Je me sens presque normal. Un jour, elle m'a questionné à propos de ma famille, et j'ai eu une absence qui a duré deux heures. Depuis, elle ne s'y risque plus. Elle ne parle ni du passé ni de l'avenir, seulement de l'instant présent, et j'essaie de m'y tenir, parce que mon avenir est trop incertain et qu'elle ne pourrait jamais comprendre mon passé.

Deux tapes en plein milieu du dos. C'est fait.

« C'est fait », déclare-t-elle, et je souris.

J'inspecte dans la glace les vêtements neufs que le Dr Gatsbro m'a demandé de porter aujourd'hui. Comme toujours, il sait exactement ce qui va m'aller. La chemise est verte, une couleur que je n'ai pas l'habitude de porter. Miesha dit qu'elle est assortie à mes yeux.

« J'ai les yeux marron, Miesha.

– Mais avec des paillettes vertes dedans. »

Il n'y avait pas de paillettes vertes, avant. Enfin je ne crois pas. Honnêtement, je n'ai jamais regardé mes iris de si près. Mais comment peut-on s'observer dans la glace tous les jours de sa vie sans remarquer ce genre de détail ? En étant quelqu'un comme moi sans doute. Je ne voyais que les boutons qui pointaient, ou mon nez trop grand, ou des poils que j'aurais voulus plus abondants pour pouvoir faire pousser une vraie barbe. Les paillettes dans mes iris étaient le dernier de mes soucis. Je change de profil afin de me voir sous tous les angles, tout en me disant que je devrais être plus attentif à ce genre de choses.

Il y a, toutefois, quelques détails que j'ai vérifiés sur-le-champ. Comme l'aurait fait n'importe quel garçon. J'ai tout l'équipement. Le Dr Gatsbro y a veillé. Et comme je l'ai testé, je sais qu'il fonctionne. Mais Gatsbro a-t-il été aussi soigneux avec les parties intimes de Kara qu'avec les miennes ? Je ne peux pas poser la question. Je ne voudrais pas qu'elle pense que ça compte. Ça ne compte pas. Ça ne devrait pas. Mais tout de même, c'est terrible : je suis, sans aucun doute possible, le plus vieux puceau de l'histoire mondiale. Ce n'est pas un record auquel j'ai envie de m'accrocher.

« Alors, Miesha, dis-je en faisant semblant de rajuster mon col dans le miroir, qui est notre visiteur mystère ? »

Elle grommelle et me jette un regard en biais avant de se remettre à ranger ma chambre.

« Tu sais bien que le Dr Gatsbro ne me dit jamais rien. »

Elle ramasse par terre la chemise que je portais ce matin et la brandit sous mon nez.

« Je ne suis que la nounou de deux sales gosses trop gâtés.

– Nounou ? Tu exagères. » Je lui prends la chemise des mains et je la plie. « Mais tu vois beaucoup de choses par ici. Et tu entends beaucoup de choses. Tu crois que je dois m'inquiéter ? Nous n'avons jamais reçu de visites jusqu'à présent. »

Miesha croise les bras. Elle ne doit pas mesurer plus d'un mètre soixante, mais elle sait se rendre aussi imposante qu'un mur de trois mètres. Ma mère aussi savait faire cela. Je regarde les cicatrices qu'elle a aux bras, de longues lignes irrégulières qui parcourent sa peau comme du fil de fer barbelé. Elle ne m'a jamais dit comment elles étaient arrivées là et je me demande, puisqu'on sait tout réparer de nos jours, pourquoi elle ne les a pas fait effacer.

« Tu te fais trop de souci », conclut-elle.

Elle a raison. C'est vrai. Mais j'ai de bonnes raisons.

Elle se remet à son rangement, tire sur mon couvre-lit. Je ne dis rien. Si j'ai appris une chose sur Miesha, c'est qu'elle n'aime pas le silence. J'attends qu'elle le remplisse.

« Et je ne suis pas une fouineuse non plus, si c'est ce que tu sous-entends. Pas folle, la guêpe. » Elle tape dans mon oreiller, puis regonfle le creux qu'elle vient d'y faire. « J'ai besoin de ce boulot, et je suis bien contente de l'avoir. Personne d'autre ne voulait m'embaucher. Et je suis consciente que le Dr Gatsbro aurait aussi bien pu utiliser un biobot à ma place. » Elle me lance un regard malicieux. « Ce n'est pas sorcier de s'occuper de vous, tu sais ? » Elle s'affaire avec les reliefs de mon déjeuner, repose sur le plateau les assiettes anciennes en porcelaine et l'argenterie. « Mais ça ne veut pas dire que ce que je vois me plaît toujours. Et je ne laisse pas mon cerveau au vestiaire en entrant. » Elle pose le plateau sur le lit qu'elle vient de faire et se rapproche de moi. « Ce domaine est ancien, ce qui vous aide à ne pas être trop perdus, mais dehors… » Elle se tait et pousse un soupir. « Il y a tout un monde nouveau que vous n'avez pas vu sur vos holoviseurs. Il a beau dire qu'il vous protège, parfois je pense…

– Quoi ? »

Elle garde le silence en caressant d'un air absent les balafres de ses bras. Puis, s'apercevant que je lorgne ses cicatrices, elle ramasse brusquement le plateau sur le lit.

« Rien, nous pensons trop tous les deux. Et maintenant, finis de te préparer, dit-elle en jetant un œil sur mes pieds nus. Et coiffe-toi. Il faut que j'aille secouer un peu Sa Majesté Kara. Que Dieu me garde si Son Altesse des Caprices est encore partie se promener dans les jardins. »

La porte se ferme derrière elle, et ma question demeure sans réponse.

En grande partie.

Elle ne sait peut-être pas qui est le visiteur, mais elle est aussi mal à l'aise que moi. J'entre dans mon dressing et j'y trouve les chaussures que je veux porter. Même les détails les plus simples, tels que les chaussures, ont complètement changé depuis mon époque. Je viens de passer un an à m'accoutumer à ce nouveau monde, et le Dr Gatsbro a passé le même temps à tout nous apprendre à ce sujet. Nous avons ainsi avalé deux cent soixante ans d'histoire et de technologie. Certains passages m'ont stupéfié, d'autres m'ont fait rire, d'autres encore, pleurer. Mais je ne m'autorise plus à pleurer que dans ma chambre, seul, quand personne ne peut me voir. Miesha a peut-être raison. Je ne suis peut-être qu'un petit garçon. J'ai cependant vu mon père pleurer trois fois, alors qu'il était l'homme le plus viril que je connaissais. J'aimerais savoir ce que sont devenus les miens. Je pense à eux tous les jours en me demandant si ce que j'ai fait a fichu leurs vies en l'air.

Je glisse mes pieds dans les chaussures, par terre. « Chaussures. Ajuster. » Je pense que du marron irait bien avec ce que je porte, donc j'ajoute : « Marron foncé. » Les chaussures m'obéissent et se moulent sur mes pieds – si bien que j'ai vraiment l'impression de marcher pieds nus –, après quoi elles prennent la couleur demandée. Ma mère aurait adoré. Elle se plaignait toujours de ses pieds après les longues heures passées debout à travailler au marché, et elle envoyait valser ses chaussures sitôt qu'elle passait la porte de la maison. Certaines choses se sont incontestablement améliorées. D'autres, moins.

Par exemple, le jour où je me suis fait attaquer par des cyber-abeilles sauvages dans le jardin, j'ai vraiment compris à quel point le monde avait changé. Les cyber-abeilles ne piquent pas, mais elles ont développé un système de défense en concentrant les toxines des plantes dans leurs pattes arrière, qui laissent de vilaines marques dès que l'on menace de les détourner de leur but ; et leur but, comme celui de tout animal, est la survie. Les vraies abeilles que l'on peut encore trouver aujourd'hui sont pratiquement toutes dans des insectariums. On a bien tenté de les réintroduire dans la nature, mais elles ne sont pas de taille à rivaliser avec les insectes cybernétiques qui pollinisent les cultures à leur place. Quant à éradiquer les cyber-abeilles qui s'échappent, c'est devenu ardu, car elles ont élaboré une technique de procréation unique : elles divisent leur corps en deux, puis se réparent comme elles sont programmées pour le faire. Dans tous nos cours d'histoire et d'environnement, jamais les cyber-abeilles sauvages n'avaient été mentionnées, et jusqu'au jour où je lui ai montré les marques rouges sur mes mains et mes bras, le Dr Gatsbro ne m'en avait jamais parlé non plus.

Tous les changements dont il nous a fait part ou que nous avons vus sur nos holoviseurs sont positifs. Le recyclage des excréments en énergie, par exemple. Lorsque j'en ai pris connaissance, j'ai ri intérieurement en pensant que mes séjours sur le trône contribuaient à faire tourner la planète. Quant au fait de laisser les robots exécuter les tâches les plus dangereuses, cela m'a semblé une bonne idée. Mon oncle était policier ; il s'est pris une balle dans la tête lors d'un contrôle de routine. J'aurais bien aimé que les roboflics existent à l'époque. Et puis j'adore mon iScroll : juste un petit timbre dans le creux de ma main, qui me permet de faire à peu près tout ce que je veux. Je peux jouer à n'importe quel jeu. Je fais d'ailleurs pas mal de progrès en boxe grâce à mon entraîneur virtuel, Percel. Il affirme que je suis une de ses meilleures recrues. Bien sûr, je sais qu'il n'est pas réel, et je ne suis sans doute pas l'un de ses meilleurs élèves. Mais il a beau n'être qu'un hologramme, ses crochets n'en sont pas moins douloureux et ils arrivent même à me faire tomber sur le cul. Souvent.

Cul. Voilà encore un changement. Certains mots ne les font même plus ciller. De fait, je peux proférer devant Miesha ou Cole toutes sortes de grossièretés qui auraient lancé ma mère dans un de ses sermons favoris. *Si tu ne peux pas le dire dans la maison de Dieu, Locke, tu ne peux pas le dire non plus dans la nôtre.* Miesha et Cole n'ont même pas l'air de comprendre. Mais il y a sans doute aussi beaucoup de choses que je ne comprends pas. C'est peut-être ce que voulait dire Miesha. Il doit encore exister quantité de choses qui ne s'apprennent pas dans les leçons-hologrammes, comme ce que je pigeais dans les rues de Boston mais dont nous ne parlions jamais en classe. Qu'est-ce que je rate ? Le Dr Gatsbro nous en cache-t-il beaucoup ?

Je me replace face au miroir et me coiffe avec mes doigts. Mes cheveux sont exactement comme avant, leur teinte châtain foncé et leur texture ont été parfaitement reproduites, mais il y a tout de même une différence, il manque un détail subtil. L'épi que je détestais, au-dessus de mon sourcil droit, n'est plus là. Tous mes cheveux sont couchés dans la même direction. Je lèche mes doigts et décoiffe une mèche. Elle pend sur mon œil. Miesha n'approuverait pas. Le Dr Gatsbro non plus, lui qui est toujours tiré à quatre épingles. Moi, j'aime bien.

Au moment où je me détourne de la glace, cela me revient. Le visiteur. De nouveau, je me regarde. Un homme. Un garçon. Un quelque chose. Pour tout dire, je ne sais plus ce que je suis, mais je remets ma mèche en place. Pour le bien de Kara, et pour le mien, il faut que je suive les règles. Je ne peux pas prendre de risque. La dernière fois que j'en ai pris, cela nous a coûté deux cent soixante ans.

Chapitre 9

Kara fait irruption dans ma chambre.

« Le maître nous convoque. Tu as répété notre petit numéro de singes savants ?

– C'est comme ça que tu vois les choses ?

– Ne sois pas idiot, Locke. C'est évident qu'il veut nous exhiber. »

Elle tourne sur elle-même pour me montrer sa nouvelle robe dont le tissu ondule en vagues rouges et brillantes comme ses lèvres. Puis elle s'arrête et se rembrunit. Elle traverse la pièce pour venir me rejoindre et, quand son visage n'est plus qu'à quelques centimètres du mien, me fait sa grimace la plus comique, telle la Kara d'avant. Sans transition, elle presse ses lèvres contre les miennes et passe sa langue le long de mes dents. Sa bouche est douce et froide. Elle se recule pour scruter attentivement mes traits. Je fais en sorte de garder une expression neutre. Ce n'était pas le genre de baiser que je voulais. C'était un baiser jetable. Une petite tape sur la tête. Un amusement. Je voudrais un baiser qui veuille dire quelque chose.

Kara éclate de rire.

« Bon Dieu, Locke, déride-toi un peu ! Qu'est-ce que tu as ? »

J'aimerais bien le savoir. Je me force à faire un petit sourire.

« C'est le visiteur qui me rend nerveux, je suppose.

– Allez, dit-elle en glissant son bras sous le mien et en me tirant vers la porte. Il n'y a pas à s'inquiéter. On saute dans quelques anneaux, assis couchés debout, et on aura nos susucres. »

Je n'aime pas sa manière de parler du Dr Gatsbro. Sans lui, nous serions toujours là-bas, dans ce lieu dont nous ne parlons même pas car quelques mots sur le sujet suffisent à nous anéantir pendant des heures. Même s'il peut effectivement être étouffant à sa manière, le docteur est bien notre sauveur.

Dis donc, c'est toi qui voulais lui broyer le crâne comme une coquille d'œuf.

Je me dégage brusquement.

« Arrête, Kara. Arrête d'aller là où tu ne devrais pas. »

Elle me sourit.

« Je ne sais pas de quoi tu parles, Locke. »

Elle me prend aussitôt par la main pour me faire franchir la porte, et les talons de ses chaussures neuves cliquettent sur le marbre du couloir. Elle vire en direction de l'escalier.

« On ne va pas dans son bureau ? je demande.

– Non, dans le jardin d'hiver. Je suppose qu'il veut un cadre plus gai, plus détendu. Est-ce que ça te met plus à l'aise ? Le visiteur est peut-être jardinier, ou spécialiste des orchidées, ou quelque chose en rapport avec la terre. Ça te plairait, pas vrai ?

– Oui, peut-être. Tu crois que c'est ça ? Il est vrai que le Dr Gatsbro adore ses orchidées.

– Absolument. »

Le jardin d'hiver est situé de l'autre côté de la maison ; pour s'y rendre, il faut parcourir deux longs couloirs et traverser plusieurs pièces, dont la plupart contiennent des objets rassemblés par le Dr Gatsbro dans le cadre de ses collections. L'une d'elles, par exemple, est emplie de boutons de porte. En verre, en cuivre, en bois, certains aussi ordinaires que ceux que nous avions chez nous, à Francis Street. Ils sont exposés dans des vitrines antigravité afin que l'on puisse les admirer sous tous les angles. Une autre pièce, bien plus intéressante, est pleine de livres – des vrais, comme ceux dont je me souviens. Avec des pages en papier et une reliure. Eux aussi sont enfermés sous verre : on n'est pas censé les lire ni les toucher, uniquement les regarder.

Nous passons un dernier coin et franchissons la double porte qui mène au jardin d'hiver. À présent que je suis là, je me rends compte que je suis moins inquiet que curieux. Un visiteur, enfin ! Quand nous entrons, ils nous tournent le dos. En entendant nos pas, le Dr Gatsbro fait volte-face, imité par son visiteur.

« Ah ! Vous voilà ! Entrez, entrez, Kara et Locke ! Venez que je vous présente à notre invité de marque. »

Je devine tout de suite que celui-ci ne connaît rien aux jardins ni aux orchidées. Il porte en effet une tunique bleu vif sur un ample pantalon blanc, et même pour quelqu'un comme moi qui sait à peine distinguer une chemise d'une autre, il est évident que ses vêtements sont impeccables et taillés dans une étoffe luxueuse. L'homme nous tend la main et saisit d'abord celle de Kara, qu'il porte à ses lèvres. Il prend son temps. Kara se dégage avec coquetterie.

« Enchanté, *mademoiselle** Manning.

– Tout le plaisir est pour moi, *m'sieur**. »

Puis vient mon tour.

« Et toi, tu es Locke Jenkins. »

Il retient ma main dans la sienne et la presse, non pas fort, mais comme s'il s'efforçait de sentir quelque chose sous ma peau. Des os, par exemple.

« Oui, je sais. Et vous êtes… ?

– Pardonnez-moi, intervient le Dr Gatsbro. Kara et Locke, je vous présente mon ami Mr Jafari. Allons nous asseoir. Greta nous a apporté des rafraîchissements. »

Kara et moi prenons place côte à côte sur un divan en rotin et, de l'autre côté d'une table basse en verre, le Dr Gatsbro et Mr Jafari s'installent confortablement dans de gros fauteuils assortis.

« D'où venez-vous, Mr Jafari ? » dis-je.

Il hésite, jette un coup d'œil à son hôte. Le docteur l'encourage de la tête.

« Du Tunisar. Connaissez-vous mon pays ?

– Nous n'y sommes jamais allés… pas encore, répond Kara. Mais nous adorerions le faire. N'est-ce pas, Locke ?

– Oui, bien sûr. Il s'agit d'une ancienne région de l'Inde, n'est-ce pas ?

1. En français dans le texte.

– Tout à fait, et aussi de la Chine, mais cela remonte à longtemps.

– Et qu'est-ce qui vous amène aux États-Unis ? »

De nouveau, l'homme lance un long regard de biais au Dr Gatsbro, qui reprend la parole.

« Mr Jafari a entendu parler de mon travail et, après avoir visité mes laboratoires de Manchester, il a voulu en savoir davantage. C'est pourquoi je l'ai invité ici, au domaine. Je lui ai déjà un peu parlé de vous deux, mais je suis sûr qu'il aimerait vous entendre raconter vous-mêmes votre incroyable aventure. Kara, ma chère, veux-tu bien ? »

Kara incline la tête et sourit gentiment.

« Bien sûr, Dr Gatsbro. »

Et le numéro soigneusement répété commence, presque identique, mot pour mot, à celui de ce matin. Kara se lance dans son récit, en faisant tous les bons gestes au bon moment. Mr Jafari est pendu à ses lèvres, fasciné par les détails mais, au-delà des détails, surtout fasciné par Kara. Lorsqu'elle se lève et s'approche d'une table couverte d'orchidées, il la suit des yeux sans cligner une seule fois des paupières. Elle prend des poses parfaites, la main en coupe sous une orchidée papillon, baissant ses cils épais, comme perdue dans ses pensées. Mr Jafari est au bord de son siège, littéralement cramponné aux accoudoirs.

« … Et enfin, après deux cent soixante ans, l'homme de la situation – un visionnaire doté des ressources et de l'expertise nécessaires – arriva pour nous donner une seconde chance : notre cher Dr Gatsbro en personne. »

Mr Jafari va aussitôt la rejoindre à côté de la table et prend sa main dans les siennes.

« Quelle remarquable épopée, en effet. »

Il caresse sa joue et laisse sa paume s'y attarder. Je vois que Kara se fait violence pour garder le sourire.

« Remarquable », répète-t-il.

Kara se recule alors.

« Tu lui racontes le reste, Locke ? »

Mr Jafari regagne son fauteuil, et c'est moi qui me retrouve sous le feu des projecteurs. Je sais que ma prestation ne sera pas aussi parfaite que celle de Kara, et je ne sais d'ailleurs pas trop pourquoi cela a tant d'importance pour le Dr Gatsbro. Je prends l'un des petits gâteaux au citron apportés par Greta et me le fourre en entier dans la bouche.

« Locke ? » me presse le docteur.

J'acquiesce et bois une gorgée de thé. Prêt.

« Bon, comme vous l'a dit Kara, après une très longue période, le Dr Gatsbro est enfin arrivé avec la bonne technologie et a réussi à restaurer nos corps. »

Emploie le verbe « restaurer », Locke. Cela sonne plus naturel que « fabriquer ».

« À l'aide de photos et de vidéos, il est parvenu à une ressemblance parfaite, au point que la version restaurée est absolument identique à l'original. »

Sauf les épis dans les cheveux.

« Il a même utilisé les spécimens d'ADN collectés pour cultiver nos tissus, si bien que nous sommes en possession de notre identité unique d'origine. »

Pourtant, nous ne sommes plus ceux que nous étions. Nous avons changé. Surtout Kara. Sont-ce les deux cent soixante années de ténèbres suffocantes qui sont responsables de ces changements ?

Ou bien, après si longtemps, certaines parties de nous se sont-elles tout bonnement évaporées ? Est-ce possible ? Ou alors, des aspects de nous ont-ils simplement renoncé – des aspects tels que l'espoir ou la connexion aux autres ? Ou bien encore, au bout de tout ce temps, peut-être est-il normal que nous soyons emplis de chagrin et de colère, à cause de ce que nous avons perdu ? Nous avons tout perdu. Il ne reste que nous deux. Après notre réveil, le Dr Gatsbro nous a accordé un mois de deuil avant le début des leçons. Un mois, c'est bien trop court.

« Et ? »

Je m'aperçois que j'ai le poing serré. J'ai encore eu une absence. Exactement ce qu'il m'avait dit de ne pas faire. Le docteur frémit de colère. *Concentre-toi, Locke.*

« Le Dr Gatsbro s'est appuyé sur la dernière génération de Bio Gel – le Bio Ten – pour parvenir à ce résultat, mais il l'a encore amélioré et reconfiguré afin que nous puissions reprendre une vie complètement normale. »

Si l'on considère comme normal d'être illégal. Si l'on considère comme normal de se ressembler en tout point mais de ne pas se sentir soi-même. Si l'on considère comme normal deux cent soixante ans sans air, sans lumière, sans contact et sans espoir, alors oui, je suppose que nous sommes absolument normaux.

« Tout à fait remarquable, répète Mr Jafari. Raconte encore, Locke.

– Eh bien, cette substance est très proche du Bio Gel d'origine inventé par Fox Biosystems. C'est un gel oxygéné, bourré de biopuces microscopiques. Celles-ci communiquent entre elles et se spécialisent, presque à l'identique des cellules humaines. Modifié comme il convient, le gel peut remplacer tous les systèmes corporels endommagés en communiquant avec les cellules intactes afin de leur fournir ce dont elles ont besoin pour se réparer et se…

– As-tu toujours été aussi brillant en sciences, Locke ? »

Moi ? Jamais de la vie. Au lycée, les matières scientifiques m'ennuyaient à mourir. Tu ne vois pas que j'ai été briefé à mort, espèce de débile ? Le Dr Gatsbro anticipe ma réponse. Il m'adresse un signe presque imperceptible du menton.

« Oui. J'ai toujours été passionné par les sciences. »

Ma voix est faible et je sais que je ne suis absolument pas convaincant. Après un silence gêné et un regard de Kara, je tâche de me rattraper tant bien que mal.

« L'important, c'est que nos vies nous aient été rendues. C'est une seconde chance. »

Mr Jafari sourit et le Dr Gatsbro reprend immédiatement le contrôle de la situation. Apparemment, il ne veut plus risquer de grands blancs dans la conversation. Il ressert du thé et se hâte de combler le silence.

« Comme le disait Locke, le Bio Ten est très proche de l'original ; cependant, puisqu'il s'agit de la dixième génération, il a connu beaucoup d'améliorations. Par exemple, le Bio Gel d'origine était assez sensible aux écarts de température. Ce n'est pas le cas du Bio Ten, qui peut supporter des écarts bien supérieurs aux conditions de la vie humaine. Le Bio Ten ne souffre pas non plus du délai de mise en route propre aux générations antérieures. Une fois téléchargé, l'esprit est immédiatement fonctionnel. Quant à leurs corps, ils ne sont pas artificiels, dans le sens où ils ne sont pas composés de matériaux de synthèse. Ils sont à quatre-vingts pour cent humains, ce qui est bien au-dessus de la norme en vigueur. Ils ont même du sang dans les veines. Du sang cultivé en laboratoire, soit, mais du vrai sang quand même. Ils sont en tout point supérieurs, plus intelligents et plus forts, parce que tout en eux est issu de la bio-ingénierie. Leurs os, leur chair, leurs systèmes digestif et nerveux, tout cela est à base humaine et imprégné non pas simplement de Bio Ten, mais de sa version la plus révolutionnaire..., celle que l'on ne trouve que chez Gatsbro Technologies. Certes, ce n'est pas encore légal, mais précisément : cela n'a, en réalité, aucune importance. Placées sous un microscan standard, leurs biopuces ont exactement l'aspect de cellules humaines. Kara et Locke pourraient passer un scanner de sécurité sans faire sonner la machine. Cette version s'appelle le Bio Perfect. Et puisqu'il s'agit de notre création exclusive, hors des contraintes des agences gouvernementales, nous n'imposons pas de date de péremption sur le Bio Perfect comme le fait le gouvernement avec le Bio Ten. La décision revient entièrement au receveur : une espérance de vie standard de cent trente ans, ou tout autre souhait. »

Une date de péremption ? Pourquoi ne nous a-t-il jamais parlé de ça ? Nous avons une date de péremption ?

Il serait temps de le savoir, tu ne crois pas ? Kara

se lève et sourit, les bras ouverts, comme si elle absorbait la vie à pleins poumons.

« Mr Jafari aimerait sûrement en savoir davantage sur nos dates de péremption. Doc ? »

Le Dr Gatsbro perçoit aussi bien que moi son ironie ravageuse. Il vient de se rendre compte qu'il a gaffé.

« Oui, bien sûr. » Il s'éclaircit la gorge et remue sur son siège. « Kara et Locke n'ont pas de date de péremption fixée à l'avance. Puisqu'il était impossible de les consulter avant leur restauration, nous allons simplement laisser le Bio Perfect continuer jusqu'en bout de course, ce qui devrait prendre quatre à six cents ans. Évidemment, des accidents imprévus peuvent toujours mettre fin prématurément à leur vie, mais ils n'auront jamais à s'inquiéter de la maladie ni de la progression naturelle de l'âge. »

Mr Jafari hoche la tête. « Bio Perfect », répète-t-il lentement, comme s'il visualisait tout ce que cela peut signifier.

Nous avons une date de péremption. *Quatre à six cents ans*. Comment a-t-il pu nous cacher cela ?

« Et leurs esprits ? s'enquiert Mr Jafari. Comment les conciliez-vous avec cette technologie ?

– Les esprits sont simplement téléchargés dans une unité centrale et commencent immédiatement à fonctionner, en communiquant avec le Bio Perfect. Exactement comme le cerveau communique avec les cellules et les nerfs dans un corps humain ordinaire.

– Non, je veux dire, s'en sortent-ils intacts ? Après tout ce temps ? Rien n'est perdu en cours de route ?

– Je crois que vous en avez la preuve sous les yeux. Nous avons là deux individus absolument normaux et fonctionnels.

– Oui, c'est ce que je vois. »

Il se tourne alors vers le Dr Gatsbro et ajoute, d'une voix basse que Kara et moi entendons parfaitement : « Y a-t-il eu… des *ajouts* ?

– Absolument pas. Mais je comprends vos inquiétudes, Mr Jafari, et elles sont légitimes. Kara et Locke ont le même libre arbitre que vous et moi. Il n'y a pas une once de programmation en eux qui puisse les assimiler, même de loin, à des biobots. » Sur ces mots, il sort un scanner de sa poche et le présente à Mr Jafari. « Je vous en prie. »

L'homme ne le prend pas : il plonge la main dans sa propre poche.

« Je me servirai du mien, si vous n'y voyez pas d'inconvénient. » Puis s'adressant à nous : « Je peux ? »

Kara et moi acquiesçons. Le Dr Gatsbro nous avait prévenus que le visiteur voudrait peut-être s'assurer que nous ne comportions aucune programmation biobotique.

Il passe le scan sur Kara d'abord, puis sur moi. « Je ne détecte qu'un iScroll ?

– Oui, j'en ai un, dis-je en lui montrant ma paume.

– Moi aussi, répond-il en ouvrant la sienne. Je voulais simplement m'assurer qu'il n'y avait rien d'autre. J'ai encore une dernière question à propos du téléchargement. » Il se rapproche de moi et me chuchote à l'oreille : « Tout ce temps passé seul… l'attente… C'est douloureux ? »

Le Dr Gatsbro s'empresse de me donner une tape affectueuse sur l'épaule.

« Non, bien sûr que non. Il n'y a aucune donnée sensorielle, par conséquent... »

Mr Jafari lève vivement la main pour l'arrêter.

« Non. Je veux l'entendre de *sa* bouche. » Il me répète : « Est-ce douloureux, Locke ? »

Pas de lumière.

Rien à toucher.

Rien que mes pensées. Tout ce qui est fait et ne peut plus être défait. Toutes les questions. Tous les remords. Et puis la colère contre un châtiment disproportionné par rapport au crime. Ajoutez une dose de désespoir par là-dessus, et vous obtenez de l'acide, grésillant sur des yeux qui refusent de se fermer. Des siècles ainsi passés, que j'ai au moins pu partager avec Kara, quand nous n'avions plus rien d'autre à partager. « Douloureux », le mot est bien trop faible pour décrire cela.

Je regarde Kara.

Dis-lui. Raconte-lui notre petite virée en enfer.

Je pose mes yeux sur le Dr Gatsbro. La lèvre inférieure secouée de tics, il s'efforce de garder le silence, comme le lui a demandé Mr Jafari. Une image de mon père me vient brièvement à l'esprit, mon père se mordant la lèvre, cherchant ses mots pour me dire que mon frère est parti et ne reviendra plus à la maison. Je n'avais que douze ans à l'époque. Je ne comprenais pas encore ce départ, ni les bouleversements que provoquerait cette absence. J'ignorais encore la force de la pression. Mais à présent, je pressens la puissance de ce que je vais dire : une mauvaise réponse de ma part et nous risquons tous de disparaître, à l'image de mon frère. Je ne vois plus le Dr Gatsbro : je ne vois que mon père luttant pour ne pas s'effondrer.

Je finis par secouer la tête.

« Pardon d'avoir mis si longtemps à répondre, mais c'est à peine si je m'en souviens. Je crois que c'est comme le dit le Dr Gatsbro : sans données sensorielles, c'est un peu comme le monde des rêves, ou les limbes. Aucune douleur. Désolé de ne pas pouvoir vous en dire plus. »

Je suis persuasif. Pour une fois, réellement convaincant. Je soulève un coin de ma bouche pour composer le sourire qui met le Dr Gatsbro à l'aise. Cela fonctionne aussi sur Mr Jafari. Il me sourit à son tour en opinant du chef.

« Excellent », dit-il une fois de plus.

Les épaules et la poitrine du Dr Gatsbro redescendent d'un bon centimètre.

C'est bien, Locke. Tu vas recevoir une belle récompense.

Je réponds à Kara par un regard noir. Je n'arrive pas à la chasser de ma tête aujourd'hui. Elle trouve des chemins secrets pour s'insinuer en moi.

Pendant ce temps, Jafari se tourne vers le Dr Gatsbro.

« Je crois que nous allons maintenant pouvoir évoquer plus en profondeur l'avenir de Gatsbro Technologies.

– Bien sûr. D'ailleurs, Kara et Locke doivent s'en aller poursuivre leurs études avec Hari. »

Puis c'est à nous que l'homme s'adresse.

« Vous rencontrer tous les deux m'a beaucoup inspiré, et comme on dit dans mon pays : je vous souhaite de longues routes de soleil et de courts chemins de soucis. »

Il s'incline et prend une dernière fois les doigts de Kara pour y porter ses lèvres. Celle-ci hoche la tête, reçoit son baiser avec un sourire séducteur et lui lance une œillade sous ses cils baissés. Elle trouve même le moyen de faire rosir ses joues, même si je sais que son sang est glacé jusqu'à la dernière goutte. Jafari me serre ensuite la main, sans y chercher des os cette fois mais en me regardant droit dans les yeux, peut-être en quête d'une dernière trace de regret. Mon année d'étude et mes cinq cents milliards de neuropuces m'ont donné des talents que je n'avais jamais possédés avant. Je contrôle le moindre tressaillement de mon visage, la moindre pause, la moindre contraction de pupille pour masquer ce qu'il cherche. Cela ne se partage pas.

« J'espère que nous vous reverrons, Mr Jafari, dis-je. Et je vous souhaite un bon séjour dans notre pays. »

Le Dr Gatsbro nous prend par les épaules et nous raccompagne à la porte.

« Merci pour vos témoignages tout à fait rafraîchissants, les enfants. »

On est plus vieux que toi, connard.

Kara pose un baiser sur la joue du Dr Gatsbro, sans cesser de regarder Mr Jafari par-dessus son épaule.

« Tout le plaisir a été pour nous, Doc. »

C'est la première fois qu'elle l'embrasse et il est légèrement désarçonné, mais cela ne dure qu'un instant. Aussitôt, il sourit, et nous renvoie dans nos pénates.

Kara a raison. Nous ne sommes plus des enfants. Mais nous n'avons pas non plus la sagesse du grand âge. Même après des décennies passées à réfléchir, réfléchir et encore réfléchir, je me sens loin de la sagesse. Ce sont les autres qui vous rendent sage, et je suis loin d'en avoir connu assez.

Chapitre 10

Kara reste étrangement silencieuse tandis que nous disputons une partie de boules. En règle générale, elle n'est pas très joueuse, et pourtant c'est elle qui a suggéré que nous nous mesurions sur la pelouse aussitôt que nous sommes sortis du jardin d'hiver, soutenant que Hari et ses leçons pouvaient attendre. Miesha nous a suivis dehors en apportant des boissons, bien que Kara ait grommelé que nous n'en voulions pas. Elle observe maintenant Miesha plus attentivement que le cochonnet, qu'elle jette n'importe où dans l'herbe.

« Pourquoi as-tu proposé de jouer si tu te fiches complètement de la partie ? »

Je prends une boule. Kara me fusille des yeux, puis s'intéresse de nouveau à Miesha.

« Il faut qu'on se tire d'ici, Locke. *Aujourd'hui.* »

Elle parle tout bas et ses lèvres bougent à peine.

Je vise.

« Qu'est-ce que tu racontes ? On ne peut pas partir comme ça. Quand le Dr Gatsbro estimera que nous sommes prêts... »

Elle se rapproche tout près de moi et me chuchote à l'oreille d'un ton amer : « Mais bon Dieu, réveille-toi ! Il n'estimera *jamais* que nous sommes prêts ! Tu ne comprends pas ? »

Je lui lance un regard exaspéré. J'en ai ma claque de ses mystères.

« Comprendre quoi ? »

Je vais pour lancer ma boule, mais elle me la fait tomber de la main.

« Nous sommes des mannequins de vitrine ! C'est pour ça qu'il a fait venir Jafari !

– Des mannequins ? Comment ça ? Calme-toi un peu, Kara. »

Je ramasse mon autre boule, la lance, et dégage celle de Kara.

Celle-ci agrippe alors mon bras en enfonçant ses ongles dans ma peau. Sa voix se fait froide et creuse.

« Tu es tellement naïf, parfois, que ça me rend malade. Tu mords à tous les hameçons comme un gros poisson stupide. À ton avis, pourquoi Jafari voulait-il savoir si ça faisait mal ? Ce n'est pas pour toi qu'il s'inquiétait. Il voulait savoir quel effet ça lui ferait, à *lui*. »

Essentiel. C'est essentiel qu'il voie à quel point vous êtes exceptionnels, tous les deux.

Je revois les yeux pleins d'attente de Mr Jafari. Je sens de nouveau sa main cherchant les os dans la mienne. Ma bouche s'ouvre mais je ne dis rien, j'en suis encore à me repasser le film à la recherche d'indices. Est-ce possible ?

« Tu te comportes comme un gamin, Locke ! Je m'en vais. Tu piges ? *Je m'en vais.* »

Elle tourne les talons, s'éloigne d'un pas furieux et rentre dans la maison.

« Qu'est-ce qui défrise Sa Majesté, maintenant ? » veut savoir Miesha.

Serait-ce vrai ? Ne sommes-nous rien de plus que des mannequins de vitrine ? Des mannequins que l'on sort de temps à autre sur la scène pour les exhiber à des clients potentiels de Gatsbro Technologies ? Des bouées de sauvetage clandestines pour ceux qui ne veulent pas mourir ?

« Locke ? »

Exceptionnel. Je suis plus grand de douze centimètres. Plus musclé. Sans épi. Avec des dents nettement plus blanches et mieux alignées. Des paillettes vertes dans les yeux. Étaient-elles vraiment là avant ? Jusqu'ici, je pensais que ces différences étaient le fruit du hasard... mais le Dr Gatsbro ne laisse jamais rien au hasard.

Miesha vient poser sa main sur mon épaule.

« Je ne sais pas ce qu'elle t'a dit, mais je te préviens tout de suite, Locke. Elle va s'attirer des ennuis. »

J'essaie de me concentrer sur ses paroles. Miesha est-elle au courant ? *Mais ça ne veut pas dire que ce que je vois me plaît toujours*, a-t-elle précisé.

« Locke, écoute-moi. J'ai essayé de vous traiter tous les deux de la même manière, mais il y a quelque chose qui cloche chez elle. Elle ne s'en sort pas aussi bien que toi. Tu m'entends ? Elle a quelque chose qui ne va pas. »

Je dévisage fixement Miesha, et j'ai l'impression que ses mots m'atteignent plusieurs secondes après que ses lèvres ont cessé de bouger. Je l'attrape par les deux bras et la secoue, faisant ballotter sa tête.

« Bien sûr qu'elle a quelque chose qui ne va pas ! Elle est restée enfermée dans une boîte pendant plus de deux cents ans, Miesha ! Tous ceux que nous avons connus sur cette planète ont disparu ! Et maintenant, par-dessus le marché, nous apprenons que la seule raison de notre présence ici, c'est de faire vendre la technologie de Gatsbro ! Nous ne sommes pas des personnes, nous sommes des mannequins ! Tu as raison, Miesha ! Il y a quelque chose qui ne va pas *du tout* !

– Locke, tu me fais mal. »

Je regarde mes doigts serrés sur ses bras. Je suis plus fort que jamais. Je retire mes mains et vois les marques rouges qu'elles ont laissées. À mon tour, je cours vers la maison.

J'entends Miesha crier mon nom, mais je ne m'arrête pas.

Chapitre 11

Je suis couché sur mon lit, les yeux fixés au plafond. J'ignore combien de temps s'est écoulé. Ai-je eu une absence ? Je ne me souviens même pas de mon retour dans ma chambre, et pourtant je suis encore essoufflé.

Kara s'en va-t-elle vraiment ? Elle ne peut pas. Le Dr Gatsbro ne le permettra pas. J'enfonce les doigts dans mon cuir chevelu. Je m'efforce d'ordonner un tant soit peu mes pensées. Était-ce son projet depuis le début ? Nous garder cachés ici et inviter de riches clients à venir admirer ses exceptionnelles créations ?

Je me redresse sur mon séant. Est-ce vraiment tout ce que nous sommes ? Des *créations* ? C'est la grande question qui frémit sous la surface depuis que je me suis réveillé, celle que je repousse sans cesse loin de moi. *Mais mon esprit, lui, m'appartient*. Le Dr Gatsbro nous a peut-être fourni des corps – peut-être sont-ils même sa propriété –, mais il n'a pas créé mon esprit. Il ne pourra jamais le posséder. Mon esprit m'appartient, même si rien d'autre n'est à moi.

Quel est son projet ? Se faire payer pour conserver des sauvegardes d'esprits au cas où ses riches clients seraient soudain victimes d'un accident ? Leur vendre une assurance contre la mort ? Avec en prime, cerise sur le gâteau, un corps tout neuf, revu et corrigé ?

C'est pour cela que nous n'avons pas de date de péremption fixée à l'avance. Il compte nous garder longtemps.

Je me repasse les derniers mois en accéléré, à la recherche de nouveaux indices. Comment ai-je pu ne rien voir ? C'est qu'il s'est montré bon avec nous, vraiment. Il nous a donné tout ce que nous voulions. Le meilleur de tout. Il nous a délivrés de notre enfer. Peut-être que Kara se trompe. Peut-être m'entraîne-t-elle sur la voie d'un raisonnement dangereux. C'est peut-être juste sa vision des choses, rien de plus. Il est possible que nous nous trompions tous les deux. *Réfléchis, Locke. Pas de panique. Ne sois pas impulsif.*

Il faut que nous parlions de tout cela. Il faut que je trouve Kara avant qu'il ne soit trop tard. Je bondis de mon lit et fonce dans le couloir.

« Kara ? » dis-je tout bas à sa porte en frappant doucement. Je ne veux pas être remarqué par Hari, par Miesha ou, pire, par le Dr Gatsbro. Pas de réponse. Je baisse la poignée, la porte s'ouvre. J'appelle encore, un peu plus fort cette fois : « Kara ? » Je fais rapidement le tour sa chambre. Elle est partie. Mais où ?

Je m'engage à pas de loup dans le corridor, jetant des coups d'œil dans les pièces vides. J'y aperçois des antiquités. Des collections curieuses. Pas de Kara. La maison est plongée dans le silence, pas même le moindre bruit de cuisine ou de piétinements au loin. Où sont-ils tous passés ?

Je regarde furtivement derrière moi, puis continue mon inspection. Je ne suis plus qu'à quelques pas du bureau du Dr Gatsbro lorsque je perçois le faible tic-tac de sa pendule ancienne. Peut-être est-il encore dans le jardin d'hiver avec Mr Jafari. Je compte simplement passer devant sa porte ouverte et poursuivre mon chemin dans le couloir, mais quelque chose attire mon attention dans la pièce. Le lourd presse-papiers en verre qui se trouve normalement sur le bureau est par terre. Et là, je repère autre chose – quelque chose de bien plus perturbant.

Une main.

Je m'assure d'un regard – derrière, devant, dans toutes les directions – que personne ne m'observe, après quoi je m'introduis rapidement dans la pièce. La main repose par terre, dépassant de derrière le bureau, les doigts écartés et repliés vers le haut, comme privée de vie. Je sais déjà à qui elle appartient mais je contourne tout de même le meuble pour m'en assurer. Le Dr Gatsbro gît sur le sol, immobile. Une mare de sang s'étend sous sa tête, et des papiers qui ressemblent à des contrats sont éparpillés tout autour de lui.

Seigneur, qu'a-t-elle fait ?

« Locke. »

Je me retourne d'un coup : Kara est sur le seuil. Elle s'est changée. Habillée comme pour partir en voyage. Ses traits sont calmes et posés.

« Qu'est-ce que tu as fait, Locke ?

– Moi ? Mais enfin, Kara... »

Elle entre et se rapproche.

« Aucune importance. C'est le moment où jamais d'y aller. »

Elle ouvre le tiroir du bureau pour le fouiller rapidement. Je le referme de force.

« On ne peut pas partir comme ça ! Il n'est peut-être même pas mort.

– Et alors ? Tu veux que je l'achève pour toi ?

– Kara, ce n'est pas moi qui ai fait ça. Nous savons tous les deux que…

– Regarde-le bien, Locke ! Il est mort. Crois-moi. Allez, lâche ce tiroir, on se tire d'ici. On n'a pas beaucoup de temps. »

Je ne bouge pas.

« Tu as déjà vu des prisons sur ton holoviseur, Locke ? »

Je secoue négativement la tête.

« C'est bien ce que je pensais. Il y a une raison à ça. Cole me l'a dit. C'est cent fois pire qu'à notre époque. Et on ne serait plus *ensemble.* » Son expression s'adoucit. « N'est-ce pas tout ce que nous voulons ? Après tout ce que nous avons traversé ? Être toujours ensemble ? Combien de temps aurait passé avant que Gatsbro ne nous remplace par des modèles plus récents ? »

Elle rouvre de force le tiroir et se met à jeter par terre ce qu'elle y trouve et qu'elle juge inutile.

« Il n'y a plus de clés ni de codes, Kara. Les voitures ont changé. Elles démarrent à la voix ou au scan corporel. »

Elle s'interrompt dans son pillage pour réfléchir à cet élément nouveau. « Scan corporel. » Elle referme le tiroir et passe distraitement l'index sur sa lèvre supérieure, concentrée. Elle relève les yeux vers moi.

« Faut-il que le corps soit en vie ?

– Aucune idée. Que… » Je recule soudain d'un pas en comprenant ce qu'elle a voulu dire. « Non. Non ! On ne va quand même pas traîner son corps jusqu'à sa voiture.

– Tu as raison, ça ferait trop de bruit. Mais… » Elle se retourne vers Gatsbro. « Un doigt, ce serait facile à déplacer. Tu crois que ça marcherait ? Juste un doigt ?

– *Son doigt ?* »

Elle m'empoigne par ma chemise.

« Ce n'est qu'un doigt, Locke. Et il n'en a plus l'usage. J'ai un couteau dans… »

Je me dégage brusquement.

« Je n'arrive même pas à croire qu'on soit en train d'en parler !

– Et moi je vais te dire ce que je n'arrive pas à croire, Locke ! Je n'arrive pas à croire qu'on ait pu acheter mon esprit, et puis m'exhiber comme un singe savant ! Je n'arrive pas à croire qu'il ait le droit de me garder ici contre ma volonté ! Je n'arrive pas à croire que Jenna ait vécu la grande vie pendant que toi et moi, nous étions coincés dans une boîte et oubliés pendant plus de deux cents ans ! Je n'arrive pas à croire que je ne reverrai jamais ma mère ni… »

Sa voix se brise et elle pose ses mains sur le bureau pour garder son équilibre. Elle respire avec application.

« Il doit y avoir un autre moyen, Kara. »

Je l'attire dans mes bras. Je la serre contre moi, son corps se fond dans le mien, et je me sens prêt à faire n'importe quoi pour la protéger. Je caresse la soie de ses cheveux, ressens le pur miracle de pouvoir la toucher et sentir son odeur après tant d'années de manque, et je ne me soucie plus d'avoir un cadavre ensanglanté à mes pieds.

«Jafari, lui dis-je à l'oreille. Il est venu en voiture de location. Ou en taxi. Il y avait un chauffeur. Je l'ai vu arriver tout à l'heure. S'il est…»

Elle me repousse pour courir à la fenêtre.

«Son taxi est encore là! Jafari doit attendre Gatsbro dans le jardin d'hiver. Dépêchons!»

Elle m'entraîne avec elle en direction de l'escalier.

La seule chose que j'aie en tête tandis que nous courons dans le couloir, puis sur les marches, puis que nous sortons, traversons la pelouse, empruntons des allées d'ardoise en laissant derrière nous le bruit de nos pas, et que je sens sa main serrer la mienne si fort que même Gatsbro ne pourrait nous séparer, courant sans oser jeter un regard en arrière, courant vers l'autre côté de la maison et la cour pavée où la voiture est garée, la seule chose que j'aie en tête pendant tout ce temps, c'est : *où pouvons-nous aller?* Où peut-on bien aller quand tout et tous ceux que l'on connaissait ont disparu?

DEUXIÈME PARTIE

L'EXTÉRIEUR

Chapitre 12

Nous atteignons enfin la cour pavée et nous nous remettons à marcher au cas où nous serions observés depuis une fenêtre. Je regarde autour de moi d'un air dégagé. Kara fait de même.

« Je ne vois personne, dis-je à voix basse.

– Moi non plus. »

Nous approchons de la voiture

« Le chauffeur est une femme. Elle a les yeux fermés.

– Elle dort ?

– Qu'est-ce qu'on va lui dire ?

– Ne la réveille pas en sursaut. Entre doucement. Naturellement. »

Kara ouvre la portière et se glisse à l'intérieur. Je suis juste derrière elle. La conductrice se tourne vers nous avec un sourire.

« Bonjour, mon nom est Dot, dit-elle. Ce Taxi Star est réservé. Voulez-vous que je vous en appelle un autre ? Il arrivera dans environ... » Elle se tait un instant et dodeline de la tête. « Quarante-quatre minutes.

– Mr Jafari nous a dit qu'il n'avait plus besoin de celui-ci et nous a proposé d'en profiter.

– Nous sommes pressés », ajoute Kara.

Nous nous assurons tous les deux que personne n'est à notre poursuite.

« Malheureusement, je ne peux pas libérer le véhicule sans confirmation du Client Jafari. Mais je me ferais un plaisir de vous en appeler...

– Vous nous avez entendus ! » l'interrompt Kara, les dents serrées. « En route. *Et tout de suite !* »

Le sourire de Dot s'évanouit et elle se retourne vers l'avant, nous observant dans un écran translucide qui occupe tout le haut du pare-brise et fait office de rétroviseur. Il lui permet de voir tout ce qui se passe derrière elle, mais aussi – et c'est le plus important à ce moment précis – il nous permet, à nous, de la surveiller.

« Vous avez adopté un ton hostile. Vous êtes priés de descendre du véhicule. Le règlement des Taxis Star ne tolère pas l'incivilité chez les passagers.

– Pas question de descendre, dis-je. J'ai une arme dans ma poche, et si vous...

– Rectification. Vous n'avez pas d'arme. Le système Star Sécurité l'aurait détectée à cinq mètres du véhicule. Vous êtes priés de descendre imméd...

– *S'il vous plaît.* » Je pose mes mains sur le dossier de son siège et m'incline vers elle. « C'est une urgence. Nous avons besoin de votre aide. Vous ne pouvez pas faire une exception ? »

Dot me lance un regard de biais.

« Vous, j'aime bien votre attitude. Et je me ferais un plaisir de vous aider, mais si je ne suis pas le règlement de la compagnie, je crains d'être mise hors service, et ce travail est tout ce que j'ai. »

Voyant la réaction de Dot, Kara se penche elle aussi en avant.

« On vous revaudra ça. On trouvera un moyen », dit-elle. Et après m'avoir jeté un coup d'œil, elle ajoute, suppliante : « S'il vous plaît. »

Sa voix tremble. Je ne sais pas si c'est volontaire ou si c'est réellement le désespoir qui parle, car il faut reconnaître que notre situation est désespérée.

« Et vous, votre attitude s'améliore, lui accorde Dot. J'enverrai une autre voiture au Client Jafari. Elle arrivera sans doute avant même qu'il se soit rendu compte de mon départ. »

Sans qu'elle ait bougé, notre véhicule émet alors une petite mélodie, un voyant « En service » s'allume, et nous démarrons. Dot lève les mains vers ce qui ressemble à une barre de direction. Derrière nous, j'aperçois Miesha qui sort sur le pas de la porte. Hari est sur ses talons.

« Vite ! »

Dot accélère. Kara et moi sommes renversés en arrière sur la banquette. Le portail se trouve à huit cents mètres, mais nous y sommes presque instantanément. Dot effleure alors du doigt un point précis du tableau de bord et le portail commence à pivoter sur ses gonds ; cependant, il n'est encore qu'à moitié ouvert lorsqu'il entame le mouvement inverse.

« Ce sont eux, dis-je. Ils ferment ! Allez, Dot ! Vite, avant qu'il soit complètement refermé !

– Le véhicule risque de subir des dégâts si…

– On s'en fout, du véhicule ! braille Kara. Ils veulent nous tuer ! Allez ! »

Dot conduit à une vitesse incroyable. C'est le portail ancien qui subit tous les dégâts : les barreaux volent en l'air quand nous le traversons. Dot conserve la même allure sur environ trois kilomètres, puis ralentit.

« Nous attirerons moins l'attention si nous respectons les Normes. Alors comme ça, vous êtes des Évadés ! Quel effet ça fait ? »

Des évadés ? Kara et moi échangeons un regard.

« Comment ça ? je demande.

– Vous avez peur ? »

Dot sourit comme si elle trouvait l'idée grisante.

« Oui, Dot, nous avons très peur. »

Elle bondit sur ma réponse.

« Mais vous êtes *contents* ? Ça en vaut la peine ? »

Son empressement m'incite à me taire. Quelque chose ne tourne pas rond.

« Je ne sais pas encore si...

– Oui, annonce fermement Kara. Ça en vaut la peine. À chaque seconde. À chaque kilomètre. À chaque prise de risque. Être emprisonné, c'est comme ne pas avoir de vie du tout. Nous étions séquestrés. Depuis bien trop longtemps. »

Dot hoche la tête et accélère, apparemment satisfaite de cette information.

« Alors, où allons-nous, les Évadés ? »

J'observe le paysage. Notre plan n'a rien d'organisé. Où pouvons-nous aller ?

« À Boston », annonce Kara d'un air décidé.

Elle regarde droit devant elle, sans me prêter aucune attention.

Sa famille, ma famille... elles ne sont plus à Boston. Nous le savons tous les deux. Vers quoi pourrions-nous revenir ? Pour la première fois, je pense à nos éventuels descendants. Mon frère et ma sœur ont-ils eu des enfants ? Aucun des deux ne semblait du genre à se caser, mais des enfants ont pu naître quand même. Est-il possible que j'aie de la famille quelque part ? Une nièce ou un neveu éloignés ? Même un lointain cousin ? Une personne qui pourrait nous aider ?

Et là, je me souviens. Il y a quelqu'un à Boston. Quelqu'un que nous connaissons elle et moi.

Jenna.

Je détaille le gracieux contour de la mâchoire de Kara. Elle a enfin ce qu'elle voulait : la liberté vis-à-vis de Gatsbro. Mais je me dis qu'elle en veut encore bien plus, et c'est ce « plus » qui me fait peur. Ses yeux sont rivés sur la route, et pour une fois, je voudrais pouvoir encore lire dans ses pensées, contrôler mes incursions par là-bas. Qu'y verrais-je en ce moment ?

Moi aussi, j'ai envie d'aller à Boston, mais je suis convaincu que c'est pour d'autres raisons. Je voudrais y voir quelque chose de familier. Quelque chose de l'époque. Ma rue. Ma maison. Même le marché du coin, où travaillait ma mère. Et Jenna, aussi. Même si elle ne nous a pas aidés jusqu'à présent, peut-être le ferait-elle désormais. Je pense à elle tous les jours. L'idée de la revoir…

Jenna. Jenna. Jenna.

Ce battement furieux sous mon crâne est inattendu, et je ne saurais dire s'il vient de mes propres pensées ou d'ailleurs. Kara tourne la tête vers moi, me lance un regard interrogateur, et ses mains glissent sur la banquette pour enlacer les miennes. Elle presse mes doigts : un acte simple, mais une explosion de sensations. Quand on a passé deux cent soixante ans sans avoir de doigts, on peut se perdre dans le plus léger contact. Je n'ai aucun mal à me perdre de nouveau en Kara, et je lui retourne sa pression.

« Oui, Dot. Boston. »

Francis Street, à Boston.

Chapitre 13

Déménager dans Francis Street avait été une grande amélioration pour ma famille. Avant cela, nous occupions un tout petit appartement dans un quartier malfamé. Je partageais ma chambre avec mon frère. Tous mes souvenirs de lui comportaient des portes claquées et des hurlements. Il était violent et traînait avec une bande violente. Mais c'est le jour où ma sœur avait été vue en compagnie d'un gang et où la police avait frappé à notre porte que mes parents avaient décidé de déménager. Mon frère, qui ne voulait pas venir avec nous, était allé vivre chez des copains. Il avait presque dix-huit ans, et mes parents ne l'avaient pas obligé à nous suivre. Pendant presque deux ans, nous avions cohabité avec mes grands-parents tandis que mes parents économisaient le moindre penny pour payer la maison de Francis Street. Celle-ci n'était rien d'autre qu'un taudis, mais dans un bon quartier, et mes oncles avaient aidé mon père à tout casser à l'intérieur pour la rendre vivable. Ils obligeaient également ma sœur à leur donner un coup de main sur le chantier, et elle détestait cela. Elle aurait préféré être avec ses copines, dans notre ancien quartier.

J'avais échappé aux travaux parce que j'étais «le bon élève de la famille». Ils disaient toujours ça, «le bon élève de la famille», comme si j'étais une sorte de génie issu de leurs entrailles. J'étais le seul à exceller en cours et mes parents me brandissaient comme preuve de leur réussite avec au moins un de leurs rejetons. Je devais devenir médecin, sénateur, ou trouver comment vaincre le cancer – voire les trois à la fois. Peu importait, du moment que c'était énorme. Je pouvais tout réussir, disaient-ils, du moment que je restais concentré. Je savais ce qu'ils voulaient dire par là : ne pas être rebelle, comme mon frère et ma sœur. Alors je restais concentré, pour leur faire plaisir. De toute manière, je ne savais pas encore ce que je voulais faire de ma vie. Visiblement, tout le monde se devait d'avoir un objectif, si bien que j'avais adopté le leur. Et pendant un moment, cela m'avait même plu.

Mais un jour, quelque chose avait changé. Quelque chose en moi. Il m'avait fallu davantage. Il m'avait fallu une chose à moi, qui soit là pour moi et pour personne d'autre, mais je n'avais aucune idée de ce que c'était. Tout ce que je savais, c'est que je ne pouvais plus me contenter d'être la rédemption de mes parents. Les bonnes notes et les félicitations ne me suffisaient plus, et cependant je ne pouvais pas le leur dire. Je ne pouvais le dire à personne.

C'est alors que j'avais rencontré Kara et Jenna. Nous fréquentions le même lycée, bien qu'un univers entier nous séparât. Toutes deux étaient issues de familles fortunées. Comme moi, elles étaient excellentes élèves et subissaient la pression de la réussite, mais pour des raisons entièrement différentes. Jenna était une enfant unique, née par miracle, paraît-il. Aux yeux de ses parents, le soleil ne se levait et ne se couchait que pour elle. Quant à ceux de Kara, ils avaient tous les deux brillamment réussi : son père était P.D.-G. d'une banque d'investissement, et sa mère directrice associée d'un cabinet juridique. Son frère faisait son droit à Harvard. Pour les parents de Kara, la grandeur allait de soi, et tout ce qui ne touchait pas au firmament était honteux, inacceptable.

Nous étions tous les trois sur les rails, en route vers une réussite universitaire assommante, débilitante – c'était notre pain quotidien –, mais quelque part, intérieurement, nous avions faim d'autre chose. Alors nous avions freiné des quatre fers, sans pouvoir cependant le faire individuellement. Nous avions besoin les uns des autres.

Je passais beaucoup de temps chez elles. Elles, ne venaient jamais chez moi. Je ne les y invitais pas. Ce n'était pas que j'avais honte de nos meubles rafistolés, des petites pièces encombrées, ni mêmes des vieilles chaises en plastique sur le porche ou des poinsettias du dernier Noël à demi crevés. Non, je n'en avais pas honte. C'est simplement que je ne voulais pas partager Kara et Jenna. Je ne voulais pas que mes parents disent un seul mot sur elles, en bien, en mal, ou autre. Je voulais que tout ce qu'elles étaient m'appartienne. Je crois que je craignais en secret que quelqu'un rompe le charme, étant persuadé qu'on avait dû me jeter un sort pour que ces deux filles recherchent ma compagnie, me téléphonent, et – le plus important – sachent exprimer mes pensées. J'avais toujours cru que les filles étaient plus douées pour communiquer leurs sentiments, mais Kara et Jenna communiquaient *les miens*, et elles m'avaient également appris à les extérioriser. Je devenais quelqu'un d'autre. Toutes deux adoraient la poésie, si bien que j'apprenais des vers par cœur pour les impressionner, et je m'étais rapidement aperçu que j'aimais ça, moi aussi. Chacun à notre tour, nous récitions des poèmes qui nous parlaient, qui décrivaient nos états d'âme.

Je pleure tout seul sur ma destinée proscrite[1]…

Je bats les routes d'un perpétuel voyage[2]…

Enfin j'ai su, j'ai vu et j'ai ouï
Le comment, le pourquoi de toute chose enfuie[3].

Toutes nos conversations étaient profondes, concrètes et, de mon point de vue, nous échangions les paroles les plus vraies jamais proférées sur terre. Des paroles propres à guérir le monde. Des paroles propres à nous guérir. Chacun d'entre nous achevait les phrases des autres. J'étais amoureux d'elles deux. Et à une époque, j'avais pensé que Jenna…

---

1. Shakespeare, extrait du Sonnet XXIX, traduction François-Victor Hugo.
2. Walt Whitman, extrait du « Chant de moi-même », dans le recueil *Feuilles d'herbe*, traduction Gilles Mourier.
3. Edna St. Vincent Millay, extrait de « Renascence ».

« Locke ! Tu m'écoutes ? » Kara tire sur ma main. « On est en cavale, là... Tu ne peux pas te payer le luxe de partir comme ça au pays des rêves. »

Une absence. « Non, mais je... » Inutile de m'expliquer. Elle sait. Kara peut encore terminer mes phrases.

« Vas-y.

– Dot dit que la première chose à faire, c'est obtenir des pièces d'identité. Nous en aurons besoin pour utiliser le Système routier et entrer dans tous les bâtiments publics.

– Dot, vous n'êtes pas déjà identifiée dans le Système ?

– Les passagers doivent l'être aussi. Ça peut faire du vilain si l'on se branche sur un système routier sans justifier de son identité. »

Le Dr Gatsbro nous a parlé du Système : c'est un dispositif de circulation présent dans la plupart des grandes villes et sur les principaux axes routiers. Les voitures s'y connectent, et la navigation est prise en charge automatiquement. Les véhicules avancent à une vitesse plus grande mais régulée, et sont ainsi conduits à destination. Le conducteur n'a presque rien à faire. Comme tout ce que nous décrivait le Dr Gatsbro, cela paraissait idéal. Il n'a jamais évoqué une quelconque identification, ni de vilaines conséquences pour ceux qui n'en avaient pas.

« Comment ça, vilaines ?

– Le véhicule est automatiquement redirigé vers le Bureau des Infractions à la Sécurité. À moins que vous ne soyez considéré comme une menace immédiate, auquel cas on vous neutralise. » Dot imite le bruit d'une décharge électrique. « Mais la plupart des gens y survivent.

– Formidable, lâche Kara. Enfin une bonne nouvelle.

– Mais… », dit Dot avant de se taire pour nous regarder tour à tour dans les yeux, dans le rétroviseur. « J'ai des solutions.

– Dites-nous.

– Les Chauffeurs Star bénéficient d'un accès spécial aux routes historiques, dans un but touristique, et quelques-unes de ces routes nous permettront d'atteindre la ville et de vous rapprocher suffisamment de… de certains individus qui pourront vous fournir des pièces d'identité. »

J'enregistre l'information. Certaines pratiques résistent au temps ; visiblement, le marché noir en fait partie.

« Nous n'avons pas d'argent, Dot. Mais…

– De l'argent ? Ces individus ne travaillent pas pour de l'argent. Ce qu'ils monnaient, ce sont des Faveurs.

– Vous voulez dire qu'il faudra leur rendre une faveur ? »

Dot me jette un bref coup d'œil et incline légèrement la tête, comme si je parlais une langue étrangère.

« C'est un peu ça, me répond-elle.

– Pourquoi nous aidez-vous, Dot ? lui demande alors Kara d'un ton suspicieux. C'est ça que vous voulez ? Une faveur ? »

Dot nous fait signe que non.

« Mais en nous aidant, vous allez vous attirer des ennuis, dis-je. Vous avez mentionné le fait d'être mise hors service. Vous allez perdre votre emploi ? »

Elle ne répond pas immédiatement, et finit par nous demander :

« Mais d'où sortez-vous ? »

Kara me serre la cuisse.

« De Boston, répond-elle. Nous avons été… absents pendant un bon moment.

– Je vois. Oui, je serai renvoyée, mais comme c'est ma première infraction, ce ne sera probablement que temporaire. Peut-être juste un mois de service inactif et de rééducation. Ça en vaut la peine, je pense. Les Chauffeurs Star discutent entre eux, vous savez. Nous entendons des histoires d'Évasions. Nous en rêvons, et nous imaginons même comment cela doit être. Même si vous êtes des Évadés d'un autre genre, cela me donne un aperçu. Ce sera une histoire à laquelle je pourrai me raccrocher, et que je pourrai partager avec d'autres Chauffeurs Star. » Elle nous lance un coup d'œil perçant dans le rétroviseur. « C'est ainsi que nous nous distrayons. Nous fantasmons à propos de l'Évasion. Même les robots ont des rêves et de l'imagination, il ne faut pas croire. Observer le monde depuis un véhicule, c'est un peu limité. »

Je m'efforce de digérer ses derniers mots. *Même les robots…*

« Mon Dieu, c'est un… » souffle Kara.

Je me projette vers l'avant pour regarder par-dessus le siège. Dot n'a pas de jambes. Elle n'a pas forme humaine en dessous de la taille. Je la contemple fixement, en proie au tournis. Il semblerait qu'elle soit branchée sur une console.

« Vous n'avez pas…

– Un corps entier ? C'est considéré comme une

dépense superflue. Le Conseil national de l'Esthétique a jugé que ce n'était pas indispensable dans ma branche professionnelle. Facile à dire. »

Je me laisse retomber sur la banquette. Kara et moi en restons cois. Nous avions entendu parler des robots, mais nous n'en avions jamais vu. Je m'attendais à autre chose, à ce qu'ils ressemblent davantage à des machines. Pourquoi le Dr Gatsbro ne nous en a-t-il jamais montré ? J'observe ma main, posée sur la banquette, à un centimètre de celle de Kara. Toutes deux parfaites, toutes deux faites de chair et de sang, toutes deux créées dans un laboratoire sans doute pas bien différent de celui où Dot a été fabriquée.

« Vous êtes perturbés. Vous ne saviez pas que j'étais un robot ? »

Je fais non de la tête.

« Désolé. C'est simplement que… »

Je regarde Kara, dans l'espoir qu'elle me vienne en aide. Celle-ci s'incline vers le siège avant pour parler doucement à Dot. Sa voix est lente et bienveillante.

« Nous ne sommes pas perturbés, Dot. Nous sommes perdus. Comme nous te l'avons dit, nous avons été absents pendant longtemps. Très longtemps. Le monde a continué de tourner sans nous. Nous avons connu notre propre version du… » Sa voix se brise et elle s'éclaircit la gorge. « Du "service inactif". » Elle se rapproche encore de l'oreille de Dot pour lui chuchoter : « Tu comprends ? »

Dot hoche le menton, comme hypnotisée.

« Je pensais bien que tu comprendrais, poursuit Kara. Nous avons beaucoup à apprendre, faute de quoi nous ne pourrons jamais… nous évader.

Peux-tu tout nous dire ? Tout ce que nous pourrions avoir besoin de savoir ?

– Tout, absolument tout. Je comprends. Vraiment. »

La supplication poignante de Kara a effacé la répulsion que nous inspirait le demi-corps de Dot.

Kara s'adosse ensuite à la banquette et, ce faisant, me lance un rapide coup d'œil. Bien que celui-ci soit clair et froid, privé de toute la chaleur que je viens d'entendre dans sa voix, je l'attire contre moi. Je m'en fiche. Je sais ce qu'elle a fait, et cela nous est salutaire à tous les deux. J'ai peur et je veux survivre. Quant à Dot…, ce n'est qu'un robot, et elle peut nous être utile.

Chapitre 14

Dot nous informe que le trajet jusqu'à Boston par les petites routes prendra environ deux heures. Jusque-là, nous n'avions aucune idée de notre localisation. Le Dr Gatsbro ne nous a jamais expliqué précisément où se trouvait le domaine ; seulement qu'il était situé non loin de Manchester, où sont installés ses laboratoires. Le paysage m'est étonnamment familier. Avec ma famille, nous traversions souvent le New Hampshire pour aller voir des cousins à Merrimack. Si j'ignorais ce qui nous est arrivé, je pourrais encore me croire il y a deux cent soixante ans. À une différence près. Le ciel, si c'est possible, est encore plus bleu, à moins que ce ne soit qu'une impression due au vert vif des pâturages ; ou alors, peut-être que j'apprécie désormais ce que je ne prenais jamais le temps de remarquer avant. Dot nous explique que la campagne elle-même fait partie d'un parc national. Apparemment, le Conseil qui a décidé qu'elle n'avait pas besoin de jambes a également conclu que les humains avaient besoin d'espaces ruraux préservés. Cette idée me plaît, jusqu'au moment où j'apprends qu'il n'y a pas de vrais fermiers sur ces terres. Les bosquets et les fermes que nous admirons sont possédés et contrôlés par le gouvernement, qui optimise leur esthétique et minimise leur impact. Les seules vraies exploitations agricoles existantes se trouvent sur de vastes arpents, loin d'ici, et appartiennent à des corporations dûment approuvées. Qu'importe, je suis fasciné par la beauté des environs. Je crois comprendre que c'est le but.

Des clôtures en bois blanc serpentent sur les collines ; quand j'aperçois au loin une grange peinte en rouge, je la montre à Kara et me demande un instant si tout ceci pourrait n'être qu'un affreux cauchemar. Peut-être que le temps n'est pas passé du tout… C'est alors que je vois l'iScroll dans ma paume, aussi fin qu'un tatouage et tout aussi indélébile, et je pense à Dot et à son demi-corps, à quelques dizaines de centimètres à peine. Ceci est ma nouvelle réalité. Le temps a bien passé. Mon univers a disparu à jamais.

Nous débouchons bientôt au sommet d'une côte et je m'apprête à pointer du doigt un troupeau de moutons dans une lointaine prairie lorsqu'une ombre énorme s'abat sur nous. Kara et moi tordons le cou pour regarder le ciel par la fenêtre.

« Eh bien, elle est passée bas, celle-là ! dit Dot.

– Mais que… »

Et là, nous voyons ce que c'est. Une sorte de vaisseau gigantesque, si grand que je ne peux pas entièrement l'embrasser des yeux, si grand qu'il nous fait encore de l'ombre. Puis il passe son chemin et le soleil revient.

Kara s'efforce maintenant de l'observer par le pare-brise avant.

« Qu'est-ce que c'était que *ça* ?

– Une balayeuse ! Vous n'en avez jamais vu ? Il faut dire que d'habitude, elles ne se déplacent pas si bas. Il doit y avoir une petite perturbation dans le coin. Sans quoi on les remarque à peine. »

Nous découvrons que Dot est une mine d'informations, le genre de chauffeur de taxi qui sait tout sur tout, afin de satisfaire le client. Elle nous explique que les balayeuses existent depuis environ un siècle, et qu'elles sont les aspirateurs du ciel. Elles ont été mises en service après qu'une gigantesque explosion volcanique, dans le parc de Yellowstone, a plongé une grande partie de la planète dans l'hiver pendant plusieurs années, mais qu'elles n'ont cependant pas été construites assez vite pour prévenir une terrible famine et des épidémies de masse. Il y a eu des millions de morts à travers le monde. Cet affaiblissement de la force de travail a d'ailleurs favorisé la prolifération des robots.

« En fait, nous avons eu de la chance. Il aurait pu arriver bien pire : il paraît que l'explosion aurait pu être deux fois plus violente. Et comme les cendres ont fini par se canaliser dans les courants d'altitude, l'espèce humaine ne s'est pas éteinte. Un coup de sonnette d'alarme pour les Ventres affamés. »

Nous apprenons que c'est ainsi que nous appellent les robots : les Ventres affamés, comme si nous étions de pauvres larves invertébrées, à la merci de notre biologie et de notre environnement..., ce que nous sommes, je suppose. Du moins, je crois que Kara et moi appartenons à la classe des Ventres affamés. Je ne suis pas sûr de pouvoir me fier à la moindre parole du Dr Gatsbro.

« La plupart du temps, les balayeuses patrouillent essentiellement à très haute altitude, en attendant d'être appelées pour le service. Certains pays hostiles et quelques Hors-pacte ont en effet encore recours à des armes biologiques primitives, mais ces engins réduisent leurs attaques à des rodomontades futiles. Bien sûr, tous les dix ans environ, une attaque nucléaire échappe aux radars de la Défense galactique, et, dans ce cas, les balayeuses font des heures supplémentaires. Quand ça arrive, tous les avions sont cloués au sol. Ça peut durer des semaines. »

Je regarde par la fenêtre tandis que Dot continue de nous raconter ce monde que je ne comprends pas et où je n'ai pas ma place. Tandis qu'elle parle, je dévore des yeux toutes les collines verdoyantes, tous les étangs, tous les moutons, toutes les vaches. Je me répète que certaines choses n'ont pas changé. Certaines.

Ça va aller.

Je me tourne vers Kara. Elle hoche la tête et me presse la main.

Certaines choses n'ont pas changé.

Chapitre 15

J'avais eu peur quand nous avions déménagé. En rentrant du lycée le premier jour, je ne voulais plus y retourner. J'étais certain que j'allais échouer. Le niveau était élevé. Bien plus que dans mon ancien établissement et, de surcroît, je prenais l'année en route. J'étais persuadé que je ne rattraperais jamais mon retard. J'aurais voulu retrouver mon précédent lycée, où au moins je savais qui allait me voler l'argent de la cantine. Ma mère ne voulait rien entendre. Ils avaient déménagé précisément pour ma sœur et moi. J'avais surpris des chuchotements dans la cuisine quand mon père était rentré, après quoi il était venu me parler dans ma chambre.

« Je ne m'intègre pas, papa. Rien n'est comme avant. C'est comme si j'étais sur une autre planète. Ce nouveau bahut n'a rien de commun avec celui de Bellwood.

– La différence n'est pas forcément négative, Locke. C'est simplement autre chose. Et dans ce cas, je pense que c'est pour le mieux.

Fais-moi confiance. Tu es juste un peu perdu aujourd'hui. »

J'avais insisté en répétant que je ne m'intégrerais *jamais*, convaincu qu'il ne m'avait pas entendu la première fois. J'espérais que cela mettrait un terme à la conversation. Raté.

« Ça ne se fera pas en un jour, avait-il affirmé. Essaie de voir ça comme un voyage, Locke. Un voyage au long cours. Pas un sprint. Tu trouveras ton chemin. » Il avait rapproché ma chaise du lit sur lequel j'étais vautré et s'était assis. J'avais su, alors, que j'en avais pour un moment. « Bien sûr qu'il y aura des changements, et même des détours et des revers, beaucoup sans doute. Mais n'oublie jamais le principal. Ton objectif. »

Il s'était alors penché en avant et avait entrecroisé ses doigts en observant ses mains. Je les avais observées, moi aussi. Il travaillait dans le bâtiment. Celles-ci témoignaient de ses années de métier – des cicatrices, des crevasses. Il faisait bien son travail, mais c'était une activité précaire qui vous cassait le dos. Je savais qu'il voulait autre chose pour moi.

« Tu peux faire la différence dans ce monde, Locke, mais cela demande de la patience et de la volonté, et il ne faut pas laisser quelques années te détourner de ton but. Concentre-toi sur ta destination, et pas sur les ornières de la route. Tout le monde rencontre des difficultés, mais certains s'accrochent et d'autres renoncent. Ne sois pas de ceux-là. »

Était-ce ce qu'avait fait mon frère ? Renoncer à ses rêves et aux leurs ? J'avais hoché la tête. J'avais toujours envie d'abandonner, mais j'espérais que mon acquiescement le ferait partir. Il m'avait ensuite pressé l'épaule, et j'avais vu qu'il lisait en moi. Il me connaissait trop bien. Il s'était levé pour s'en aller, mais s'était arrêté en chemin.

« Imagine-toi dans cinq ans, fils. Où voudrais-tu être alors ? Garde ça en tête. Chaque jour. C'est comme ça que tu y arriveras. Je crois en toi, Locke. Ta mère et moi, nous croyons tous les deux en toi. Tu es capable d'y arriver. »

Imagine-toi dans cinq ans…

Je contemple l'iScroll au creux de ma paume, le paysage que je ne reconnais pas et le robot qui m'aide à le traverser. J'ai essayé de m'imaginer un tas de choses ce soir-là, mais certainement pas cela.

Chapitre 16

« Nous y sommes », dit Dot.

Nos portières s'ouvrent automatiquement, mais ni Kara ni moi ne descendons. Nous sommes au bout de la route historique. Devant nous se trouvent des vestiges de la Route 90, qui allait jusqu'en ville autrefois, mais qui se résume vue d'ici à des gravats et des mauvaises herbes.

« Ne vous en faites pas, ajoute-t-elle. À environ cinq cents mètres, la route redevient praticable. Ici, c'était un des points d'invasion. »

L'invasion. Comment le Dr Gatsbro a-t-il pu nous taire un petit détail tel que la guerre civile de 2112 et la partition des États-Unis en deux nations ? Dans quelle Amérique avons-nous mis les pieds ? Les États démocratiques d'Amérique, ou la République américaine unie ? Kara a dit en plaisantant que ses cours de géographie ne lui servaient plus à rien. Mais elle ne souriait pas. Et moi non plus.

« Allez-y, nous encourage Dot. Je vous retrouve au point de rendez-vous. Oh ! Et si jamais vous êtes abordés par des Hors-pacte, dites-leur que vous êtes de la Surveillance migratoire. Avec ces vêtements, ils vous croiront. Et au cas où ils deviendraient menaçants, faites semblant de sortir votre taser de service. Cela les fera détaler. »

Espérons.

J'ouvre la portière d'un côté, Kara de l'autre.

« Encore une chose... »

C'est avec soulagement que nous retardons notre départ.

« Si, pour une raison ou pour une autre, je n'étais pas au rendez-vous, est-ce que vous vous souviendriez de mon nom ? Mon nom complet. Dot Jefferson. C'est le nom que je me suis choisi. Si vous prenez un autre Taxi Star, parlez de moi. Les autres chauffeurs me connaissent sous cette identité. Pas seulement sous le matricule DotBot#88 que m'a assigné la compagnie. D'ailleurs, vous trouvez que ça ressemble à un nom, vous ? »

Je contemple Dot. Ce n'est qu'un robot – un demi-robot, même, constitué de câbles, de puces et de circuits intégrés. Un DotBot#88, et pourtant elle nous a aidés.

« Ça n'a rien d'un nom », dit Kara.

Et j'ajoute : « On se reverra, Dot Jefferson. »

Elle dodeline de la tête à sa manière particulière.

« Bonne chance, les Évadés. »

Sa voix me donne le frisson. Celle-ci est pleine d'espoir, comme celle de ma mère quand elle m'a envoyé au lycée dans mon nouveau quartier.

Nous descendons de voiture et regardons Dot s'éloigner sur la chaussée historique pour aller rejoindre le Système routier. Une fois qu'elle est hors de vue, nous faisons demi-tour pour étudier ce qui nous attend. Au loin se profile la ville, mais elle ne ressemble pas à la Boston que j'ai connue.

Chapitre 17

La ville ne s'étend plus en largeur comme avant. Autour de nous, l'ancien paysage de quartiers résidentiels, de rues et d'usines a disparu. Les lieux sont étrangement déserts. On dirait que la ville a roulé son paillasson et s'est serrée en boule. Je ne me sens pas le bienvenu. Nous apercevons quelques constructions au loin, des maisons peut-être, mais la forêt a englouti pratiquement tout le reste, recouvrant les cicatrices de l'histoire tel un pansement vert. Je connaissais les rues de la ville. Je ne connais rien à la forêt. Même avec les instructions détaillées de Dot et les vestiges d'une très vieille route, je me sens déjà perdu.

Francis Street, me dis-je. *Il faut juste retrouver Francis Street.*

Je tourne la tête vers Kara. Elle aussi observe le paysage. Elle regarde à droite et à gauche, puis ferme les yeux. Je me demande si elle regrette d'avoir quitté la sécurité du domaine.

« Nous n'étions que des jouets, Locke, dit-elle. Il fallait partir. Je le déteste de nous avoir fait ça. »

C'est difficile de croire que ce matin encore, nous récitions nos leçons comme des perroquets et que Kara appelait le Dr Gatsbro « notre sauveur ». Il nous a sauvés, c'est vrai, mais cela lui donne-t-il pour autant le droit de contrôler toute notre existence ? Je m'approprie la rage de Kara. Cette colère me fait du bien, elle me rend plus fort, elle chasse mes peurs. Je suis mieux avec.

Nous pouvons réussir ensemble.

Kara contemple fixement la ville.

« Au bout de deux cent soixante ans, nous le méritons. »

Au bout de deux cent soixante ans. Chaque fois qu'elle prononce ces mots, quelque chose en moi meurt à nouveau. La fête, la voiture, tout ça, c'était mon idée. Je l'attire contre mon corps et presse mes lèvres contre ses cheveux, inhalant son parfum. Ses bras se referment et elle appuie sa joue contre mon torse. Je sens son cœur battre et je sais qu'elle sent le mien. Maintenant que nous sommes loin du domaine, peut-être pourrons-nous enfin avoir plus. Le plus que nous méritons. Plus l'un de l'autre. C'est peut-être ce qui nous manquait depuis le début pour combler le vide qui s'est ouvert en nous, mais je me dois aussi de jouer fin et de suivre les conseils de Dot. Il faut que je nous sorte d'ici, et en vitesse. Il ne nous reste que deux heures de jour, et bien que j'aie envie de demeurer accroché à Kara sans plus jamais bouger, je la repousse doucement. Je ne peux pas commettre d'erreurs.

« Il faut qu'on se mette en route. »

Elle acquiesce et nous nous engageons dans ce paysage dévasté.

Les décombres sont chaotiques. À chaque pas, nous posons nos pieds avec le plus grand soin. C'est avec méfiance que nous abordons les crêtes derrière lesquelles on ne voit rien. Nous ne savons pas précisément ce que sont les Hors-pacte. Des voleurs ? Pire ? Tout ce que nous savons, c'est qu'il vaut mieux les éviter, ou toutefois essayer.

Notre progression est épuisante. Kara et moi nous entraidons pour grimper sur d'énormes blocs de béton, puis pour descendre prudemment le long de tas de gravats et d'éboulis envahis par les mauvaises herbes, sans cesser de guetter des mouvements autour de nous. Nous nous arrêtons un court instant pour nous reposer, tout en observant le prochain monticule de débris qu'il nous faudra escalader. Qu'y a-t-il de l'autre côté ?

« Prête à dégainer ton taser ?

– Bien sûr. »

Kara se baisse alors pour casser un bout de branche dans un buisson mort, qu'elle glisse dans la ceinture de son pantalon avant de le recouvrir de sa chemise. Puis elle tapote la bosse qui s'est formée.

« Attention, maintenant, j'ai une arme meurtrière. »

Je souris, soulagé par ce petit trait d'humour dans une situation si précaire. Nous voilà en effet au milieu de nulle part, dans un monde que nous ne reconnaissons pas, guidés par les instructions d'un demi-robot, et comptant sur des pièces d'identité de contrebande et sur un bout de branche cassée. Kara a le visage maculé de terre et les cheveux emmêlés par le vent. Elle n'a plus rien de Sa Majesté Kara. Je ramasse par terre une pierre qui tient pile dans ma paume.

« En ce qui me concerne, je me fie à la bonne vieille technologie.

– Espèce d'homme des cavernes ! »

Nous poursuivons en direction de la ville, et finissons par atteindre les restes de l'ancienne autoroute dont Dot nous a parlé. Nous avons l'impression d'avoir déjà parcouru beaucoup plus que le demi-kilomètre annoncé, et nous en avons encore trois pour arriver à destination, à la lisière de la ville. Le soleil est bas dans le ciel. Je presse le pas. Kara fait de même.

Tout en marchant, je cherche des yeux d'autres armes. Dans ce monde, il est vrai que j'ai l'impression d'être dans la peau d'un homme des cavernes à la recherche d'un gros gourdin. Il n'y a cependant rien qui puisse m'être utile le long de la route et je n'ai pas envie de m'aventurer dans la forêt. Je me demande un instant si je pourrais trouver une branche fourchue, pour confectionner une fronde. Cela me permettrait au moins de conserver un peu de distance pour nous protéger, mais de toute manière, je n'ai pas d'élastique.

À mesure que nous nous rapprochons, la silhouette hérissée des gratte-ciel nous rappelle vaguement quelque chose, mais la différence la plus remarquable avec ce que nous connaissions est la couleur. Pratiquement tous les édifices sont blancs ou gris clair. Ils évoquent des cristaux de quartz scintillant posés dans un nid d'oiseau blanc. Je devine que le nid en question est le système routier qui entoure la ville de ses voies étroitement entremêlées. On dirait une muraille autour d'une forteresse. Dot nous a dit que le Système encerclait la ville sur plusieurs niveaux. Il me paraît incroyablement complexe. Je suis content que nous n'ayons pas à conduire.

« J'ai faim, dit soudain Kara.

– Les contacts de Dot nous donneront peut-être à manger.

– Ou pas. Si ça se trouve, ce sont tous des robots sans estomac, comme elle. »

Et nous, que sommes-nous ? Des modèles plus élaborés ? Le dernier modèle Estomac 200 ?

C'est un peu étonnant que je ne me sois pas plus interrogé à ce sujet jusqu'ici, mais à présent je ne peux plus penser qu'à cela. Je savais que nous étions illégaux, mais pour moi, il ne s'agissait que d'un cafouillage administratif, comme lorsque votre passeport n'est pas en règle. Cela ne nous rendait ni mauvais ni moins humains. Une simple embrouille bureaucratique, voilà ce que je me disais, un problème de papiers qui finirait par s'arranger. Ce ne pouvait être que cela. Tout en moi est humain. Le Dr Gatsbro l'a dit. À quatre-vingts pour cent. Issu de la biotechnologie, avec quelques adaptations, mais humain quand même. C'est ce qu'il disait. De la chair. Du sang. Des organes. Et j'ai mon esprit à moi. Est-ce que cela ne suffit pas ? Et une rognure d'ongle. *Une rognure d'ongle*. Dot n'en a jamais eu autant.

« Locke ! »

Le coude de Kara s'enfonce dans mon flanc. Je vois tout de suite ce qu'elle me montre. Au loin, un groupe s'avance dans notre direction. Quatre personnes, peut-être cinq. Leurs vêtements, amples et sombres, flottent dans le vent et leur donnent l'aspect d'une bande de corbeaux. Mes doigts se resserrent autour du caillou dans ma main.

« Grandis-toi, Kara. Essaie d'être imposante. »

Qu'est-ce que je raconte ? N'est-ce pas ce que l'on fait avec les ours ou les couguars ? Mais c'est tout ce que j'ai à proposer. Moi-même, je me redresse pour gagner deux bons centimètres.

« Ne t'arrête pas », chuchote Kara alors que je ralentis. « Marche. Prends l'air sûr de toi, comme si la planète t'appartenait. »

Même les vêtements que j'ai sur le dos ne m'appartiennent pas.

Je hasarde : « Tu crois qu'on a le temps de partir en courant ?

– Pour aller où ? Ils connaissent ce territoire bien mieux que nous. Et on ne sait pas ce qu'ils sont. On ne sait même pas s'ils sont humains.

– Ils ont des jambes, comme les humains.

– Et Dot a une tête, comme toi et moi. »

Ils ne sont plus qu'à un jet de pierre, maintenant, et leurs silhouettes noires prennent forme. Ça se confirme : ils sont cinq. Ils commencent à ralentir et à se déployer sur la route. Une stratégie d'attaque ? Je me place devant Kara et brandis mon caillou. Et voilà que je leur crie : « Dites donc, les Hors-pacte, vous avez des permis pour vous trouver ici ? »

Des *permis* ? Qu'est-ce que je raconte ? Bon, en tout cas, ils ont stoppé leur progression. Ils ricanent entre eux, après quoi celui du milieu dit aux autres : « Vous avez entendu ça, les gars ? Toto l'Aristo croit qu'on a des *termites* ! »

Les autres s'esclaffent et font des gestes grossiers, comme pour extirper la vermine de leurs corps. Puis leur leader fait un pas en avant. Il ne rit plus, ne sourit plus.

« On n'est pas des Hors-pacte, Toto l'Aristo. On est des pirates, et t'es dans nos mers. »

Des pirates ? Des pirates *terrestres* ? Dot ne nous a pas parlé de ça.

Ils recommencent à se rapprocher peu à peu. Ils sont minces et noueux. Je dois peser vingt kilos de plus que chacun d'eux, mais ils sont cinq, et ils ont des mines patibulaires. Aussi patibulaires que les voyous de mon ancien quartier. Mon frère me mettait toujours en garde : ne croise pas leur regard, détourne les yeux quand ils sont trop nombreux pour toi – de la survie urbaine de base –, et cours comme un dératé. Toutes ces stratégies me sont totalement inutiles à ce moment précis. J'ai déjà regardé dans les yeux de fouine du chef. Il cherche la bagarre, et je ne vois pas quelle stratégie pourrait fonctionner avec un type qui se croit au milieu d'un océan. Son océan.

Je réfléchis à toute vitesse. Que nous a dit Dot, déjà ? La Surveillance de je ne sais quoi ? J'essaie d'adopter un ton autoritaire.

« Nous sommes des agents de la Sécurité migratoire. »

Ils cessent d'avancer et se remettent à rire entre eux. Tout ce que je dis les amuse, apparemment.

Kara me dépasse de plusieurs pas.

« Et nous sommes pressés, dit-elle. Alors si vous bougez vos culs maigrichons, que vous descendez dans ce fossé tout de suite et que vous nous évitez d'avoir à vous cramer et à vous embarquer, on en reste là. Je compte jusqu'à trois. Un... »

Elle déplace ses doigts vers sa hanche, là où la

branche cassée forme une bosse sous sa chemise. Les pirates se consultent du regard. Leur chef, au milieu, lève les mains d'un air apaisant et sourit.

« Allons, pas de geste précipité. Tout ce qu'on veut, c'est un peu de boustifaille, les amis, pour…

– *Deux…* »

Le petit au bout pousse un cri, recule en titubant, et tous se carapatent. Ils dévalent le talus, deux d'entre eux trébuchent et roulent presque jusqu'en bas, leurs fins manteaux noirs battant comme des ailes cassées. Ils disparaissent bientôt à couvert dans la forêt.

« Cours ! » me crie Kara.

Et c'est ce que nous faisons. Nous ignorons combien de temps ils mettront à reprendre leurs esprits et à comprendre qu'ils ont été bernés.

Un kilomètre. Deux, trois. Nous sommes vite essoufflés, le souffle rauque. Nous n'avons pas l'habitude de courir sur d'aussi longues distances, mais Kara et moi gardons le rythme, sans même ralentir pour jeter un coup d'œil derrière nous.

Chapitre 18

La ruelle baigne dans une puanteur épouvantable. De l'eau s'écoule goutte à goutte quelque part dans le noir. Nos pas résonnent sur les pavés. À part cela, on n'entend que des mouvements furtifs derrière les tas d'ordures appuyés aux bâtiments noirs, des deux côtés. Des croissants de lune brisés miroitent sur la chaussée. C'est notre seul éclairage. En passant devant des portes et des fenêtres sombres, j'ai la sensation que nous sommes épiés.

Nous ne disons mot. Ce n'est pas le genre d'endroit où l'on a envie d'attirer l'attention. Même Kara, qui n'a jamais mis les pieds dans ce type de quartier, semble le savoir. Où nous a envoyés Dot ? Est-ce un piège ? Peut-être y a-t-il une récompense pour la capture des Évadés dans notre genre ? Dot nous a dit d'aller attendre au bout de la ruelle. C'est un cul-de-sac. Sans issue. Il faisait encore jour quand elle m'a donné ses instructions. Les suivre dans le noir nous demande toute notre volonté. Nous arrivons à destination et je presse la main de Kara. Nous sommes face à des piles de vieux cartons débordants d'ordures.

« Où est-elle ? dis-je tout bas.

– Où sommes-nous ? » me répond Kara sur le même ton.

J'aimerais bien le savoir.

Un bruit, un chuintement de pneus sur les pavés mouillés. Ce bruit enfle et, soudain, des phares éblouissants franchissent le coin et se dirigent droit sur nous. Kara et moi regardons frénétiquement alentour, à la recherche d'une issue, tirant sur les cartons qui dégringolent tandis que des rats gros comme des chats se sauvent en couinant. Les lumières nous foncent dessus, puis s'arrêtent brutalement dans un crissement de pneus, à quelques pas de nous seulement. Kara et moi restons figés dans leur faisceau. Puis elles s'éteignent et j'entends une voix.

« Les Évadés ! Vous avez réussi ! »

Kara pousse un soupir rauque et furieux. J'ai les jambes en coton. Ce corps que m'a donné Gatsbro ressemble trop à l'ancien, parfois.

« Oui, Dot. On a réussi. »

Elle nous fait signe de nous rapprocher et se met aussitôt à nous donner de nouvelles instructions. Nous allons devoir descendre des marches qui sont cachées derrière une benne à ordures, au fond de l'impasse. Des membres de son Réseau sont en bas, dans le dédale de caves abandonnées. Ils sont prévenus de notre arrivée. Ils vont se procurer des pièces d'identité cette nuit et nous les aurons demain matin. Ne pas poser de questions. Faire tout ce qu'ils disent. Ils nous donneront à manger et un coin pour dormir, car ils savent que les Ventres affamés ne tiennent pas longtemps, privés de nourriture et de sommeil. Dot nous attendra et nous emmènera où nous voudrons à la première heure.

« Allez-y. Ils vous attendent. »

Kara me prend par le bras pour partir, mais je m'attarde un instant auprès de Dot.

« Et toi ? Tu vas rester dehors avec les rats ? »

Le biobot baisse brièvement la tête vers ce qui devrait être ses genoux, alors que son corps est fermement branché sur une console. La réponse est évidente avant même qu'elle ne l'ait formulée.

« Oui. Je ne bouge pas d'ici. »

Je lui fais un petit signe du menton. Je ne sais pas bien ce qu'il signifie. C'est un geste qui remplace toutes ces choses que je ne sais pas dire.

Chapitre 19

Si je pensais que m'engager dans un cul-de-sac était une énorme erreur de jugement, descendre un escalier de cave abandonné dans le noir est une pure folie. Nous nous guidons à tâtons sur des murs poisseux, car pas un rayon de lune ne s'aventure dans cette région de l'enfer. Au moment où la dernière lueur en provenance de l'extérieur disparaît, mon souffle se fige dans ma poitrine.

Je m'arrête. Je ne peux plus faire un pas.

Les ténèbres sont épaisses comme du ciment.

En moi, la panique se bat contre la raison. *Nous ne sommes pas là*. Kara marche juste derrière, les ongles plantés dans mon bras.

Ne montre plus jamais ta faiblesse.

Je me concentre. Nous avons besoin d'aide et ces gens peuvent nous l'apporter. *Sois attentif.* Je perçois un mouvement derrière mes globes oculaires, comme une douleur sourde, mais peu à peu, le noir prend forme. Un contour rouge sombre, un mur, un palier. Une porte. De l'air rance pénètre enfin dans mes poumons. Je scrute le moindre reflet lumineux dans l'escalier. Gatsbro avait peut-être raison sur au moins un point. Avec un peu de concentration, je suis capable de m'étonner moi-même. À moins que ce corps n'apprenne simplement de nouveaux tours, comme un chien. Assis. Va chercher. Vois dans le noir.

Je chuchote : « On y est presque.

– Comment le sais-tu ? » me demande Kara. « Je ne vois rien.

– Mes yeux s'habituent. Il y a une porte devant nous. »

Nous atteignons le palier et j'abaisse la poignée. Le battant cède sans difficulté et la lumière nous tombe dessus. Ce n'est qu'une chiche lueur orangée, mais après les ténèbres, elle nous semble presque vive.

« Entrez. Nous vous attendions. »

Il y a trois personnes dans la pièce. Du moins, je crois que ce sont des personnes. Dans des couloirs adjacents, nous en apercevons d'autres, très affairées. Le grand costaud qui nous a parlé nous prend en charge et nous entraîne dans un long corridor. Pas de doute, c'est un humain. Son visage est marqué d'une profonde cicatrice, de la tempe au coin de la bouche, et il boite fortement. Il nous guide jusqu'au seuil d'une petite pièce sans fenêtre, avec un lit de camp dans un coin. L'endroit n'est éclairé que par la lumière du couloir.

« Sans doute pas ce dont vous avez l'habitude, mais ce n'est que pour une nuit. Pas de deuxième chance, vous comprenez ? Soit vous y arrivez, soit non.

– De deuxième chance ? Nous ne savons pas ce que…

– Et pas de questions. »

J'acquiesce en silence.

Kara capte son regard noir et lui sourit.

« Merci. Ce sera très bien, Mr... ?

– Pour ce que vous en ferez, A suffira. »

Je bredouille à mon tour un remerciement.

Avant de partir, il ajoute : « Ne sortez pas. Ne bougez pas. Restez-là jusqu'à ce qu'on vienne vous chercher demain matin. Il y a à manger dans le coin. »

Je m'efforce de percer la pénombre de notre antre.

« Y a-t-il de la lumière, qu'on y voie quelque chose ?

– Attendez-moi ici. »

L'homme boitille jusqu'à une autre pièce et revient avec un bocal cassé contenant un vieux bout de chandelle fondu. « Ça devrait tenir quelques heures. »

Il allume la mèche et me tend le bocal.

Nous pénétrons dans la chambre et fermons la porte derrière nous.

« Ça devait être A comme Aimable », bougonne Kara.

Je pose la bougie sur une petite caisse retournée. Sa faible lueur vacille sur les murs. Kara donne un coup de pied dans un débris abandonné par terre, le nez froncé. Elle s'approche du lit de camp et, de deux doigts, soulève un coin de la couverture pour inspecter ce qui pourrait être caché en dessous.

Puis elle pivote vers moi et hausse les épaules.

« C'est pas le Ritz, hein ? »

Je m'adosse à la porte. Je ne comprends pas

comment elle peut plaisanter dans un moment pareil.

« Qu'est-ce qu'on va faire, Kara ? Quel est notre plan ? Cet endroit ne ressemble même pas au Boston qu'on a connu. Ça n'a rien à voir avec…

– Chut ! Parle moins fort. » Elle se met à farfouiller dans un carton posé dans un coin. « Des cacahuètes. C'est tout ce qu'il y a là-dedans. Un sachet de cacahuètes à deux balles. Et quelques bouteilles d'eau. » Elle ouvre le sachet et s'envoie une poignée de graines dans la bouche. « Des cacahuètes périmées. »

Elle fait la grimace mais les mange quand même.

« Kara, je me fous des cacahuètes ! Il faut qu'on…

– Arrête de t'en faire ! On est dans les faubourgs, Locke. C'est tout. Le vieux Boston est sûrement encore là. Ça va aller. Tout ce qu'il nous…

– Ça va *aller* ? Gatsbro est mort. Tu y penses, à ça ? On est en cavale et on est illégaux. On n'a pas d'argent. Pas de logement. On ne connaît pas une âme sur toute la planète, et…

– Si, on connaît quelqu'un. On connaît *Jenna*. »

Je suis pris au dépourvu. Mes craintes actuelles sont pulvérisées par cette mention de Jenna. Les conversations dont elle est le sujet ne se passent jamais bien.

Je m'éloigne du mur et fais semblant de m'occuper de la bougie. Je ne peux pas regarder Kara dans les yeux quand je parle de Jenna. Je fais couler la cire fondue du bocal pour augmenter la flamme.

« C'est vrai. Il y a Jenna.

– On va aller la voir. »

Aller la voir. Comme si c'était une visite de courtoisie. Surprise, Jenna ! Regarde un peu qui se pointe après deux siècles et demi ! Tu n'aurais jamais cru retomber sur nous, je parie. *Aller la voir ?* Pour Kara, il n'est pas simplement question de lui rendre visite. Elle en fait une question de justice. Je repose la bougie sur la caisse.

« Alors c'est elle que tu avais en tête depuis le début ? Jenna ? »

Là, elle explose comme si elle n'avait attendu que ma question pour le faire.

« *Non !* » Elle jette contre le mur une poignée de cacahuètes, qui tombent en pluie sur le sol. « Contrairement à la croyance populaire, le monde entier ne tourne pas autour de Jenna ! » Elle regagne le lit de camp, en arrache la couverture chiffonnée et s'assoit, croisant les bras, serrant ses flancs, se fermant complètement. « Moi aussi, j'ai vécu ici, tu te rappelles ? J'ai peut-être encore de la famille à Boston. Quelque chose. Il y a aussi le cabinet juridique de ma mère, Brown, Kirk & Manning. C'est une boîte énorme. Et puissante. Ma mère en était un des associés. Ils pourraient nous aider. Il doit bien rester quelqu'un. »

À chaque mot, sa voix faiblit. Elle baisse les yeux vers ses genoux, probablement assaillie par les mêmes idées que moi. Il n'y a plus personne. Personne ne se soucie de nous. Nous sommes oubliés de tous, y compris de Jenna. Chacun de nous n'a que l'autre. Je l'observe attentivement. La Kara enragée a disparu et je vois maintenant la Kara que j'aime, celle qui peut être forte et pourtant fragile comme un fil d'araignée. Je vois la

Kara qui a tout perdu, comme moi. Mon poing se serre. Jenna aurait pu la sauver. Elle aurait *dû* trouver un moyen de le faire.

Un bruit infime s'échappe alors des lèvres de Kara, tel le petit miaulement d'un chaton blessé, et je n'ai envie que d'une chose : la serrer contre moi et faire disparaître le reste du monde.

Chapitre 20

Mon corps se moule contre le sien, mon bras se glisse autour de sa taille, mes lèvres effleurent sa nuque. Nous sommes si étroitement imbriqués que l'étroit lit de camp nous suffit amplement. La chandelle s'est éteinte. Seule une faible lueur orangée filtre sous la porte. Nous sommes si proches que mes mots deviennent les siens et inversement.

Comment cela nous est-il arrivé ?

Et pourquoi ?

Ma main couvre la sienne et la caresse doucement.

J'ai perdu la notion du temps.

Le temps n'existait pas.

J'ai cru que ça ne finirait jamais.

Après deux cent soixante ans de questions dans le noir, il nous aurait fallu plus de temps pour parler que ce que nous laissait Gatsbro. Il n'a été question que de leçons, de tests, des merveilles que nous étions, jamais des ténèbres qui vivaient encore en nous.

Je t'appelais. À chaque minute. Chaque jour. Tu étais le seul à me répondre.

Comment pouvions-nous nous entendre ? Gatsbro dit que c'est impossible.

Et pourtant.

Oui, pourtant.

Peut-être que l'impossible devient possible quand on vous retire tout le reste.

Quand il ne reste rien, on a peut-être accès à quelque chose dont personne ne soupçonnait l'existence.

Ou peut-être sommes-nous devenus quelque chose de nouveau.

Mes mots. Ses mots. Nos mots. J'ignore où les uns commencent et où les autres s'achèvent. Je veux la serrer contre moi à jamais.

L'accident, c'est sa faute.

Ce n'est pas elle qui conduisait.

Sa voiture. Sa faute.

C'était ta meilleure amie.

C'était.

C'était. Je chasse ses cheveux de sa joue.

Pourquoi ne nous a-t-elle pas aidés ?

Elle ne savait peut-être pas.

Nous l'entendions. Au début, elle était là, avec nous.

Ça a duré si peu de temps.

Elle savait. Je l'ai entendue hurler.

J'ai cru qu'elle était morte quand elle s'est tue.

Mais elle nous a abandonnés. Elle est partie sans nous aider.

Je la serre plus fort en respirant le parfum de ses cheveux.

Qu'allons-nous devenir, Kara ?

On va se construire une vie.

Ensemble.

Ensemble.

Ensemble, mais où ? Kara n'a jamais vécu dans la rue. Elle est passée d'une existence privilégiée à une autre.

Tu aimes toujours la poésie, Locke ?

La poésie ?

Tu ne récites plus jamais de poèmes. Plus depuis notre réveil. Pas comme avant. À l'époque. Autrefois. Est-ce que tu ne le faisais que pour…

Elle.

Je réfléchis, vite. La poésie, c'était il y a plusieurs existences de cela. Non. Je me fiche de la poésie. Je suis devenu une personne différente. Des générations entières me séparent de cet autre Locke. Comment peut-elle seulement y penser en ce moment ?

Locke, était-ce uniquement pour…

Pour toi, Kara. Ce n'était que pour toi…

Son allure était éloquente, ses gestes pleins de grâce

Des plus belles tu t'es détourné pour contempler sa face[1].

« Des plus belles », murmure-t-elle, après quoi j'entends sa respiration s'ensommeiller doucement.

---

1. Elizabeth Barrett Browning, extrait de « My Kate ».

Chapitre 21

« Alors, où allons-nous, les Évadés ?

– Manger, dit Kara. Il nous faut de la vraie nourriture. »

Je monte à côté d'elle.

« Bonjour, Dot. »

Je plonge la main dans ma poche pour tâter une fois de plus la pièce d'identité obtenue pendant la nuit. Apparemment, le réseau des pick-pockets de Boston est toujours florissant, visant des touristes munis de papiers temporaires. Je ne sais toujours pas ce que cela va nous coûter. Tout ce que je sais, c'est qu'il nous faudra rendre une *faveur.* Dans mon ancien quartier, ce n'était pas une bonne nouvelle.

« Tu n'as pas eu peur, toute seule toute la nuit ?

– Personne ne se soucie des robots. Mes seules craintes ont été quelques gros rats et, bien sûr, la Désactivation à distance. Je suis en cavale, maintenant, moi aussi. » Dot me fait un clin d'œil complice. « Bah, puisque je suis encore là ce matin, il faut croire que le Rééquipement que j'ai subi hier soir a fonctionné. Pour l'instant. Mais si vous me voyez m'éteindre d'un coup (elle fait alors une grimace comme si on l'avait pendue), vous saurez qu'ils m'auront retrouvée.

– Content que tu aies survécu sans encombre, Dot. J'espère…

– Manger ! me coupe Kara. On meurt de faim.

– Très juste, dis-je. Et ensuite, Francis Street. »

Kara me jette un regard mais ne dit rien. Je sais que ma maison n'est pas prioritaire sur sa liste des lieux où nous devons nous rendre, mais pour autant que je sache, ma rue doit être la plus proche de là où nous nous trouvons. Elle peut au moins m'accorder cela. La nuit dernière a été un bon moment entre nous. Cela me donne à croire qu'elle a peut-être raison. Nous nous construirons une vie ensemble, d'une manière ou d'une autre, mais pour l'instant, nous nous rendons au cœur de Boston en plein jour et je suis tellement nerveux que je réserve cet espoir pour plus tard. Qu'allons-nous découvrir ? Qui allons-nous voir ? À part les Pirates terrestres et les silhouettes obscures qui nous ont à peine remarqués dans la cave, nous n'avons encore rencontré personne dans ce nouveau monde.

Au bout de la ruelle, Dot prend un virage et s'enfonce dans une autre rue étroite. De hauts immeubles décrépits s'élèvent des deux côtés. Tous semblent déserts. Les fenêtres sont palissadées ou cassées. À mesure que nous avançons, nous commençons cependant à distinguer des signes de présence humaine. Les trottoirs sont balayés, des stores apparaissent aux fenêtres, un chat roux mange dans une gamelle posée sur un perron et, enfin, nous apercevons quelques personnes en voiture ou à pied. Tout au bout de la rue se trouve un grand étal ambulant qui déborde de pâtisseries et de paniers de fruits. Dot s'arrête et siffle la marchande.

« Eh, Lucia ! J'ai deux touristes avec moi. Ils ont perdu leur argent. Tu peux te fendre d'un ou deux muffins ?

– Ah, toi et tes touristes ! » répond la femme en secouant la tête. Elle attrape aussitôt un sac et le remplit de muffins, de fruits et de briques de jus variés. « Toujours fourrée avec des touristes. À croire que tu es la statue de la Liberté. » Elle s'approche avec le sac, qu'elle tend à Dot par la fenêtre. « Faudrait voir à changer d'excuse, Miss Liberty. » Puis elle se baisse pour mieux nous dévisager, et grommelle à l'oreille de notre chauffeur. « Ces deux-là sont peut-être bien des vrais. Ils ne ressemblent pas à tes "petits déjeuners gratuits" habituels.

– Ils n'ont rien d'habituel. Ce sont des…

– Dot ! »

Je me penche vers le siège avant. Dot est peut-être éblouie par notre statut d'Évadés, mais j'ignore ce qu'en penserait Lucia et dans quelle mesure elle sait tenir sa langue.

« Nous ne sommes pas d'ici, lui dis-je. Nous avons perdu notre argent. C'est bête, hein ? Mais nous apprécions beaucoup votre gentillesse. »

Elle fronce les sourcils et me salue du menton.

« Dans quels ennuis t'es-tu encore fourrée, Dorothy ? » Elle agite la main en s'éloignant. « Ne me dis rien ! Je ne veux pas le savoir !

– Tu es une perle parmi les perles, Lucia ! lui crie Dot.

– Je sais, je sais... »

Kara mord déjà dans un muffin.

« Tu as vu ça ? lui dis-je. Exactement comme dans notre ancien quartier. »

Elle ne répond pas, mais pour ma part, je me sens déjà mieux.

« Et maintenant, Francis Street.

– Francis Street ? répète Dot. Attendez que je vérifie. » Elle se tait et son regard devient vague pendant un instant. « Non, c'est bien ça. Pas de Francis Street à Boston. »

Chapitre 22

J'ai pensé que la rue avait peut-être changé de nom, ou que Dot se trompait, tout simplement. Je lui ai donc indiqué le chemin en utilisant certains repères, et à présent, je me tiens là où tout mon quartier se trouvait autrefois. Ce n'est pas simplement Francis Street qui a disparu, mais la rue d'après, et la suivante, et la suivante encore.

Plus rien. Les énormes piliers de soutènement du Système routier s'enfoncent dans le sol là où il y avait une maison, jadis. Ma maison. Ou celle de mes voisins. J'ai du mal à déterminer précisément où je suis, à présent que tout est parti. Mon seul point de repère est le fleuve, de l'autre côté, et même lui a changé. Il est désormais encaissé entre de hautes murailles. Dot nous a expliqué qu'avec la montée du niveau des mers, la plus grande partie de Boston était désormais en zone inondable et devait être protégée par tout un ensemble de digues.

« Remonte en voiture, me crie Kara. *On y va !* »

Repensant soudain à mon iScroll, je l'allume en

dernier recours, espérant y découvrir une application de recherche que je ne connais pas. Il y a peut-être une erreur. C'est peut-être moi qui me souviens mal. C'était il y a si longtemps.

« Jenkins. Francis Street. »

Pas de réponse. Mon iScroll n'est programmé que pour les jeux idiots dont se servait le Dr Gatsbro afin de détourner mon attention de garçon crédule. Je visualise à nouveau sa tête ensanglantée sur le sol du bureau, et n'éprouve plus rien de mes remords d'hier.

Je regarde encore le paysage, incapable de m'en aller. Je sais qu'observer les rampes et les piliers ne fera pas réapparaître mon ancienne vie ni revenir ma famille, mais je cherche quelque chose, n'importe quoi, peut-être simplement une vibration dans l'air qui garderait encore une trace de mon existence. Je ne crois pas aux fantômes, et pourtant j'entends presque ma mère m'appeler pour le dîner. *Locke ? On mange. C'est ton tour de mettre la table*. Je rirais presque de ma naïveté. Miesha avait raison, je ne suis qu'un petit garçon. Je m'imaginais que mes arrière-petits-neveux et nièces seraient là, à arpenter les mêmes rues. Que j'en repérerais un qui ressemblerait trait pour trait à mon frère ou à ma sœur. Qu'il me verrait, lui aussi, et que nous nous reconnaîtrions. Que je rentrerais à la maison et dînerais avec eux. Que…

Qu'il y aurait *quelque chose*.

« Locke ! On part sans toi si tu ne montes pas en voiture tout de suite. »

Kara a raison. Il faut partir. Il nous faut trouver un moyen de survivre, et il n'y a rien ici.

La traversée de la ville est rapide. Dot peut désormais emprunter les rues commerçantes, qui nous amènent en plein cœur de la vieille ville. Les affreuses digues épargnent le front de mer : on les a élevées plus loin dans le port. Les rues sont toujours encombrées de touristes et leurs noms n'ont pas changé. C'est de bon augure pour Kara.

« Tourne ici », dit-elle.

Elle se penche, tord le cou, absorbe tous les détails, comme si elle aussi cherchait un neveu ou une nièce. Dot arrête le taxi.

« Qu'est-ce que tu fais ? râle Kara.

– La rue est barrée à partir d'ici. Réservée aux piétons. Comme ça, moins de Ventres affamés se font aplatir. Mais je peux…

– Qu'est-ce que tu racontes ? »

Kara n'attend pas la réponse. Elle est déjà en train d'ouvrir sa portière.

« On revient », dis-je à Dot. Tout en me lançant sur les traces de Kara, je lui crie encore : « On se retrouve ici, d'accord ? »

Je ne m'assure pas qu'elle a compris. Je rattrape Kara en courant et lui emboîte le pas comme si je savais où nous allons. Les vêtements et les coiffures des passants ont changé, mais les gens sont toujours des gens, et les rues sont toujours bondées.

« Je crois qu'on passe presque inaperçus. »

Kara regarde droit devant elle, sans s'intéresser un instant aux individus qu'elle croise.

« Encore heureux ! C'est notre droit d'être ici. Attends un peu. »

Sa voix est distante, comme si elle s'adressait à quelqu'un d'autre. Comme si elle était quelqu'un que je ne connais même pas. C'est la Kara qui me fait peur.

Je lui prends la main.

« Kara, ta maison était par là, de l'autre côté… »

Elle s'arrête pour me faire face, incline la tête sur le côté.

« Tu crois que j'ignore où j'habite, Locke ? C'est le *matin*. Ma mère est au boulot. Son cabinet est par…

– Kara. Ta mère… » Mais je ne peux pas continuer. Ses yeux me transpercent. *Ta mère n'est pas au boulot.* Elle le sait. Forcément. Je lui presse la main. « Pardon. Je te suis. »

Quelques mètres plus loin, la vérité se fait jour et je n'ai plus rien à dire. Il n'y a pas d'enseigne. Pas de cabinet. Aucune aide à espérer. Le bâtiment historique est toujours là, mais Brown, Kirk & Manning n'existe plus. Kara entre pour se renseigner.

« Qui ? lui demande le robot de la réception. Pouvez-vous répéter, je vous prie ? »

Kara pousse un soupir exaspéré et sort en courant sans répondre. Sur le trottoir, elle respire avec difficulté.

« Imbécile de robot ! Tout le monde connaît Brown, Kirk & Manning. Même la reine d'Angleterre les connaissait, bon Dieu. »

La regarder est pire que regarder le paysage de piliers remplaçant ma maison. Je suis impuissant à changer cela pour elle. Je n'ai pas pleuré sur ma perte mais j'ai envie de pleurer sur la sienne. La douleur me serre la gorge, mais je déglutis pour la chasser.

« Ça fait deux cent soixante ans, Kara, lui dis-je d'une voix sourde.

– Ma maison ! Mes parents n'auraient jamais vendu la maison. Elle était dans la famille depuis toujours. »

Elle reprend déjà la rue en sens inverse, et je la suis. Si seulement je pouvais faire quelque chose pour l'arrêter !

Elle marche d'un pas vif. Elle bouscule les gens sur le trottoir sans s'excuser. Je trottine à côté d'elle en m'efforçant d'éviter les épaules, les coudes et les pieds qu'elle ignore royalement. Quelques minutes plus tard, nous sommes dans les rues les plus huppées de Boston. Nous atteignons sa maison de Beacon Hill… ou ce qu'il en reste. La façade est en ruine. Un chambranle pourrissant tient encore debout en haut des marches, tel un portail fantomatique. Les constructions voisines sont dans le même état de délabrement. Toutes sont entourées de barrières, une pancarte clouée devant chacune. Devant chez Kara, on peut ainsi lire :

Programme de restauration du vieux Boston
En attente de fonds
Ancien domicile du sénateur John Farrell,
2091-2186

Elle contemple les gravats sans rien dire.

« Kara, on savait bien que les choses seraient…

– Je ne sais même pas qui est ce sénateur Farrell. C'était chez nous bien avant qu'il… »

Et de nouveau, elle part en courant dans la rue. Je me lance à sa poursuite.

« Kara ! Attends ! »

Je sais où elle va. Il ne reste qu'un endroit où aller. Elle zigzague dans les rues. Des géraniums, des pavés et des volets noirs passent à toute vitesse dans notre champ de vision. Les têtes se tournent dans notre sillage. Nous ne pouvons cependant pas nous permettre d'attirer l'attention. Je fais mon maximum pour la dépasser, mais Kara est une vraie fusée. Elle prend le dernier virage, après quoi la foule s'épaissit. Nous slalomons entre les gens et je la perds de vue à plusieurs reprises, mais nous arrivons à destination en même temps. Devant une imposante demeure en grès brun, parfaitement conservée. Des géraniums rouge vif débordent de toutes les jardinières, et un panneau au-dessus de la porte indique le présent usage de l'édifice :

Musée et galerie Clayton Bender

À une fenêtre du rez-de-chaussée, on aperçoit aussi une petite plaque vert sombre marquée en lettres d'or :

Maison historique de Jenna Angeline Fox
Qui a donné son nom à la Norme Jenna

Kara gravit en courant le large escalier, pousse brutalement la porte et entre.

« Où est-elle ? »

La femme assise derrière le comptoir sursaute mais sourit.

« Vous cherchez une artiste en particulier ?

– Jenna Fox ! Où est-elle ?

– À l'étage, vous trouverez une superbe galerie consacrée aux objets de son enfance et de sa période historique. Voulez-vous…

– Non ! Je vous parle de la personne. La vraie Jenna Fox. Où vit-elle ? »

La femme s'esclaffe.

« Oh, *elle* ! Il y a des siècles qu'elle n'habite plus ici. Elle a cédé gratuitement le bail de cette demeure à la Guilde artistique de Boston pour promouvoir les artistes locaux. C'est une grande mécène qui…

– *Où est-elle en ce moment ?* »

Le sourire de la femme s'évanouit. Elle fronce les sourcils et recule sa chaise de quelques centimètres.

« Mais tout le monde le sait, enfin. Elle vit en Californie depuis des années. À Oak Creek. Une petite ville au nord de San Diego. Je ne pense pas que… »

Elle se tait soudain. Je vois la peur envahir ses traits.

« Merci. Merci beaucoup pour votre aide », dis-je.

Et j'entraîne Kara dehors avant que la réceptionniste n'appelle du personnel, des vigiles, ou tout ce qui peut faire peur aux gens de nos jours.

La tirant par le coude, je jette un dernier coup d'œil en arrière et vois la femme nous suivre des yeux depuis le haut des marches. Je tourne aussitôt dans la première rue adjacente, puis dans une étroite ruelle.

Kara n'a pas encore prononcé un mot. À mi-chemin de la ruelle, je m'arrête et prends son visage entre mes mains.

« Kara, lui dis-je tout bas. Kara. »

Elle pose sur moi un regard mort.

« La Californie. »

J'abaisse ma bouche vers la sienne, désireux de redonner vie à ses yeux, d'être plus important que Jenna, de changer quelque chose alors que je n'ai jamais été capable de changer quoi que ce soit. Je comprends immédiatement que c'est une erreur. Ses lèvres sont dures et indifférentes. Je la serre alors contre moi.

« Ça ne fait rien, dis-je. Ça va aller. On est ensemble, tous les deux. Dot va nous aider. Kara, je suis désolé. Je suis désolé.

– Locke, me souffle-t-elle à l'oreille. Oh, non. Non. Locke ! »

Je crois qu'elle se livre enfin et je sens un élan m'envahir, mais elle me repousse. Elle secoue la tête, les yeux rivés sur un point derrière moi. Un frisson glacial me picote la nuque et je me retourne lentement.

Chapitre 23

« Bonjour, Locke. Et ma belle Kara. »

Le Dr Gatsbro est là, au bout de la ruelle, flanqué de Hari et de deux gardes du corps. Un gros pansement couvre un côté de son front. Je me tourne pour dire à Kara de partir en courant, mais il y a également deux autres gorilles derrière nous, plus Miesha et une longue limousine noire bloquant l'autre issue.

« C'est bien ça, Locke. Vous ne pouvez aller nulle part, si ce n'est au domaine. Vous pensiez vraiment que je vous laisserais partir comme ça ? Allons, vous avez bien trop de valeur à mes yeux.

– On ne vient pas », l'avertit Kara.

Le Dr Gatsbro éclate de rire.

« Bien sûr que si. » Il fait un pas vers nous. « Et croyez-moi, vous n'avez pas intérêt à créer des difficultés. N'oubliez pas que ce monde est le mien, pas le vôtre. » Ses pupilles, pleines de rage, ne sont plus que des têtes d'épingle, mais les coins de sa bouche se relèvent dans un sourire. « Je savais bien qu'il suffisait d'attendre que tu allumes ton iScroll. Une fois que nous avons capté son signal, nous ne l'avons plus lâché. Nous savions que vous iriez tout droit à Boston, mais vous nous avez indiqué précisément où vous trouver. Merci. »

Je fixe mon iScroll dans ma paume, aussi fin qu'un tatouage et tout aussi difficile à retirer. C'est ma faute. J'ai guidé l'ennemi jusqu'à nous.

« Vous l'avez entendue. On ne part pas avec vous. »

Le Dr Gatsbro hausse les sourcils, comme s'il était légèrement amusé, puis fait un signe de tête. Presque au même instant, de lourdes mains s'abattent sur mes épaules, me poussent et me plaquent contre le mur. La douleur explose dans mon crâne et le bord d'une brique m'ouvre la lèvre. Mes bras sont tirés dans mon dos, et on me retourne sans ménagement. Quelque chose m'entre violemment dans le ventre. Je me plie en deux, mais on me redresse brutalement, les bras toujours coincés dans le dos. Je ne peux plus respirer, je n'y vois plus rien, mais je perçois des cris. Ce sont Miesha et Kara qui hurlent. Je tâche de me ressaisir mais je reçois encore un coup, dans la mâchoire cette fois. Mes jambes pendent quelque part en dessous de moi et j'essaie de les raidir pour me tenir debout, mais le sol semble se dérober. Des railleries m'arrivent aux oreilles : *pas bien malin, lent à la réaction*. Du coup, la colère prend le pas sur la douleur et, après moult efforts je parviens à me relever. J'inspire à fond, forçant l'air à pénétrer dans mes poumons. Redressant la tête, je me retrouve nez à nez avec le Dr Gatsbro. Miesha, à quelques pas, se tord les mains d'un air consterné. Juste derrière eux, Kara est retenue par un gorille qui lui plaque une main sur la bouche, et une marque rouge se forme sur sa joue. Je tente de me dégager, mais les bras qui me tiennent se resserrent comme un étau.

« On pourrait continuer comme ça toute la journée, Locke, me lance Gatsbro. Je peux toujours réparer les gros dégâts en laboratoire. Mais nous ne voulons pas en arriver là, n'est-ce pas ? »

Je lui décoche un regard haineux.

« C'est tout ce que nous sommes, hein ? De la marchandise. » L'amertume que j'entends dans ma propre voix me rapproche instantanément de Kara. « Des mannequins de vitrine. C'est pour ça que vous m'avez modifié. Que vous m'avez rendu plus grand, changé la couleur de mes yeux, le…

– Allons, Locke. Tu ne vas pas te plaindre de tous les changements ! » Il désigne la région de mon entrejambe. « Il y a eu de vraies améliorations, tu ne crois pas ? »

Son genou jaillit alors vers moi, et une douleur foudroyante éclate dans mes poumons, dans mes globes oculaires, mon dos, mes jambes. Je m'effondre.

« Je crois qu'il a son compte. Chargez-le dans la voiture. La fille aussi.

– Dr Gatsbro, il va avoir besoin de soins médicaux.

– Vous oubliez que je suis médecin, Miesha ? Et puis ce n'est que superficiel. Mes hommes sont bien entraînés.

– Mais, Dr Gats…

– La ferme ! En route. Je vous ai amenée ici uniquement pour que vous vous occupiez de la fille. »

Ils me traînent dans la ruelle. Je n'oppose plus

de résistance. Je n'aurai plus qu'une chance, et j'attends de la saisir. Je me fais lourd dans les bras qui me tiennent, mettant ce temps à profit pour rassembler les pauvres forces qu'il me reste, essayant de barrer le chemin à la douleur, gardant les yeux presque fermés mais observant attentivement le sol sous mes pieds. *Concentre-toi*. Un feu me dévore mais je demeure amorphe. Cela me prend toute ma volonté. *Tiens-toi prête, Kara*. Je vois le bas d'une portière s'ouvrir et des pieds manœuvrer pour nous jeter dans l'habitacle. *Tiens-toi prête*. J'aperçois les mollets du gorille qui maîtrise Kara. Aussitôt, je me précipite vers lui, de toutes mes forces. Les bras lâchent prise, et la portière heurte violemment l'homme au niveau du bassin. J'entends un craquement d'os et un cri.

« Cours, Kara ! »

Déjà on me rattrape, mais avant qu'on ait pu m'arrêter, je balance ma jambe et en touche un autre dans le dos, l'envoyant valser. Les leçons de Percel n'auront pas été inutiles, en fin de compte. On me cloue au sol, mais j'ai le temps de voir Kara s'enfuir dans la ruelle, poursuivie par les deux autres hommes de main. Si elle parvient à rejoindre la foule, elle aura une chance. Un nouveau coup atteint bientôt mes côtes et je sens craquer mes propres os, ou ce qui en tient lieu ; puis c'est une botte qui s'enfonce dans mon ventre.

Le Dr Gatsbro braille des ordres.

« Allez-y ! Allez les aider ! Il ne faut pas qu'elle s'échappe ! »

Les gorilles me jettent dans le véhicule et claquent la portière. Je me tortille sur le sol. Je me sens humain à cent pour cent. Cent cinquante, même. Trop humain. Sur chaque fichu centimètre de mon corps. Mais même à travers la douleur, je souris, au moins quelque part à l'intérieur. Elle a réussi à s'enfuir. *Cours, Kara. Trouve Dot. Cours…*

Soudain, j'entends les serrures se verrouiller, puis une voix qui me dit : « Accroche-toi ».

La voiture fait un bond en avant. Je perçois un vacarme de pare-chocs ou de poubelles. Du métal, en tout cas.

« Je suis une femme morte. »

Je lève alors la tête pour voir qui conduit. C'est Miesha.

Chapitre 24

Le Dr Gatsbro nous court après en tambourinant sur les vitres.

« Ouvrez ! Tout de suite ! Je vous préviens… »

Miesha accélère.

« Morte, je suis morte. »

Elle prend un virage sur les chapeaux de roues. Je tente de me hisser sur la banquette, mais retombe par terre au moment où nous heurtons quelque chose. Un trottoir, j'espère, et non un piéton.

« Morte. »

Je me redresse de nouveau, en hoquetant chaque fois que la douleur me poignarde et me coupe le souffle. Je m'appuie contre la portière et tente de comprendre ce qui se passe.

« Qu'est-ce que tu fais, Miesha ?

– Je sauve ton petit cul maigrichon.

– Je ne suis pas si… » Je retiens ma respiration, car des élancements me vrillent la poitrine. Quelque chose de tiède et de salé me coule dans la bouche. Du sang. « Pas si maigrichon.

– Tais-toi ! J'ai déjà du mal à conduire ce bazar, alors si je dois t'écouter en plus…

– Au coin des rues Kilby et State, dis-je entre mes dents. Vas-y. Là-bas. Un taxi nous attend. C'est là que… » Je respire par à-coups. Je n'ai qu'une envie : me taire et tomber dans les pommes, mais je ne peux pas. Pas encore. « Là que se rend Kara. »

La voiture roule dans un nid-de-poule, un raclement métallique résonne et la souffrance me déchire les côtes. Elle parcourt tout mon corps tel un éclair. Je crie : « Ralentis ! », pas seulement pour mes côtes mais aussi parce que si elle s'évertue à conduire comme une folle, c'est l'arrestation assurée – ou l'accident. Nous ralentissons.

« Kilby et State. Kilby et State. C'est où, ça ?… »

J'appuie ma tête sur la banquette et ferme les yeux.

« À une rue de Faneuil Hall. Vers le sud. »

Aucune réaction. Elle continue simplement de se lamenter.

Pendant ce temps, je tâche de contrôler ma respiration, inspirant lentement et expirant de même. *Concentre-toi, Locke. Cours, Kara. On arrive.*

« Plus vite, dis-je à Miesha.

– Faudrait savoir ! Tu viens de me dire de ralentir. Tu veux prendre le volant ? » répond-elle en virant brusquement.

Je rouvre les yeux.

« On est suivis ?

– Pas encore. »

Je tente de me retourner pour jeter un coup d'œil par le pare-brise arrière, mais un coup de poignard entre les côtes m'en empêche. Les sbires de Gatsbro connaissaient leur affaire. Ils se fichaient bien de m'abîmer, et j'ai l'impression qu'ils m'ont carrément massacré.

« Là ! Je crois que j'ai trouvé, dit Miesha. Il y a un Taxi Star garé devant nous, à droite. »

Je me redresse et aperçois le véhicule de Dot.

« Oui, c'est ça. T'es géniale, Miesha !

– Ça ne me servira plus à grand-chose une fois que je serai morte.

– Gare-toi derrière. On va abandonner cette voiture-ci. Gatsbro doit déjà avoir lancé les flics à ses trousses.

– Pas de danger, avec les affaires louches dans lesquelles il trempe. Il va plutôt s'en charger lui-même. »

Elle ralentit et se gare derrière Dot.

« Tu vois Kara ? je lui demande.

– Non, juste un robot.

– Pourtant, elle aurait dû être là avant nous. C'était plus court en coupant par les ruelles.

– Peut-être qu'elle s'est perdue. »

Pas Kara.

Miesha ouvre sa portière.

« Allez, il faut sortir d'ici. Tout de suite. »

Elle descend et ouvre de mon côté. Je n'ai pas le choix. Je me prépare à l'onde de choc. Je tends le bras et elle me tire vers l'extérieur. Le monde vibre autour de moi. Du noir. Du blanc. De violents éclairs jaunes. J'agrippe la poignée pour me soutenir et Miesha passe mon bras par-dessus ses épaules.

« Il n'y a que quelques pas à faire. Tu peux y arriver. »

Mais le doute est audible dans sa voix.

Je peux y arriver. Pour Kara. Il le faut. D'une minute à l'autre, ou même d'une seconde à l'autre, Gatsbro et ses acolytes nous auront retrouvés. Je reprends ma respiration. Les portes du taxi s'ouvrent toutes seules. Dot m'a vu et se tient prête. Je trébuche et Miesha, solide comme un mur, me rattrape. Je fais deux grands pas et m'écroule dans le taxi, m'étalant sur la banquette arrière. J'ai une douleur lancinante dans la tête et encore du sang salé dans la bouche. Je perçois une conversation excitée entre Miesha et Dot, je sens qu'on replie mes jambes pour pouvoir refermer la portière, puis, à nouveau, des portières claquent.

« Allons-y ! »

J'avale du sang.

« Non ! Il faut attendre Kara. » Le taxi démarre. « Arrêtez ! Vous êtes sourdes ? On ne peut pas l'abandonner ! »

Je m'assois laborieusement. Dot m'observe dans le rétroviseur.

« Elle ne viendra pas. Elle est passée devant moi en courant. Elle m'a regardée et ne s'est pas arrêtée. »

Quoi ? Ça n'a pas de sens. Je lui avais dit d'aller retrouver Dot.

« Pourquoi ferait-elle une chose pareille ?

– Elle se dirigeait vers la gare. Elle a dû penser que c'était une meilleure option pour fuir. C'est plus direct pour sortir de la ville.

– Et comme il y a beaucoup de monde, on se perd facilement dans la foule », ajoute Miesha.

J'agrippe le dossier du siège conducteur ; je me sens glisser, le sang tourbillonne dans ma bouche, mes côtes déchirent les entrailles que Gatsbro m'a fabriquées Dieu sait comment.

« Comment pourrait-elle connaître la gare ? »

Dot se retourne pour me faire face.

« Je lui en ai parlé ce matin. Quand vous êtes descendu de voiture pour chercher votre ancienne maison, Client Locke, elle m'a questionnée sur les moyens les plus rapides de quitter la ville. »

Mais pourquoi voulait-elle connaître un autre moyen de s'enfuir alors que nous disposions du taxi de Dot ? Un moyen *rapide*. S'agissait-il de simple prévoyance ? Cherchait-elle un plan de secours en cas d'urgence ? Kara est toujours très prudente, et puis ils étaient sur ses talons. Elle ne pouvait pas s'arrêter de courir. Jamais elle ne m'aurait abandonné sans y avoir été forcée.

« Vous avez subi des dégâts, Client Locke. »

J'acquiesce. Oui. Des dégâts. Mes doigts lâchent le dossier du siège et mes yeux se fixent alors sur ma paume. L'iScroll. Il envoie toujours des signaux à Gatsbro.

« Passez-moi quelque chose de pointu. N'importe quoi. Vite. »

Miesha me tend un couteau. Un couteau suisse ! Je n'en reviens pas qu'on les fabrique encore, et que Miesha en possède un. Je lui présente ma main ouverte.

« Si on taille dedans, est-ce que ça stoppera le signal ? »

Miesha fait la grimace.

« Non, tu ne peux quand même pas...

– Plusieurs coupures le mettront sans doute hors service », répond Dot.

Sans réfléchir davantage, j'enfonce la lame et

tranche dans ma chair. À trois reprises. Les lignes de perles rouges se rejoignent pour former une petite flaque. J'ai un battement douloureux dans les tempes. Je suis sans force. Les dégâts prennent finalement le dessus. Le couteau me glisse des doigts et je ferme les yeux. J'entends Miesha et Dot discuter avec animation, je sens un tiraillement dans ma paume, mais tout se fond dans un rugissement obscur. Je tente de bouger les lèvres.

À la gare.

Retrouvez-la.

Mais ma voix est aspirée par les ténèbres.

Chapitre 25

Un tunnel. Long. Noir. Accueillant.

Et Jenna qui est là.

Son sourire est lent. Compréhensif. Elle m'attendait. Elle me tend la main, je la prends et nous partons. Sur des kilomètres et des kilomètres, nous marchons dans le noir.

« Où est Kara ? s'enquiert-elle.

– Chhht. Elle dort. »

Jenna sait que je mens mais elle comprend. Elle sait que j'ai besoin de ce moment paisible avec elle.

Je m'arrête de temps à autre pour la contempler. Elle est tellement belle. Plus que belle. Innocente. *Calme*. Elle plairait à ma mère.

« De quoi allons-nous parler aujourd'hui ?

– Du ciel. Décris-moi le ciel, Jenna.

– Il est bleu, Locke. Tu te rappelles, n'est-ce pas ? La couleur de mes yeux. Regarde-moi dans les yeux et tu verras le ciel. »

Je m'exécute et je vois un océan, un champ d'iris, des gouttes de pluie tièdes. Je vois une boîte de peinture bleu céruléen, aigue-marine, cobalt.

Je vois des œufs de merle, la brise et la liberté. Je vois un vaste ciel ouvert, le ciel que j'avais oublié.

« Je t'aime, Jenna. Je t'ai toujours aimée.

– Je sais. »

Je lève la main pour toucher son visage, et un hurlement déchire le silence. Je regarde par-dessus mon épaule.

« Il faut que je m'en aille. »

Elle hoche alors la tête et nous nous détachons si lentement l'un de l'autre que, j'en ai la certitude, une partie de moi demeure là, sur le bout de ses doigts.

Chapitre 26

J'arrive. J'arrive.

« Locke. Réveille-toi. Dis-moi quelque chose. »

Kara. Tu es revenue. Je savais que tu reviendrais. Je le savais.

Je me réveille en sursaut et découvre Miesha, à genoux, penchée sur moi. Je n'ai plus de chemise, et des bandages enserrent mon torse. Très haut au-dessus de nous, des poutres métalliques et un plafond de métal incurvé. Je suis allongé par terre dans ce qui semble être un immense entrepôt.

« Où sommes-nous ?

– À la sortie de Boston, mais il faut qu'on…

– Non ! La gare. Il faut retrouver Kara. » Je tente de me redresser, mais la douleur me déchire à nouveau la poitrine et je retombe au sol. « Il faut la retrouver.

– Locke, elle n'est plus là-bas. »

Je ferme les yeux pour stopper le vertige.

« Elle y est forcément. Nous n'avions pas d'argent. Elle ne peut pas se payer un billet.

– Les trains sont gratuits de nos jours. Tant que

tu as une pièce d'identité, tu peux embarquer dans n'importe lequel et te rendre où tu veux. Et elle a une pièce d'identité. »

Gratuits ? Lentement, je rouvre les paupières.

« Elle s'est enfuie, alors.

– J'en suis sûre à quatre-vingt-dix-neuf pour cent. Nous avons croisé Hari et deux des vigiles de Gatsbro qui inspectaient les rues autour de la gare. Apparemment, ils n'avaient pas mis la main sur elle. Elle a dû se débrouiller pour monter dans un train. » Miesha se lève. « On en reparlera dans le taxi. Dot est allée chercher à manger pour nous, les Ventres affamés, comme elle dit. Il faut qu'on s'éloigne davantage. Pour l'instant, Gatsbro peut encore flairer notre piste. Tourne-toi sur le côté, que je t'aide. »

Je m'exécute et palpe mes bandages.

« Qui a fait ça ?

– Ton amie Dot a beaucoup de relations intéressantes. Un type qui se prétendait médecin s'est pointé. En tout cas, il nous a fait un bon prix et n'a pas posé de questions.

– Je suis resté combien de temps dans le coaltar ? »

Je place une main à plat devant moi et m'appuie dessus en retenant mon souffle. Miesha me soulève par l'aisselle pour me mettre à genoux.

« Pas longtemps. Deux heures, peut-être. Il t'a donné quelque chose. Pour prévenir d'éventuelles hémorragies internes, à ce qu'il a dit. Ça t'a aussi assommé pendant qu'il te bandait. À sa connaissance, tu n'avais rien de cassé, mais leurs bottes t'ont laissé une grande plaie ouverte sur le flanc. »

Je lève brusquement la tête.

« Vous ne lui avez pas raconté qui j'étais, hein ?

– Non. Et s'il l'a compris tout seul, il est resté discret à ce sujet. Mais il a peut-être vu le Bio Perfect sous ta peau, si la blessure était suffisamment profonde. C'est bleu, tu sais. »

Bleu ?

« Non, je ne savais pas. »

Bleu. Comme si j'étais quelque grenouille exotique.

J'avance un pied pour me lever et la douleur me submerge une fois de plus. Je m'immobilise, m'efforce de respirer. Je suis dégoûté.

« Dans mon ancien quartier… » Une inspiration, lente et mesurée. « … on se prenait des raclées pires que ça en permanence.

– Locke, me chuchote Miesha. Ils t'en ont collé une bonne, sans aucun doute. Mais tu peux le surmonter. Tu peux devenir plus fort… »

Je tourne vivement la tête pour la regarder dans les yeux.

« Dis-le, Miesha ! Tu penses que je ne suis qu'un petit garçon. N'est-ce pas ce que tu dis toujours ? Eh bien tu as raison…

– Non, Locke ! Ce n'est pas ce que je dis. Écoute-moi. Il y a autre chose que tu dois savoir. Je l'ai toujours bouclée, mais je tendais l'oreille. J'ai entendu des choses qui ne m'étaient pas destinées. »

Je suis tout ouïe, à présent. J'attends.

« Gatsbro ne pouvait pas te programmer, s'il voulait vendre sa technologie. Les clients potentiels se méfient, et il ne faut pas les prendre pour des imbéciles. Mais il a pu faire des réglages de sensibilité dès le début, afin de pouvoir te contrôler. À ton avis, pourquoi les cyber-abeilles t'ont-elles fait de telles marques ? Il voulait que tu aies une faiblesse, que tu dépendes de lui, que tu ne puisses pas compter sur toi-même. Il t'a donné un mètre quatre-vingt-sept de muscles et de perfection physique dans un but commercial, mais il devait pouvoir garder le dessus. Et tout ce qu'il avait pour y parvenir, c'était ta douleur. »

Elle recule d'un pas. Elle a tout débité d'un trait. J'absorbe l'information bien plus lentement. Je fixe le mur nu de l'autre côté de la pièce.

« Je vois. »

J'avance un pied et fais peser mon corps dessus. Encore un éclair fulgurant, mais je pose malgré tout mon autre pied et me lève. J'inhale lentement et ressens la douleur autrement. C'est une douleur calculée. Exactement ce qu'avait prévu Gatsbro.

Miesha me parle plus fort, comme si j'étais sourd. « Un jour, j'ai entendu Hari rigoler avec Cole dans le laboratoire. Il disait que Gatsbro aurait du souci à se faire si tu parvenais à modifier ton niveau de sensibilité. Je ne sais pas exactement ce que ça veut dire, mais ça doit signifier que tu peux le régler. Ton Bio Perfect est différent des cellules humaines, il peut s'adapter. Fais en sorte qu'il s'adapte, Locke. Trouve un moyen. »

Je détache mon regard du mur pour observer Miesha. Celle-ci ne cille pas. Pendant toute une année, elle a été au courant, et pourtant, elle ne m'a jamais rien dit. *Elle savait.* « Il y a des toilettes, Miesha ? J'ai besoin de me rafraîchir. »

Elle secoue la tête comme si elle ne me comprenait pas.

« Locke ? »

Impassible, j'attends une réponse. Elle pointe le doigt vers un coin.

« Là-bas. »

Je n'ai qu'une douzaine de pas à faire, mais à chacun j'ai l'impression d'être foudroyé. Je sens les yeux de Miesha dans mon dos. Un filet de sueur coule sur ma tempe. J'éprouve toute la douleur que Gatsbro voulait m'infliger, et aussi une souffrance qu'il n'aurait jamais pu calculer.

J'atteins finalement les toilettes, ferme la porte derrière moi et m'appuie au lavabo. La sueur serpente le long de ma joue. Je regarde ma lèvre coupée et ma joue enflée dans la glace. La pièce tournoie derrière moi et je m'accroche encore un peu plus. Nous n'étions que des marchandises, depuis le premier jour. Je touche ma joue, mon front. Je suis une personne. *Un humain*. On ne peut pas faire ça à des humains. Dans ma tête, ce n'est plus la douleur qui tambourine. C'est une rage écarlate comme le sang.

Comme un œuf. C'est ce que je ferais s'il était devant moi en ce moment. Broyer son crâne comme un œuf, et en riant, encore. Kara avait raison. *Fais-le. Fais-le.* J'aurais dû. Je suis abasourdi d'avoir été manipulé à ce point. C'était bien la peine d'avoir cinq cents millions de neuropuces. Comment ai-je pu être aussi bête ? Aussi naïf ? Kara, elle, ne l'a jamais aimé, ne lui a jamais fait confiance. J'aurais dû l'écouter.

J'ai besoin de Kara.

Je me penche au-dessus du lavabo et m'asperge le visage. Je n'oublierai jamais ça. Jamais. *Tu m'entends, Gatsbro ? Jamais*. Quelqu'un frappe alors un petit coup hésitant à la porte. « Une minute ! »

dis-je. Je secoue mes mains. Kara n'a jamais aimé Miesha non plus. Que sais-je d'elle, en réalité ? Quand je sors, elle est là, à m'attendre. Je ne dis qu'une chose :

« Où vont les trains ?

– Partout. » Puis, comprenant où je veux en venir, elle se rembrunit. « Elle a pu aller n'importe où, Locke. »

Mais elle n'est pas allée n'importe où. Il n'y a qu'une destination possible.

Chapitre 27

« La Californie ! »

Miesha est déjà agacée par Dot. Chaque fois que celle-ci parle d'Évadés, notre ancienne gouvernante répète qu'elle n'en est pas une.

« Je suis une pauvre idiote, c'est tout ce que je suis ! » dit-elle, et je m'efforce de comprendre en quoi c'est mieux qu'être en cavale.

Miesha a pris place à l'avant avec Dot, afin que je puisse m'allonger pour me reposer au besoin. Mais comment pourrais-je me reposer ? Il m'importe bien plus de voir où je vais. Depuis notre départ de l'entrepôt, nous roulons à travers la campagne sur une route déserte.

« Vous êtes sûrs que c'est la destination de l'Évadée ?

– Non, et nous ne…

– Si, dis-je, coupant la parole à Miesha. Je sais que c'est là qu'elle va. Et elle s'appelle Kara. »

Dot opine de la tête.

« Kara. Alors, en se dépêchant, on pourrait la retrouver à Topeka.

– Mais non, pas Topeka ! *La Calif…*

– Tous les chemins mènent à Topeka ! » claironnent alors Dot et Miesha en chœur, sur quoi elles éclatent de rire, ce qui me met mal à l'aise. Leurs références communes m'excluent sur-le-champ.

Dot remarque que je ne ris pas. Elle m'explique que le système de transports principal dessine une croix géante à travers le pays, et que le plus grand échangeur ferroviaire est situé au centre de cette croix, c'est-à-dire à Topeka. Des réseaux secondaires s'en éloignent dans toutes les directions. Le petit réseau de Boston rejoint la ligne principale à Albany, et de là c'est tout droit jusqu'à Topeka. Les trains roulent très vite, mais les voitures aussi, sur des voies parallèles. D'après Dot, le temps que Kara trouve son chemin dans la gare d'Albany et attende le train suivant, nous serons peut-être à Topeka avant elle. Et dans le cas contraire, nous pourrons poursuivre directement vers la Californie.

« Non ! Il faut l'intercepter à Topeka. Par n'importe quel moyen. Allez, appuie sur le champignon ! Il ne faut pas qu'elle arrive en Californie avant moi. »

Dot me jette un coup d'œil dans le rétroviseur, puis, retirant complètement ses mains de la barre de direction, se retourne vers moi. Son sourire habituel s'est évanoui. Je crois qu'elle n'aime pas le ton de ma voix. Elle croise les bras autour de son dossier et me regarde droit dans les yeux. La voiture semble se débrouiller toute seule.

« Vous devez comprendre, Client Locke, que je ferai tout ce qui est en mon pouvoir pour aider un Fugitif. C'est ma chance de devenir quelqu'un, moi aussi… pour autant que je puisse espérer l'être. J'aurai ma propre histoire d'Évasion à raconter à mes semblables. Et si… si pour une raison ou pour une autre je ne pouvais pas partager mon histoire, alors on raconterait des histoires *à mon sujet*. Je serais connue à jamais comme Dot Jefferson, Libératrice. Je suis maintenant passée de l'autre côté, et je ne reviendrai pas en arrière. Sachant que j'ai touché à la propriété des Taxis Star quand j'ai rééquipé ce véhicule, j'ai désormais dépassé le stade d'une simple mise hors service temporaire. Je serai recyclée. Alors, votre réussite est ma réussite. Mais il y a des obstacles que même moi je ne peux pas surmonter. »

Je toussote.

« D'accord.

– La voie routière pour Topeka a une vitesse fixe de trois cent cinquante kilomètres à l'heure. Je ne peux aller ni plus ni moins vite. »

Je hoche la tête.

« Et si mon Rééquipement a laissé une trace permettant aux Taxis Star de nous identifier – ils sont très inventifs en matière de traçabilité –, nous risquons d'être déroutés à n'importe quel tunnel de sécurité. Et si…

– Dot, OK, j'ai compris. Tu n'as pas besoin de m'en dire plus. Ce sera dur, mais… »

Je me tortille sur ma banquette. Par où commencer à expliquer une chose que je ne comprends pas tout à fait moi-même ? Et d'ailleurs, suis-je censé donner des explications à un robot ? Ce monde est complètement fou, et je n'ai jamais rien demandé, moi. Kara non plus. Je croyais que nous avions échappé à un enfer, mais nous avons peut-être seulement été transportés dans un autre. Pendant deux cent soixante ans, nous n'avons eu que nous deux. Nous ne nous touchions pas, nous ne nous embrassions pas, mais nous avions nos pensées. C'était la voix de Kara qui me soutenait quand il n'y avait pas de bras pour le faire. Une voix, même tourmentée, cela compte, quand c'est tout ce qu'on a. Kara m'a aidé à ne pas perdre la raison. Il faut que je la retrouve avant qu'elle ne commette une erreur semblable à la mienne : une erreur impossible à effacer.

Dot me regarde toujours. Elle attend patiemment que je termine, comme si je n'avais pas eu d'absence, comme si j'avais simplement repris mon souffle.

« Je te fais confiance, Dot. Mais je t'en prie, fais le plus vite possible. C'est important. »

Un sourire revient alors sur son visage.

« Je sais, Client Locke. Je sais. »

Chapitre 28

Une chose, en tout cas, n'a pas changé depuis deux cent soixante ans : le printemps. Le paysage qui nous entoure commence tout juste à se couvrir de tons vert tendre et d'éclosions duveteuses. Je puise un étrange réconfort dans l'idée que certains phénomènes sont régis par les mêmes principes au fil des siècles, de toute éternité. Il faut croire que deux ou trois choses, dans l'univers, ont été réussies du premier coup. Alors que les chaussures, par exemple, ou les routes, les maisons, les lois, les pays et les gens semblent toujours demander des améliorations.

Je repense à ce que j'ai dit à Dot. La confiance. Il semble paradoxal que je me fie à quelqu'un, ou plutôt quelque chose, qui n'est pas humain. J'accorde ma confiance à une machine. Je crois que c'est ce qu'elle est. Et pourtant elle a de l'*espoir*. C'est ce qu'elle a dit. Comment une machine peut-elle espérer ? Ma réussite est sa réussite. S'il y a pourtant une personne au monde en qui nul ne devrait placer ses espoirs, c'est bien moi. Ou bien peut-être place-t-elle tous ses espoirs dans une machine, elle aussi.

Je tâche de ne pas me complaire dans ces idées. Depuis l'instant où je me suis réveillé avec un corps, j'ai évité d'y penser. J'avais la liberté, enfin, alors que j'avais perdu toute espérance. J'avais des bras pour tenir Kara contre moi. De vrais bras. Je me fichais bien qu'ils aient été façonnés avec des oreilles de cochon ou de la pâte à modeler. C'était un cadeau du ciel. Mais à présent, je suis obligé de me demander si ce cadeau n'était pas empoisonné. Je contemple mes mains sur mes genoux, la gauche bandée à cause de ma destruction de l'iScroll. Je déroule la bande et observe les balafres irrégulières, auxquelles s'accrochent encore de petits caillots de sang séché. Je ferme le poing et le rouvre. Mon père me disait toujours : « À cheval donné on ne regarde pas les dents » quand un bienfait inattendu – des billets gratuits pour un match des Red Sox[1], par exemple – nous tombait dessus. *Ne regarde pas où nous sommes placés, Locke. Un cadeau est un cadeau.* Je remets la bande en place. Je me suis toujours fié à ce que me disait mon père, mais certains cadeaux ne sont pas vraiment gratuits.

« Nous avons presque atteint le Système routier, annonce Dot. À partir de là, on va pouvoir foncer. »

Je remarque que Miesha ferme les yeux et secoue la tête un court instant.

« Tu n'es pas obligée de venir, Miesha. On peut

1. Célèbre équipe de base-ball bostonienne.

te déposer quelque part. Ce serait peut-être mieux pour nous tous. »

Elle me lance un coup d'œil dans le rétroviseur, et cette brève seconde s'étire comme un film passé au ralenti. J'ai l'impression de voir les choses comme je ne le faisais pas avant. Comme si, hors du domaine où j'étais dorloté, mes cinq cents millions de neuropuces se réveillaient enfin pour réaliser ce que Gatsbro a toujours voulu obtenir : un exploit, quelque chose d'exceptionnel. Une microseconde devient un battement de paupière, une ride qui se creuse, un serrement des lèvres. Je distingue clairement la peine sur son visage. Et puis, tout aussi vite, elle la dissimule sous une moue sévère.

« Et pour aller où ? Je n'ai rien ni personne à retrouver.

– Tu dois bien avoir une famille. Une maison. Quelque chose. »

Instantanément, j'ai honte de n'avoir jamais questionné Miesha sur sa vie en dehors de notre petit monde fermé et privilégié au domaine.

La peine fait un instant briller ses yeux, mais une fois de plus, elle se ressaisit à la hâte. Elle a de l'entraînement.

« Eh bien non, Einstein. Sinon, tu crois que je travaillerais pour Gatsbro, à m'occuper de deux… »

Je lève la main pour l'arrêter et lui fais un clin d'œil, malgré mes côtes encore douloureuses.

« Je sais, je sais. Deux enfants gâtés. »

Dans le rétroviseur, j'observe ses bras posés sur ses genoux et ses cicatrices qui ressemblent à du lierre grimpant. Même mes neuropuces ne me livrent pas la clé de ce secret.

« Tu l'as dit, grogne-t-elle. Pourris gâtés, même. »

Deux enfants gâtés à qui elle a menti... mais elle m'a également sauvé. Pourquoi ? Ma confiance vacille. Le silence se prolonge.

« Et voilà, les Évadés ! claironne Dot. Croisons les doigts. »

Apparemment, croiser les doigts se fait toujours, même si je préférerais une méthode un peu plus scientifique. L'énorme rampe d'accès au Système routier s'élève devant nous sur ses piliers. Dot s'y engage, et un cahot ébranle la voiture. Je sursaute.

« Qu'est-ce que c'était que ça ?

– Pas de souci ! Ce n'était que le crochet. Nous y resterons attachés jusqu'à ce que je programme notre sortie. »

Miesha regarde droit devant, toujours sans dire un mot. Est-elle vexée ? À moins qu'elle ne se demande où tirer le meilleur prix de marchandises aussi précieuses que Kara et moi ? À peine ai-je formulé cette pensée qu'une vague de remords m'envahit, mais à qui puis-je réellement me fier ? J'ai fini par m'attacher à Miesha au fil de l'année passée. Nous nous amusions toujours à échanger des taquineries bon enfant, et j'aimais réellement passer du temps avec elle. Il y avait un vide en moi qu'elle comblait. Je croyais qu'elle tenait à nous, mais elle nous a menti. Elle savait ce que mijotait Gatsbro, et elle n'a jamais rien dit. Elle est même venue nous récupérer avec lui et ses gorilles.

Pourtant, elle n'en a rien fait. Elle a même fait tout le contraire. Par compassion, ou motivée par autre chose ? L'argent ? Je ne sais plus quoi penser, mais je sais qu'elle garde encore des secrets.

Le taxi accélère et mes épaules sont plaquées

contre la banquette, bien que tout devienne en même temps très calme. Nous continuons de gravir la rampe d'accès, et rejoignons bientôt d'autres véhicules au sein du Système routier. Le crochet qui nous guide nous conduit sans heurt sur la première de trois voies parallèles.

« Jusqu'ici, tout va bien, dit joyeusement Dot. Alors, en route pour Topeka ? »

Je fais oui de la tête. Avec un clin d'œil, elle ajoute : « Vitesse supersonique spéciale Évadés ! » Ses doigts se déplacent au-dessus du tableau de bord et une série de lumières se met à clignoter rapidement.

« Je suis obligée de le faire manuellement, maintenant que je ne suis plus directement connectée au système Star, m'explique-t-elle par-dessus son épaule. Topeka, nous voilà. Enfin j'espère. »

La voie de circulation n'est pas bordée de rails de sécurité comme c'était le cas sur les anciennes autoroutes. Puisque nous sommes accrochés, je suppose qu'il n'y a aucun danger de dégringoler, mais cela donne tout de même l'impression de frôler un gouffre. La vue est dégagée. Les trois voies sont larges, comme à mon époque, sans doute pour accueillir tous les modèles de véhicules. Si on ne choisit plus sa vitesse, il semble en effet que l'on choisisse encore son style. La voie de gauche est réservée aux trains qui, d'après Dot, roulent bien plus rapidement que les voitures mais prennent du retard lors des arrêts en gare. J'espère que celui de Kara stationnera longtemps à Albany et aux arrêts suivants. Il faut que je la rattrape avant...

« Et autre chose ! » Miesha, revenant à la vie, agite son index sous mon nez, sa tête remuant en rythme. « Je sais que tu n'as pas tellement eu le choix quand on t'a donné ce corps tout neuf et qu'on a formé des projets pour toi, mais tu n'es pas le seul à avoir des options limitées, loin de là, Majesté ! Alors ne va pas t'imaginer que tu as le monopole des ennuis. J'en ai eu ma dose, moi aussi. »

Il y a encore quelques jours, l'index pointé de Miesha m'aurait fait reculer en tremblant. Mais ce temps est révolu. Comment peut-elle comparer ce qu'elle a pu traverser à ce qui m'est arrivé ? Elle a perdu son boulot. Elle n'a pas de famille. Et alors ? Pour ma part, je n'ai rien. Rien. Pas même une identité licite dans ce monde où l'on m'a parachuté. Comment ose-t-elle faire un parallèle entre ses problèmes et les miens ? Je la dévisage, imperturbable. Ses yeux sont toujours fixés sur moi.

« Vraiment, Miesha ? Qu'est-ce que tu as vécu de si dur ? Vas-y. Je t'écoute. »

Là, ses épaules s'affaissent, et elle se retourne vers l'avant, vaincue.

« Ça ne te regarde pas.

– Ben voyons. »

Le silence est inconfortable, mais je me retiens de le combler. Qu'elle se tortille de gêne, va. Je fixe sa nuque. Je n'ai pas à culpabiliser.

Les secondes s'égrènent lentement et je me demande si Dot ressent la tension ambiante, mais je remarque alors dans le rétroviseur qu'elle sourit, de toutes ses dents. Je ne l'ai encore jamais vue sourire si largement.

« Un corps tout neuf ? Vous avez *un corps tout neuf* ? Ah là là, quelle histoire je vais avoir à raconter ! »

Chapitre 29

Jusqu'à présent, nous n'avons pas dit grand-chose à Dot sur notre histoire et sur les raisons de notre évasion. Cela nous semblait mieux ainsi. Le simple mot d'« Évadés » paraissait agir sur elle comme un sortilège et la mettre de notre côté, mais maintenant que Miesha a craché le morceau dans son accès de colère, je n'ai plus le choix : il faut bien lui donner des précisions afin qu'elle comprenne à quel point il est vital qu'elle ne parle pas de nous. Tout le temps où je lui explique qui nous sommes, Kara et moi, et comment nous nous sommes retrouvés en cavale, pas une fois elle ne me coupe la parole ni ne me lâche du regard. Je vois, à sa manière de hocher la tête à chacun de mes mots, que ces dernières informations ont instantanément relevé notre prestige à ses yeux. Mais quand j'en arrive à lui demander le secret absolu, elle m'arrête et devient solennelle.

« Vous n'avez pas à vous inquiéter du Réseau. Nous sommes fiables. Nous stockons les données dans des fichiers cachés que même nos opérateurs ne peuvent pas dénicher. Nous sommes plus malins qu'ils ne le pensent.

– Ça, je le savais déjà, Dot. »

Elle se penche alors par-dessus son dossier, aussi loin que le lui permet sa position fixe sur la console, et examine mes jambes.

« Ils vous ont bien réussi, dit-elle gaiement. Et cette fille. Kara. Elle n'est pas mal non plus. » Elle consulte ensuite son tableau de bord. « Voyons si je peux nous faire passer sur la voie du milieu. C'est la plus rapide. » Elle touche plusieurs voyants, qui se mettent à clignoter. « Pour l'instant, notre destination est Los Angeles. Ici, nous roulerons plus vite. Et tout à l'heure, je changerai la programmation et je nous réorienterai sur Topeka. C'est contraire au règlement de le faire volontairement, mais nous ne sommes plus surveillés par les Taxis Star... et aujourd'hui, je suis une rebelle ! »

Il ne m'échappe pas que Miesha secoue très légèrement la tête. Je ne sais pas si elle est amusée ou contrariée, mais elle garde le silence.

Je demande : « Combien de temps ?

– À quatre cents kilomètres heure, nous devrions être à Topeka dans 2,7 heures. »

On peut traverser la moitié du pays en autant de temps qu'il en faut pour regarder un film un peu long et, pourtant, je ne trouve pas cela encore assez rapide. Où est Kara en ce moment ?

Je ferme les yeux. Je déambule dans des tunnels obscurs. Je pars à la dérive. Je cherche. *Kara. Tu m'entends ? Je suis là. Je suis là.*

Pas de réponse. Zéro. Rien que le vide.

Chapitre 30

C'est ainsi que tout avait commencé, un vendredi soir où je n'avais rien à faire. J'avais terriblement envie d'être avec Kara et Jenna, et de ne pas rester perpétuellement à la traîne. J'avais toujours été en quelque sorte un caniche qui les suivait partout, prêt à exécuter leurs quatre volontés. J'aurais fait n'importe quoi pour elles. Mais je voulais aussi me grandir à leurs yeux. J'avais à peine quelques mois de moins qu'elles, et pourtant il me semblait en permanence avoir un train de retard. Pour une fois, je voulais avoir une longueur d'avance.

Et peut-être y avait-il aussi autre chose.

Mon frère nous avait rendu visite dans notre nouvelle maison ce jour-là. Il faisait toujours en sorte d'arriver avant que mes parents ne rentrent du travail. Il n'avait pas la clé, mais je lui avais ouvert. Même s'il avait vingt-deux ans et était parti depuis quatre ans, je gardais en effet toujours l'espoir absurde de le voir peut-être un jour revenir pour de bon. Notre mère en pleurait encore. Je l'entendais dans sa chambre avant les grandes réunions de famille, tâchant de nous le cacher. J'avais beau jouer le rôle du bon fils depuis des années, elle éprouvait toujours un manque que seul son aîné aurait pu soulager. Si bien que lorsqu'il s'était présenté, je l'avais fait entrer. Erreur. C'est à peine s'il m'avait dit bonjour.

« Dis donc, le mioche. T'as encore grandi. »

Il s'était rendu directement dans la cuisine en me bousculant. J'avais seize ans et j'étais presque aussi grand que lui. Je n'étais plus un mioche. Je l'avais suivi et il avait ouvert le réfrigérateur, faisant semblant d'avoir faim. Il m'avait ensuite jeté un coup d'œil par-dessus son épaule.

« Tu comptes me regarder manger ?

– Il n'est pas là, Cory. Ils l'ont caché ailleurs depuis ton dernier passage. Tu ferais mieux de te trouver un vrai boulot... »

Il avait brusquement claqué la porte du frigo et m'avait plaqué contre le mur.

« Il est où, alors ? »

Mes parents gardaient leur argent dans une vieille boîte à fromage dans le réfrigérateur – une habitude qu'ils avaient depuis toujours.

« Papa et maman ont raison. C'est vrai que tu fais n'importe quoi. »

J'avais cru un instant qu'il allait me frapper, mais au lieu de cela, il avait pris un air dégoûté et m'avait lâché comme s'il ne pouvait pas même supporter de me toucher.

« Ah oui ? Je fais n'importe quoi ? Et toi, regarde-toi ! Le perroquet des parents. C'est tout ce que tu es. Un gros zéro. Un rien du tout. Tu ne seras jamais rien d'autre. »

Il m'avait alors tourné le dos et s'était mis à fouiller les tiroirs et les placards, qu'il refermait rageusement lorsqu'il n'y trouvait pas la boîte.

J'avais cherché une réplique cinglante, une remarque qui le blesserait comme les siennes me blessaient.

« Ah, parce que toi, tu es quelqu'un, hein ? Tu t'es vu ? Voler tes propres parents ! »

Mais même moi, j'entendais la faiblesse de ma réponse. Elle ne résidait pas dans mes mots, mais dans mon intonation.

Il m'avait dévisagé, les narines frémissantes et la lèvre supérieure retroussée comme si je sentais mauvais.

« Grandis un peu, Locke. »

Il n'avait pas fouillé le reste de la maison, se contentant de prendre une pomme dans la corbeille avant de partir.

J'avais tout l'après-midi devant moi pour ruminer, mais je m'étais efforcé de ne plus y penser. C'était un parasite. Ce n'était pas mon frère. J'avais plutôt tâché de penser à Kara et Jenna, et à ce que nous pourrions faire ce soir-là. J'avais envie de prendre les choses en main, pour une fois. Si bien que plus tard, quand je m'étais rendu compte que ma sœur notait des instructions pour se rendre à une fête apparemment géniale – et peut-être légèrement trop branchée pour nous –, j'avais tendu l'oreille.

Ça, c'était un projet qui allait impressionner Jenna et Kara, voire mon frère aussi.

Au final, ma sœur ne s'était pas rendue à cette fête. Mais à cause de moi, Kara et Jenna, elles, y étaient allées.

Chapitre 31

À la vitesse où nous allons, le paysage change rapidement. Nous avons traversé des forêts et de petites agglomérations qui, au moins de loin, ne semblaient pas très différentes de ce que je connaissais. Nous avons aussi dépassé une grande ville dont Dot m'a dit qu'il s'agissait de Columbus. Celle-là, comme Boston, paraissait blottie dans un nid de voies routières. Quand je demande si toutes les villes sont entourées de ce réseau, Dot me répond que non : cela ne concerne que les grosses cités qui étaient fréquemment prises pour cibles durant la longue Division civile.

J'avais oublié la division du pays en deux nations, et à présent je m'inquiète des obstacles que cela pourrait poser à notre voyage.

« Allons-nous devoir traverser une frontière ? »

Miesha et Dot me lancent un bref regard dans le rétroviseur.

« Une frontière ? répète Dot.

– Il n'y a pas de frontière, dit Miesha.

– Je croyais qu'il y avait eu une guerre civile et que le pays avait été divisé en deux ?

– En effet. Mais chacun a pu choisir de quelle nation il voulait être citoyen. On a le droit de changer tous les huit ans.

– À moins d'être un Hors-pacte, précise Dot. Hors-pacte un jour, Hors-pacte toujours. Comme les robots.

– Non, la corrige Miesha. Les Hors-pacte ne sont pas comme les robots. Ils ont été citoyens à part entière dans le passé. »

Je note que sa voix s'est immédiatement tendue. Dot et elle m'oublient et se lancent dans une discussion houleuse à propos des caractéristiques de la Division. Je savais déjà que Dot avait beaucoup de connaissances dans de nombreux domaines, afin d'entretenir la conversation avec ses clients, mais j'en viens à me demander pourquoi Miesha s'intéresse tellement à de tels détails historiques alors qu'elle est muette sur tant de sujets. Entre elles deux, j'apprends bientôt que la Division ne porte pas sur des frontières géographiques, comme c'était le cas lors de la guerre de Sécession, mais sur des frontières philosophiques. Après des années de troubles et de violence, deux nouvelles nations ont été créées. Mais cela s'est plutôt fait en quelque sorte comme un divorce, et les citoyens ont pu choisir leur pays parent, où qu'ils résident. Quelques-uns cependant ont refusé de choisir et de se conformer au nouveau « pacte ». Baptisés « Hors-pacte », ils ont été exclus de tous les services publics, y compris l'éducation. Certains parmi eux étant riches, ils ont pu pendant un temps se payer une éducation privée, mais toutes leurs affaires ont fini par péricliter, et ils sont devenus une minorité invisible et pauvre.

« Mais ils ont la possibilité de redevenir citoyens, dit Dot.

– Comment ? Ils ne peuvent pas aller à l'école, et sans éducation, ils ne peuvent pas prétendre passer le moindre examen, sans parler des frais. Et puis, certains d'entre eux pensent peut-être encore que nous devrions ne former qu'une nation, pas deux.

– C'est ce que tu penses, Miesha ? »

Celle-ci se renfrogne comme si elle était agacée que j'aie interrompu leur conversation, puis détourne la tête pour regarder par la fenêtre.

« Ce que je pense n'a aucune importance. »

Elle a tort. J'ai un corps fabriqué de toutes pièces. Je me trouve dans un monde qui ne ressemble en rien à celui dans lequel je suis né. Ce que je pense est tout ce qu'il me reste. Mon esprit est la seule chose qui me différencie d'un grille-pain sophistiqué. Notre opinion a de l'importance : il n'y a qu'elle qui soit réellement à nous. Mais je sais que la conversation est terminée.

Très loin devant nous, un miroitement jaune sur la plaine attire soudain mon attention et je me dis qu'il doit s'agir de champs de blé. Puis j'en doute : nous sommes au printemps, il est trop tôt pour que le blé soit mûr. À mesure que nous nous rapprochons, j'aperçois des éclats lumineux, comme si cette surface étincelait. Ce n'est pas du blé. Le miroitement prend de l'ampleur et s'étend jusqu'à l'horizon. On dirait presque qu'il va nous avaler si nous demeurons sur cette voie. Quelques instants plus tard, nous sommes en plein dedans : les véhicules passent à toute allure au-dessus de ce qui ressemble à un vaste étang jaune duquel dépassent des millions de bâtons blancs, régulièrement espacés, semblables à des tiges, sauf qu'il n'y a pas de plantes au sommet de chacune. La puanteur est immédiate.

« Mon Dieu, qu'est-ce que c'est que cette odeur ?

– Pardon ! dit Dot. J'avais oublié l'odorat des Ventres affamés. »

Elle touche quelques voyants et l'air redevient aussitôt respirable dans l'habitacle.

« Ce sont des bassins d'algues ? s'enquiert Miesha.

– Tu n'en as jamais vu ? »

Moi non plus, mais j'en ai au moins entendu parler, et j'ai regardé des documentaires en holovision qui expliquaient le processus de fabrication des carburants à base d'algues. En revanche, je n'avais pas conscience du gigantisme de ces bassins… ni de leur odeur fétide.

« Je ne suis jamais venue par ici, me répond Miesha.

– Mais tu n'as jamais étudié ça à… »

À l'école. *Ils ne peuvent pas aller à l'école, et sans éducation ils ne peuvent prétendre passer le moindre examen.* Miesha serait-elle une Horspacte ? Comme les Pirates terrestres ? Est-ce pour cela qu'elle est si secrète ? Je n'achève pas ma phrase, et elle ne poursuit pas non plus. Mais elle doit savoir à quoi je pense.

Je change de position. Le taxi est exigu, adapté à de petites courses en ville ; mais sur de longs trajets comme celui-ci, je suis conscient de tout mon mètre quatre-vingt-sept, d'autant plus que ma mâchoire est encore meurtrie et que ma blessure au flanc m'envoie des éclairs de douleur dans le dos et la poitrine à chaque mouvement. Le médecin de Dot n'a pas fait de miracles, mais au moins n'ai-je plus le goût du sang dans la bouche. Je prends soin de masquer ma souffrance : je ne voudrais surtout pas que nous nous arrêtions pour nous reposer. Une fois que je serai avec Kara, j'aurai tout le temps pour cela. J'aurai peut-être même six cents ans de repos. Nous dépassons le dernier bassin d'algues et je me penche vers l'avant.

« Encore combien de temps ?

– Vingt-deux minutes. Je modifie notre destination dans quatorze minutes. »

Je me renverse en arrière et ferme les yeux. Nous y sommes presque. Ce ne sera jamais assez tôt pour moi.

Cours, Jenna. Cours. Précieuse Jenna. Jenna et ses privilèges.

Je rouvre les paupières d'un coup.

Miesha et Dot fixent la route en silence.

Jenna. Jenna. Jenna.

Un rythme furieux et déterminé. Je regarde tout autour de moi, par toutes les fenêtres, gémissant de douleur à chaque torsion, et puis je le vois. Un train, qui nous double sur la gauche. Je me colle à la vitre.

Tu m'as abandonné.

« Baisse la vitre ! La vitre ! je crie à Dot.

– Qu'est-ce que tu fabriques ? fait Miesha sur le même ton.

– À cette vitesse, je ne peux pas baisser les vitres, dit Dot. Ce serait trop dangereux pour...

– Baisse-la ! »

Mais la fenêtre ne s'ouvre pas. Je scrute frénétiquement toutes les vitres du train à mesure qu'il défile, et des visages flous m'observent. Un petit garçon me tire la langue. D'autres têtes se détournent, ou ne me voient pas du tout. Ils passent, ils s'éloignent, plus rapides que nous.

Jenna. Jenna.

Je tambourine contre la vitre.

« Elle est là ! Je sais qu'elle est là ! Kara ! Tu m'entends ? Kara ! »

Jen...

Les passagers dévisagent, interloqués, le fou qui tape contre ses propres vitres, avant de baisser rapidement les yeux. Et là, je la vois, son épaule appuyée contre la fenêtre, son visage caché par le rideau de ses cheveux noirs. D'une seconde à l'autre, elle sera loin devant, hors d'atteinte.

Kara ! Je suis là ! Par ici !

Sa tête a un tressaillement, un mouvement infime, comme si elle allait pivoter, ses cheveux formant une vague au ralenti, mais ensuite elle s'immobilise, la vague meurt, et elle n'est plus là.

M'a-t-elle entendu ? Pourquoi n'a-t-elle pas tourné la tête ? Je sais que moi, je l'ai entendue. *Kara*. Mais à présent, sa voix s'est évanouie et j'ai l'impression qu'une partie de mon être l'a suivie. Elle est tout ce que j'ai eu pendant si longtemps... Sans elle, le Locke que j'ai été n'existe même plus.

« Au moins, tu sais maintenant que tu ne t'es pas trompé, commente Dot pour me consoler. Elle va bien en Californie. Et nous serons sûrement à la gare de Topeka à temps pour que tu la retrouves.

– Merci de faire ton maximum, Dot.

– Mais c'est un plaisir ! Quand nous... » Elle se

retourne soudain vers le tableau de bord. « On est en train de changer de voie. »

Elle touche plusieurs voyants, puis recommence, toujours dans le même ordre.

« Et alors ? Tu as bien dit qu'on allait bifurquer vers Topeka, non ?

– Je n'ai pas encore programmé le changement. »

Nous sommes désormais sur la voie du milieu, et nous déplaçons vers celle de droite. Dot, de plus en plus alarmée, continue d'enfoncer des boutons les uns après les autres.

« Que se passe-t-il ? »

Sa main quitte le tableau de bord.

« Ils nous ont repérés. Il y a un tunnel de sécurité à quatre kilomètres. Ils ont pris le contrôle du véhicule et nous dirigent vers là-bas. » Elle pivote vers moi. « Désolée, Client Locke.

– Tu ne peux rien faire ?

– Il doit bien y avoir une solution », s'énerve Miesha en tapant sur le tableau de bord.

Je me hisse par-dessus les sièges pour taper dessus, moi aussi.

« Ils vont nous électrocuter ?

– Non, répond Dot. S'ils en avaient la possibilité, ils l'auraient déjà fait. Nous représentons un risque extrême. Mais ils ont trouvé un moyen d'accéder aux commandes.

– Attention ! Pousse-toi, Miesha. »

Je m'accroche alors à son appui-tête et donne un coup de pied dans le tableau de bord. Celui-ci ne se fendille même pas. Il est pourtant hors de question que je descende dans un tunnel de sécurité. Je me penche en arrière, concentre tout mon poids dans ma jambe, et ma chaussure fait exploser le verre du panneau. Je cogne encore et encore dans les circuits intégrés.

« Tourne la barre, Dot ! Sors à la prochaine rampe ! Tourne !

– Je tourne, je tourne, mais rien ne bouge ! On est encore rattachés au crochet. »

Je tape toujours du pied. Les débris de verre et les circuits volent dans toutes les directions. La voiture ralentit considérablement, pour finir par se déplacer vers la sortie.

« Ça marche ! » clame Miesha.

Le taxi emprunte la rampe.

« Vous êtes génial, Client Locke ! Les véhicules en panne sont automatiquement expulsés du système pour éviter de ralentir la circulation. »

Le crochet nous lâche en bas de la rampe et nous poursuivons le plus loin possible sur une route déserte. Nous sommes au milieu de nulle part.

Je retombe sur la banquette, pantelant. « Est-ce qu'on peut continuer comme ça, Dot ?

– Je crois qu'on peut brinquebaler encore un petit peu. Au moins s'éloigner d'ici. Le signal a certainement cessé d'émettre, mais ils ne vont pas tarder à venir nous chercher, maintenant qu'ils savent plus ou moins où nous sommes. »

Elle tire sur un levier à gauche du volant et nous sommes projetés vers l'avant, la voiture avançant par bonds maladroits à vitesse réduite. Cette guimbarde ne va pas nous mener bien loin. Comment faire pour arriver à temps à Topeka, maintenant ?

La route déserte mène à un petit bourg. Je ne vois qu'une aire de repos devant une modeste gargote, un parc municipal minable avec des toilettes, un marché minuscule et une poignée de bâtiments indéfinis. La plupart ont l'air abandonnés.

« Je pense qu'il serait indiqué de cacher le taxi, dit Dot. Et que vous trouviez un autre moyen de transport. »

Je remarque que son expression a changé. Elle est calme et réservée, comme la première fois que Kara et moi sommes montés dans son véhicule.

Je réponds : « Bonne idée. Que dis-tu de ce bâtiment, là-bas ? »

Il s'agit d'un vaste hangar, flanqué de tas de débris rouillés. Les dépôts d'ordures n'ont pas changé depuis mon époque. L'une des portes est entrebâillée et une poutre pend de la toiture.

Elle hoche la tête et je m'en vais ouvrir plus largement. Elle pénètre ensuite dans le bâtiment avec le taxi et je repousse la porte, la laissant juste entrouverte pour l'éclairage. Miesha descend. Dot demeure assise dans la voiture en panne, puisqu'elle ne peut rien faire d'autre.

Et maintenant ? Grâce à mon intervention, nous sommes acculés dans un vrai trou à rats. Et je meurs de faim. Et j'ai besoin d'aller aux toilettes. Je rejoins la portière de Dot. Celle-ci me sourit. « J'ai vu une gargote à une rue d'ici, dit-elle. Vous êtes affamés. Vous pourrez trouver quelque chose à manger là-bas et vous renseigner sur les moyens de transport. Vous devriez vous dépêcher. Il y aura au moins une heure d'attente entre les deux trains à Topeka, vous avez encore le temps. » Elle pose les mains sur la barre de direction et dodeline de la tête comme pour me congédier. « N'oubliez pas, Client Locke, me dit-elle. Votre réussite...

– Je sais, Dot. Merci. »

Je ne bouge pas. Elle a raison, il faut partir, mais j'ai l'impression que je devrais ajouter quelque chose.

« Ça va aller ? »

Immédiatement, j'ai envie de me taper la tête contre le toit du taxi tellement je me sens bête, mais non, je reste planté là. Elle dodeline encore une fois, et je m'en vais. Miesha m'emboîte le pas.

Nous traversons en silence la petite cour en mâchefer poussiéreuse. Je jette un bref regard en arrière sans ralentir.

« Si on avait un fauteuil roulant… »

Miesha s'arrête net.

« Bah, ça ne peut pas être bien sorcier d'arracher un robot d'un taxi, n'est-ce pas ? »

Nous faisons aussitôt volte-face et regagnons la grange en courant. Dot est surprise de voir apparaître nos visages à travers la vitre.

« Dot, que se passerait-il si on te déconnectait de ta console ?

– Sans voiture pour recharger mes batteries, je serais hors d'usage dans les deux ou trois semaines, en fonction de mon autonomie.

– Comment fait-on ?

– Les opérateurs du dépôt me soulèvent simplement après avoir appuyé sur des voyants du tableau de bord. »

Je contemple le tableau saccagé.

Elle pointe alors le doigt vers la base de la console.

« Ou bien vous pouvez appuyer sur ces boutons, des deux côtés. Mais ne vous préoccupez pas de moi, Client Locke. Quand les opérateurs arriveront, je prévois d'effacer toute ma mémoire. Ils n'apprendront donc rien sur vous. Vous êtes en sécurité. Je serai définitivement mise hors service.

– Non, Dot. Tu ne vas rien effacer du tout. Tu viens avec nous. »

J'ouvre la porte et appuie sur le bouton de mon côté de la console, tandis que Miesha pousse de l'autre. Dot s'agite, elle ne comprend toujours pas ce que nous faisons. Puis je la sors de l'habitacle. Elle est lourde. Même si elle n'est qu'un demi-corps empli de circuits et de câbles, elle doit bien peser quarante-cinq kilos. Je la hisse sur mon épaule.

« Mais c'est contraire à la loi, proteste-t-elle.

– Qu'est-ce qui ne l'est pas ? Viens, tu vas voir l'intérieur d'un restaurant, pour une fois. »

Chapitre 32

La gargote semble être le seul endroit un peu vivant de la ville. Deux camionnettes sont garées à l'extérieur et une enseigne clignote dans la vitrine.

« On peut utiliser ma carte monétaire pour louer un véhicule, dit Miesha. À condition d'en trouver un. Et pendant qu'on y est, mangeons un morceau.

– Vous savez que je ne peux pas manger, n'est-ce pas ? Quand nous entrerons dans le restaurant, je ne pourrai pas manger. Pas une bouchée. Qu'est-ce que je vais faire ? Je ne peux pas manger… »

Dot est soudain devenue un vrai moulin à paroles. Elle n'est jamais sortie de son taxi, sauf au dépôt.

« Dot ! Tais-toi ! Prends l'air naturel.

– Tu n'as qu'à faire celle qui n'a pas faim, ajoute Miesha. Personne ne remarquera rien. »

Nous avançons bruyamment sur le trottoir irrégulier, Dot se cramponnant au fauteuil que nous avons bricolé avec un vieux chariot rouillé déniché dans la cour. Nous jetons un morceau de tissu pour couvrir l'avant de ce dernier, là où devraient se trouver les jambes. J'ouvre ensuite la porte du restaurant et Miesha pousse Dot à l'intérieur. Une serveuse s'adresse à nous sans même se retourner.

« Installez-vous n'importe où ! »

Je cherche des yeux une table disponible. Elles le sont presque toutes, entourées de minables chaises rouges et bleues. Le sol colle à mes semelles. Je n'ai aucune envie de m'attarder ici. Nous allons juste dégoter un véhicule et un chauffeur, casser la croûte et repartir. Le plus tôt sera le mieux. J'observe donc les clients en me demandant lesquels sont les propriétaires des deux véhicules garés devant. Dans un coin se tient un homme en uniforme marron, un emblème d'aspect officiel sur la manche. Celui-ci nous regarde longuement de travers avant de se retourner vers son café. Il y a aussi quatre hommes au comptoir, tous vêtus de longs manteaux noirs couverts de poussière. Ils me rappellent les Pirates terrestres. Eux aussi nous dévisagent, et ricanent entre eux lorsqu'ils se remettent à manger. Sympa, comme endroit.

« Vous ne l'avez pas entendue ? Assis ! »

Miesha et moi sursautons l'un comme l'autre. Encore des ricanements. Je fais alors volte-face et découvre une caissière derrière un comptoir. La moitié de son crâne est chauve, l'autre couverte de mèches emmêlées, et sa peau s'écaille sous un œil. C'est un robot.

« On s'assoit ! On s'assoit ! gazouille Dot. Allez ! Asseyons-nous ! »

Elle désigne la table libre la plus proche.

Miesha et moi échangeons un bref coup d'œil. Nous avons commis une grosse erreur. Elle hoche la tête et je prends une chaise. Là-dessus, la serveuse s'approche et tape la caissière sur le côté du crâne. Je comprends maintenant pourquoi il lui manque la moitié de ses cheveux.

« La ferme, Kit ! Tu vas effrayer les clients ! »

Nous ne sommes pas sortis de l'auberge, c'est le cas de le dire. Il va falloir marcher sur des œufs, à l'aveuglette. Dot ne parle plus, fascinée par la cyber-caissière qui lisse ce qu'il lui reste de cheveux et remet en place sa paupière inférieure. Celle-ci surprend le regard de Dot et crache comme un chat. Dot baisse les yeux sur le bout de tissu qui lui tient lieu de genoux.

Là, la serveuse se retourne d'un coup et nous considère en plissant un œil.

« Vous êtes bien des clients, hein ?

– Oui, dis-je. On va prendre quelque chose de rapide. À emporter. »

L'un des hommes assis au comptoir pivote sur son tabouret afin de nous faire face.

« Pourquoi t'es si pressé, Coco l'Aristo ? T'aimes pas l'ambiance, ici ? »

Coco l'Aristo. Ça ne peut pas être une coïncidence. Je soutiens son regard. Ce n'est pas le Horspacte que Kara et moi avons affronté sur la route. Mais sa façon de parler et de se tenir est la même, jusqu'au long manteau noir. Comme s'ils faisaient partie du même gang. Le gang des Pirates terrestres. Je pourrais me battre contre lui. J'en ai envie. J'ai envie de lui montrer que je suis plus qu'un simple garçon. J'ai envie de lui arracher la tête. J'en ai assez de m'en prendre plein la figure, je veux cogner moi aussi. Je pourrais. Je commence à me lever. Je veux lui montrer ma taille, ma carrure, et le voir changer d'avis. Mais soudain, le visage de Kara m'apparaît un bref instant. La satisfaction momentanée que m'apporterait le fait de fendre le crâne de ce type n'est pas mon but ultime, sans compter que ses trois copains me tomberaient dessus. Miesha et Dot pourraient être blessées. Il faut que nous sortions d'ici le plus calmement et le plus rapidement possible.

Comme toutes les fois où je me suis forcé à sourire au Dr Gatsbro par pur calcul, je m'oblige donc à le faire ici et maintenant, tout en continuant à me lever, me grandissant au maximum, sans le quitter des yeux, puis je lui tends la main. Cela me demande plus de force que de fendre trois crânes.

« Je m'appelle Locke. Mes amis et moi avons besoin d'aide. »

L'homme lorgne avec méfiance ma main tendue. Ses trois acolytes se sont tournés sur leurs tabourets pour assister au spectacle. Elle retombe bientôt le long de mon corps sans qu'il l'ait serrée.

« Nous nous rendions à un enterrement, et notre voiture est tombée en panne. Si nous ne nous dépêchons pas, nous allons rater notre train à Topeka. Nous espérions trouver un moyen de transport ici.

– Qui est mort ? demande-t-il.

– Ma mère.

– Mon frère », dit Miesha en même temps que moi.

Notre gaffe le fait sourire, révélant des dents pourries.

« Les deux, dis-je. Ils ont eu un accident ensemble. Son frère et ma mère.

– Mais bien sûr, dit-il en se rapprochant. »

Il tire une quatrième chaise et s'assied avec nous.

« Un coup dur. Mais nous allons pouvoir vous remettre en route rapidement. » Il s'incline vers mon oreille et ajoute à voix basse : « Seulement, ça coûte cher, ce genre de choses, Coco l'Aristo. »

J'acquiesce lentement.

« Bien sûr. Combien ?

– Vu que j'suis particulièrement de bonne humeur aujourd'hui, je m'dis qu'on pourrait s'entendre pour dix mille duros et…

– Dix mille ! Vous êtes…

– Minute, dit Miesha. Je les ai. » Elle sort sa carte monétaire de la poche de son pantalon et la fait glisser à travers la table. « Mais ce sera cinq mille, et il faut que nous repartions dans les dix minutes, tous les trois. Après quoi vous oubliez qu'on existe. Compris ? »

Je regarde Miesha avec des yeux ronds. Même Dot a relevé la tête.

Le Pirate terrestre a l'air amusé.

« Et pourquoi est-ce que je braderais mes précieux services pour des minables comme…

– Karden Sanders. Voilà pourquoi. C'était mon mari. »

Je n'ai absolument aucune idée de ce qui se passe, j'ignore tout de cette nouvelle Miesha, mais le rictus narquois a disparu du visage du pirate, qui la détaille maintenant avec attention. Il s'attarde ostensiblement sur ses bras et, pour une fois, Miesha ne fait pas mine de dissimuler ses cicatrices.

Finalement, il se tourne vers moi.

« On a une camionnette dehors. Vous payez le carburant et l'addition, et ça roule. »

Chapitre 33

Nous sommes blottis à l'arrière de la camionnette à plateau, sous une bâche en plastique. Miesha m'exclut complètement, refusant de s'expliquer sur Karden Sanders comme sur la volte-face du pirate.

« C'est de la folie », dis-je entre mes dents, absolument furieux qu'elle ait joué une carte pareille sans vouloir partager ses secrets. « De la folie !

– Mais c'est ma folie, et tout ce que tu as besoin de savoir, c'est qu'elle nous a sortis de ce guêpier. »

Miesha est impliquée dans quelque chose de louche – peut-être même d'illégal –, et par conséquent moi aussi. J'estime donc que cela me regarde. Je fulmine en silence tandis que nous mangeons nos sandwiches. Le thon est gras et le pain rassis. Au domaine, au moins, Greta avait un sale caractère mais elle savait cuisiner. J'envie Dot de ne pas avoir besoin de manger. Son flot de paroles s'est tari. Ou presque.

« Je suis une fugitive. Une fugitive. Comme vous ! »

Lorsqu'elle ne chante pas la litanie de son nouveau statut, elle se concentre pour garder son équilibre afin de ne pas rouler à travers le plateau de la camionnette chaque fois que notre chauffeur prend un virage. Le pirate et ses acolytes ont hurlé de rire en découvrant le bas du corps de Dot – ou plutôt son absence – sous le tissu. Ils l'appellent désormais « le butin ». Les robots volés rapportent en effet des sommes rondelettes et des condamnations sévères. Même les pirates terrestres ne se risquent pas à en faire le trafic. Décidément, nous formons un sacré trio, hors la loi à tous les niveaux. Du moins, je présume que Miesha a un passé criminel… et peut-être un présent aussi.

Je termine mon sandwich et la gratifie une dernière fois d'un long regard mauvais avant de fermer les yeux pour tenter de tout oublier. Comment en suis-je arrivé là ? Caché à l'arrière d'une camionnette de pirates, avec des côtes artificielles mais très réellement cassées, un robot volé à ma droite et une très probable criminelle à ma gauche, à plus de deux siècles et une douzaine de générations de celui que j'étais ? Reste-t-il seulement un petit quelque chose de l'ancien Locke ?

Un tiraillement familier s'insinue en moi et creuse les vides qui se sont ouverts à la place du réel. Le réel, c'est-à-dire mes parents, ma sœur, même mon frère. Mes oncles, mes tantes et leurs dîners à la fortune du pot. La voix de mon père me disant de ne pas rentrer trop tard quand je sortais.

Sa voix. La dernière chose que j'ai entendue.

Ne nous quitte pas, Locke. Je t'en prie, ne nous quitte pas. Mais je les ai quittés.

À une époque, je souhaitais par-dessus tout que

ma vie soit différente ; à présent, tout ce que je voudrais, c'est la retrouver telle qu'elle était. Autant réclamer une machine à remonter le temps. Tout a disparu. Ma maison. Ma famille. Mon quartier entier. Même le petit pont de pierre, à quelques rues de chez moi, que je croyais immuable. C'était un de mes endroits préférés, et quand j'ai rencontré Kara et Jenna, je les y ai emmenées. Assis sur le parapet, les jambes pendant dans le vide, nous lancions des pensées profondes et nous refaisions le monde.

Kara et Jenna. Nos pensées. Mes pensées.

Au moins ai-je encore ça.

Chapitre 34

Je serrais son cou. Je l'ai fait au moins mille fois. Je mettais fin à ses souffrances. Dans les longs couloirs obscurs, je trouvais pléthore de moyens, parce qu'elle me suppliait de le faire et parce que je n'avais rien d'autre que du temps. Et puis plus tard, après que Gatsbro m'eut donné un corps, quand j'ai eu de vraies mains, du vrai sang et une vraie colère, le visage que j'ai vu dans mes rêves n'était plus le même. Ce n'était plus Kara. C'était Jenna. Je la tuais encore et encore, mes doigts autour de sa gorge, et je sentais la vie la quitter peu à peu. Lentement. Et à chaque battement de son cœur, de plus en plus faible, je devenais plus fort, jusqu'au moment où je l'achevais en lui brisant la nuque. Je le faisais parce qu'elle ne disait rien. Je croyais qu'elle me punissait et je voulais lui rendre la pareille. Ou peut-être voulais-je simplement punir quelqu'un. N'importe qui. Quelqu'un devait payer.

Je me réveillais ensuite en nage et trouvais Kara assise à mon chevet. Souriante.

« Tout va bien, Locke. Je suis là. »

Je tendais les bras et la tenais contre moi, honteux. Savait-elle ?

« Ce n'était qu'un rêve », me roucoulait-elle à l'oreille.

Ou plutôt un cauchemar. Alors je me douchais, désireux de me laver de mes pensées, du sang que j'avais sur les mains, et du souvenir de ma satisfaction. *Il ne s'agit pas de moi.* Et quand j'en avais terminé, Kara m'attendait, le sourire toujours aux lèvres.

Chapitre 35

« Ça ne marchera jamais.

– Ça a marché jusqu'à maintenant, dis-je à Miesha. Avance, c'est tout. On ressemble à tout le monde. »

Nous venons de nous arrêter dans une échoppe devant la gare, où Miesha a acheté un châle blanc pour couvrir l'arrière du chariot et une couverture bleue pour remplacer le tissu sale qui couvrait l'absence de jambes de Dot. Le chariot rouillé peut maintenant presque passer pour un fauteuil roulant, à condition de ne pas y regarder de trop près.

« Je ne suis jamais entrée dans une gare, dit Dot. Je n'ai jamais vu que la dépose passagers. C'est magnifique ! »

Elle pointe de l'index le moindre détail : les tapis roulants, les boutiques de souvenirs, les verrières, les programmes holographiques destinés à distraire les voyageurs. Miesha n'arrête pas de la faire taire et de repousser sa main sur ses genoux. Si je ne me concentrais pas si fort pour passer inaperçu, je crois que je m'émerveillerais moi aussi de tout.

Les autres voyageurs chassent d'un geste machinal les holopubs qui viennent flotter sous leur nez, et je m'efforce de les imiter d'un air blasé plutôt que stupéfait. Il y a des robots en abondance – dont certains sont dotés de jambes – et Dot tourne la tête en tous sens pour les observer, mais sans plus les pointer du doigt. Certains semblent appartenir à de riches particuliers, car ceux-ci ne prennent plus l'avion, désormais. Pour voyager par les airs, il faut en effet déposer une demande des mois à l'avance, et l'autorisation est fréquemment refusée. L'espace aérien est réservé en priorité aux balayeuses, aux cargos sans pilote et à l'armée.

La gare propose également quelques androïdes dénommés « Robostress ». Leur seule fonction est de soulager les voyageurs de leurs frustrations. L'un d'eux est ainsi entouré d'enfants qui le bourrent de coups de pied et poussent des cris de joie chaque fois qu'il gémit. Dot baisse les yeux. Je suppose que le robot ne ressent pas vraiment la douleur – plus on le tape fort, plus il crie fort –, mais une machine peut-elle se fatiguer ? Je croise un instant son regard, et son expression lasse s'attarde dans mon esprit.

D'autres robots enfin font office de guides et de bureaux de renseignements. Ce sont sans conteste les plus beaux, avec leurs traits ciselés, leurs longs cils brillants comme des joyaux, leur teint lumineux de dieux grecs. Leurs fins et courts vêtements ne cachent rien de leur anatomie parfaite, en particulier leurs longues jambes fuselées. Dot ne peut s'empêcher de les montrer du doigt. Je la comprends. Il est difficile de ne pas être subjugué.

Les agents de sécurité, en revanche, sont bien humains. Ils sont nombreux.. et lourdement armés. Apparemment, une grande plate-forme de transports telle que celle-ci n'est pas le genre d'endroit que l'on confie entièrement à des robots.

Les horaires indiquent que le train en provenance d'Albany est arrivé, mais que le direct pour San Diego ne part que dans trente-cinq minutes. Kara est là, quelque part. Nous avons le temps de la retrouver. Trois paires d'yeux valent mieux qu'une dans la foule, sans quoi j'aurais dit à Dot et Miesha de m'attendre à l'extérieur, mais je me demande toujours si Miesha va vraiment essayer de repérer Kara. Elle ne tient pas à elle comme moi. À moins qu'elle ne tienne à elle d'une manière différente : une manière qui se traduit en espèces sonnantes et trébuchantes. Est-ce possible ? Mon instinct me dit que non, mais je me suis bien trompé à cent pour cent sur Gatsbro...

Miesha rentre soudain le menton et murmure : « Vigiles droit devant. »

J'avais déjà repéré le garde armé, posté au départ du tapis roulant. Je souris et fais semblant d'indiquer à Dot un étal de grands chapeaux.

« Continuez d'avancer. Et de parler. Nous avons des papiers », dis-je entre mes dents.

Mon cœur créé en laboratoire tambourine comme si je venais de courir un kilomètre en cinq minutes. Mon Bio Perfect va-t-il déclencher des alarmes sur le tapis roulant ? Gatsbro savait-il réellement ce qu'il faisait ? Je suis un cobaye. C'est tout ce que je suis. Un prototype expérimental.

Je me baisse pour chuchoter à l'oreille de Dot.

« Pas un mot. Contente-toi de faire bonne figure en passant devant lui. Compris ?

– Compris, Client Locke. Motus et bouche cousue. »

J'ai beau prendre un air dégagé, la sueur perle à mon front. *Ne t'essuie pas, Locke. Calme et détendu.* Miesha, devant moi, prend pied sur le tapis. Je la suis à quelques pas, en poussant Dot, et je regarde ailleurs quand nous nous approchons du garde, afin qu'il ne voie pas ma lèvre fendue ni ma pommette meurtrie.

« Bonjour, monsieur l'agent ! Belle journée pour se promener, n'est-ce pas ? »

Surpris par le joyeux commentaire de Dot, je tourne la tête. Le vigile nous toise de haut en bas. Je hausse les épaules comme si Dot était ma tante excentrique, en espérant qu'il ne pensera rien de mon visage tuméfié. Il nous fait un signe du menton et nous continuons d'avancer. Une bousculade derrière nous lui fait rapidement oublier les deux voyageurs un peu bizarres que nous sommes.

Une fois à bonne distance du garde, je glisse à Dot : « Motus, ça veut dire silence, Dot.

– Je suis confuse, Client Locke. Je n'ai pas pu m'en empêcher. C'est ma formation de Taxi Star. Je me dois d'être particulièrement aimable envers les uniformes. C'est dans le règlement de la compagnie. »

Formation ? Ou programmation ? Qu'y a-t-il en Dot qu'elle ne peut pas contrôler ? Tout ? C'est une machine. Il ne faut pas que je l'oublie. Pourtant, elle a quelque chose de particulier. Est-ce possible ? Un robot peut-il être autre chose que des circuits préprogrammés ? Je repense à la caissière qui crachait comme un chat dans la gargote : un androïde également, mais aussi différent de Dot que je l'étais de mon frère. À quel moment leurs destins se sont-ils séparés sur la chaîne d'assemblage ? Ou bien cela s'est-il produit après ?

« Ça ne fait rien, Dot. Contente-toi de chercher Kara. Il faut absolument qu'on la trouve. Mais si tu la vois, surtout ne crie pas. Dis-le-moi simplement. Et ne m'appelle pas Client Locke. C'est Locke tout court. Et tu peux me tutoyer. On est tous les deux des Évadés, maintenant, pas vrai ? »

Elle me répond d'un hochement de tête rapide et étrange, comme si elle avait perdu sa langue. Peut-être fait-elle de gros efforts pour garder le silence comme je le lui ai demandé. Miesha se retourne alors vers moi et je lui fais signe de surveiller la foule du côté droit tandis que je scrute les visages sur la gauche. Kara est grande, mais beaucoup de gens le sont aussi, et beaucoup ont les cheveux noirs. Cependant, sa chevelure à elle est unique : épaisse, raide et brillante, coupée net juste au-dessus des épaules, se soulevant en vagues étincelantes quand elle marche. Ce sont ces vagues familières que je cherche à repérer.

S'il y a jamais eu un moment où j'ai souhaité pouvoir revenir m'insinuer sous son crâne, c'est bien maintenant, de même que je la laisserais volontiers arpenter librement les corridors noirs de mon esprit. Elle sait ce qui s'y trouve. Elle en connaît le moindre recoin. C'est peut-être pour cela que je la crains autant que je l'aime.

« Là ! Ce n'est pas elle ? À deux tapis roulants d'ici. »

Je suis le regard de Miesha. En effet, sur un autre tapis, à environ dix mètres devant nous, une tête aux cheveux noirs et brillants apparaît et disparaît de dos dans la foule. Oui. Je reconnaîtrais cette chevelure n'importe où. Je ne distingue pas les épaules ni les vêtements, mais c'est bien elle. Elle est visible par intermittence, poussant et doublant les autres comme le fait Kara quand elle est pressée. Et elle l'est.

« Occupe-toi de Dot », dis-je, et je saute par-dessus la première séparation entre les tapis roulants.

J'entends des passagers surpris grommeler et râler. Une femme pousse un cri strident. Miesha me rappelle, mais je ne peux pas prendre le risque de perdre Kara. Je bouscule plusieurs personnes dont la plupart s'écartent, mais un homme m'attrape par la chemise. Je me dégage aussitôt et saute par-dessus la deuxième séparation. Me voilà sur le même tapis qu'elle.

« Kara ! »

Plusieurs têtes se tournent, mais pas la sienne. Je dépasse encore des gens en m'excusant. J'espère que personne n'ira me dénoncer, je suis si près du but que je ne peux pas ralentir maintenant. Le tapis roulant prend fin devant moi ; Kara s'éloigne à pas pressés. La chevelure disparaît dans la foule. Je joue des coudes, marche sur des pieds, pousse un passager qui tombe. « Pardon ! Désolé ! » dis-je par-dessus mon épaule en espérant être entendu.

Je quitte à mon tour le tapis et pivote sur moi-même. Où est-elle ? Je cours dans une direction et m'arrête pour scruter la foule. Là, j'aperçois trois agents de sécurité qui s'avancent vers moi. Je rentre aussitôt le menton et fonce vers un gros attroupement, dans l'autre sens, afin de me fondre dans la masse. Puis je vire brusquement pour me cacher derrière un kiosque, où j'examine les souvenirs. J'ai le dos trempé. Je suis hors d'haleine, mais je m'efforce néanmoins de sourire à la vendeuse robotisée qui voudrait bien me fourguer sa marchandise. Dès que les agents sont passés, je la plante au beau milieu d'une phrase et regagne le hall principal, avant de me diriger vers le quai du train pour San Diego. Miesha et Dot doivent m'y retrouver. C'est sans doute aussi la destination de Kara. Peut-être m'y attend-elle déjà. Elle tenait terriblement à sa liberté, et Gatsbro constitue toujours une menace. Ses gorilles l'ont frappée au visage, bon sang. C'est bien normal qu'elle ait peur. Elle n'a sans doute pas voulu se faire remarquer dans un lieu public où l'arrestation peut être imminente. Ce doit être pour cela qu'elle ne s'est pas retournée.

Tête baissée, je presse le pas en prenant soin, cette fois, de ne bousculer personne et de ne pas attirer l'attention.

Chapitre 36

Nous voilà dans le train pour San Diego, en tête de voiture. Miesha et moi sommes assis côte à côte, face à Dot qui a pris une place accessible aux handicapés. Le visage pressé contre la vitre, elle découvre pour une fois le monde avec des yeux de passager et non de chauffeur. Miesha lui a fermement ordonné de se taire et de ne pas nous faire remarquer : elle doit regarder le paysage, point barre. Et c'est ce qu'elle fait. Le soleil couchant emplit la fenêtre de grandes raies roses et orangées, et je l'écoute fredonner de temps à autre, presque comme si elle ronronnait, comme si le monde qui défile la rassasiait de lait chaud et sucré. Je me demande bien qui l'a programmée. Un amoureux des chats ? Qui a pu remplir sa tête ainsi ?

Kara n'est pas avec nous. Elle n'attendait pas sur le quai et nous avons dû monter à bord juste avant le départ, en espérant qu'elle se trouvait déjà dans le train. Je l'ai aussitôt parcouru d'un bout à l'autre. Pas de trace de Kara. Où peut-elle bien être ? Se serait-elle perdue ? Dot et Miesha m'ont toutes deux assuré qu'il y avait d'autres itinéraires sans doute plus longs pour rallier San Diego, mais qui lui permettraient peut-être de se débarrasser de Gatsbro plus rapidement.

Car il était là. Miesha l'a vu. Flanqué de ses gorilles, il fouillait la gare. Dot et elle portent à présent de grands chapeaux à larges bords, déguisements express qui leur ont permis de passer sous le nez des brutes du docteur. Mais comment a-t-il su que nous passerions par Topeka ? Nous-mêmes étions loin de nous douter que nous allions nous y rendre quand nous lui avons fait faux bond dans la ruelle. Qui a bien pu lui donner ce tuyau ?

J'ouvre les yeux pour étudier les vestiges de mon iScroll, mais il n'en reste que quelques taches bleues et vertes. Impossible qu'il transmette quoi que ce soit. En quelques heures seulement, ma paume a commencé à cicatriser. Est-ce cela que voulait me dire Miesha ? Que je pouvais initier moi-même des changements dans mon corps ? Aurais-je un tel pouvoir ? Je pose ma main sur ma joue. Celle-ci est encore meurtrie, mais elle a désenflé. Je touche mes côtes et appuie dessus. Ça fait mal, mais pas autant que ce matin, où je pouvais à peine bouger. Aurais-je ajusté mon niveau de sensibilité sans le savoir ? Comment ? Quand ? Qu'est-ce que c'est que ce corps monstrueux, qui peut se régler telle une machine dont on tourne les boutons ?

Mes yeux s'arrêtent là où le torse interrompu de Dot est caché sous la couverture. La première fois que je l'ai vue branchée sur sa console, j'ai éprouvé de la répulsion. Je la croyais comme nous, et elle ne l'était pas. Elle est autre chose.

Je vais te dire, Greta, je ne dors que d'une oreille. Ce sont des monstres, tous les deux, si tu veux mon avis. Mais puisque Gatsbro me paie une somme confortable, je ne vais pas cracher sur l'occasion...

Tu ne peux pas t'en vouloir, Cole. En ce qui me concerne, je suis contente de bosser en cuisine et de ne pas avoir à dormir ici. Ces deux-là, ils me donnent la chair de poule.

Est-ce là ce qu'éprouvait tout le monde, au domaine, en nous voyant, Kara et moi ? Du dégoût ? J'ai essayé d'oublier les commentaires de Greta et de Cole. Je me persuadais qu'ils ne faisaient que relâcher un peu la pression, et je n'ai jamais raconté à Kara ce que j'avais entendu. Mais elle savait certainement, elle le voyait forcément dans leurs yeux, comme moi. Nous leur donnions la chair de poule.

À cheval donné on ne regarde pas les dents, Locke. À cheval donné...

Mes parents avaient pleuré à chaudes larmes dans la chambre d'hôpital quand ils m'avaient cru sur le point de mourir. Leurs voix étaient des échos noyés qui s'efforçaient de m'atteindre. J'étais incapable d'assembler leurs mots, mais ce n'était pas nécessaire. Je savais ce qu'ils disaient. *Ne pars pas. Ne pars pas.* Qu'auraient-ils pensé s'ils avaient su que je n'étais pas parti ? Que j'avais eu une seconde chance ? *On m'a donné un cheval, papa. On m'a donné un cheval.* Est-ce qu'ils écoutent ? Est-ce qu'ils savent ? Existe-t-il un autre monde, comme le croyait ma mère ? Un lieu où l'esprit et les pensées ne cessent jamais d'exister ? Comment cela pourrait-il être à la fois leur paradis et mon enfer ?

Je ferme les paupières et incline mon siège au maximum. Je me demande si je peux régler la douleur que j'ai dans la tête jusqu'à la faire disparaître, elle aussi. En appuyant sur quelques boutons ? Puis-je faire en sorte que les souvenirs douloureux perdent toute importance ? Je me frotte les tempes. Je connais déjà la réponse. Gatsbro m'a peut-être donné un nouveau corps assorti de quelques surprises, mais mon esprit est toujours le même.

« Pourquoi nous, Miesha ?

– Quoi ? »

Je rouvre les yeux et fixe le plafond en plastique bosselé du wagon.

« Pourquoi Gatsbro n'a-t-il pas simplement fait une copie de son propre esprit, pour ensuite lui fabriquer un corps ? Ou bien de l'un de ses fidèles gorilles ? S'il ne voulait que des mannequins de vitrine, est-ce que ça n'aurait pas été plus simple ?

– Plus simple, certainement, mais pas du tout aussi précieux. Kara et toi avez quelque chose à offrir que personne d'autre ne possède sur la planète. »

Nous ? J'en rirais presque. Je laisse rouler ma tête de côté pour la dévisager.

« Quoi donc ?

– Deux cent soixante ans. Tout le monde tient à son esprit. La plus grande inquiétude des clients potentiels, c'est ce que deviendra celui-ci après des années de stockage. Ces gens n'ont pas l'intention d'utiliser les services de Gatsbro dans l'immédiat. À moins d'un accident soudain, il peut se passer des années avant qu'ils aient besoin d'un nouveau corps. Avec vous, Gatsbro avait une preuve, validée par le temps, que leur esprit serait toujours intact des décennies plus tard.

– Dis donc, tu en savais bien plus que tu ne voulais l'admettre, on dirait. »

Il s'ensuit un long silence durant lequel elle évalue l'amertume audible dans ma voix. Puis elle retire son chapeau à larges bords et le fourre sous le siège à côté d'elle.

« D'accord. J'en savais davantage. C'est ce que tu voulais entendre ? »

Je me détourne, mais elle agrippe mon bras et me force à la regarder dans les yeux.

« Locke, ce n'est pas ce que tu crois.

– Je ne sais pas ce que je crois, Miesha. Comment veux-tu que je le sache ? Je ne suis pas sûr d'avoir reçu une seule réponse franche de qui que ce soit depuis que Gatsbro a réanimé ses petits Frankenstein. »

Ses épaules s'affaissent d'un cran et elle me lâche. Après quoi elle a un mouvement de tête presque imperceptible.

« J'ignorais tout de ses projets. Du moins au début. Et ça, c'est une réponse franche. Quand Gatsbro m'a embauchée, il m'a simplement dit qu'il avait fait une découverte scientifique qui exigeait une confidentialité absolue. Vois-tu, j'avais… un passé. Il le savait. Je pense qu'il s'est dit que cela lui permettrait de me tenir, et c'est peut-être bien vrai. J'étais au courant pour les téléchargements d'esprits et pour vos nouveaux corps, mais je ne savais rien de ses intentions réelles jusqu'à il y a quelques mois. À ce moment-là, je… » Elle se tait et plisse les paupières. « Disons simplement que je me suis sentie concernée. Mais je n'avais aucune ressource. Alors j'ai économisé, et planifié, et attendu le bon moment pour vous sortir de là. Mais Kara et toi m'avez prise de court et je n'avais pas de plan B… aussi appelé plan Mal foutu. »

Elle avait prévu de nous tirer de là ?

« Pourquoi ne me l'as-tu pas dit, tout simplement ?

– Pour que tu fasses quoi ? Une bêtise, sur un coup de tête ? Tu n'avais pas de ressources non plus. En outre, je savais que tu irais tout droit en parler à Kara, et ça, c'était la catastrophe assurée. Sur ce point-là, j'avais parfaitement raison.

– Je n'avais pas compris, tu sais. C'est elle qui m'a ouvert les yeux. Jafari nous dévorait du regard, comme des diamants qu'il allait se passer aux doigts.

– Eh bien, il ne risque plus de le faire. Il est sans doute déjà en route pour le Tunisar. » Elle hésite, puis se penche à mon oreille. « C'est d'ailleurs ce qu'on devrait faire nous aussi, Locke. Partir très loin, loin de tout. Ce n'est pas malin d'aller voir ton amie Jenna. Quel intérêt ? Parfois, le passé doit rester le passé. »

Je ne bronche pas.

« C'est là que va Kara, donc c'est là que je vais. Quoi qu'il arrive. Je ne changerai pas d'avis là-dessus. Et Jenna n'est pas seulement mon passé, Miesha. Elle est aussi mon présent. Il ne s'écoule pas un jour sans que je pense à elle et que je me pose des questions. Kara et elle sont les deux seules personnes sur Terre qui se souviennent de l'ancien Locke. Sans mon passé, je ne suis qu'une création habile, concoctée dans le labo de Gatsbro. Je suis obligé de m'accrocher à ce qui me reste… même si toi, tu choisis de ne pas le faire. »

Ses pupilles se contractent, et je sais que son cœur bat plus vite, je sais qu'elle pense à son propre passé et soupèse les risques qu'il y a à le partager. C'est encore une barrière entre nous. Je remarque les infimes tressaillements de ses lèvres, la tension dans ses yeux. En une fraction de seconde, je vois se dévoiler au ralenti une chose à laquelle je ne m'attendais pas : une peine aussi vive que la mienne. Je détourne la tête, je me sens indiscret, comme si mon Bio Perfect m'avait révélé une vérité que je n'ai aucun droit de connaître.

Elle s'éclaircit la gorge. J'entends sa respiration, profonde et oppressée, comme si elle poussait sur une barrière trop lourde pour elle, et puis, enfin, sa voix, lente et réfléchie.

« Karden Sanders était un leader de la résistance clandestine des Hors-pacte. Pas simplement un leader. *Le* leader. Il est devenu un symbole d'espoir pour ceux qui étaient forcés de vivre à la marge, sans aucun droit ni aucun avenir. Il leur a permis d'espérer pour le futur. Ses méthodes étaient musclées, astucieuses et toutes illégales. De l'argent disparaissait des comptes de grosses sociétés pour réapparaître sur des cartes monétaires distribuées aux Hors-pacte. Des ponts stratégiques sautaient, afin de faire passer le message suivant : les Aristos pouvaient, eux aussi, se retrouver isolés. Ils pouvaient être forcés à vivre en exclus, être contraints à gratter le moindre petit morceau qu'ils pouvaient récupérer. » Elle s'exprime sur un ton morne, mécanique, comme si elle répétait un ordre de mission depuis bien longtemps oublié. « L'espèce humaine a toujours trouvé un groupe à exclure, et cela dans toutes les cultures, à toutes les époques, dans chaque ethnie. Karden Sanders a épousé la cause de ceux qui n'avaient aucun droit, qui avaient été repoussés dans les coins comme des déchets et étiquetés "Hors-pacte".

– Et c'était ton mari. Donc tu t'appelles Miesha Sanders ?

– Non. Miesha Derring. J'ai gardé mon nom de jeune fille. C'est la loi. Les citoyens n'ont pas le droit de prendre les noms des Hors-pacte, même si j'aurais voulu porter le sien. J'aurais voulu prendre tout ce qui venait de lui. »

Elle semble se perdre dans la contemplation de ses souvenirs.

« Je n'avais que dix-huit ans quand je l'ai rencontré. Il était ténébreux, dangereux et engagé. Mes parents avaient des principes et quand je me suis enfuie avec lui, ils m'ont reniée. Épouser un Hors-pacte était quelque chose d'impensable, surtout un dont la tête était mise à prix. J'ai tout appris sur la Résistance et j'ai participé à l'organisation de l'effort, mais je n'ai pas tardé à tomber enceinte. Notre petite fille est née tout juste un an après notre mariage. Nous devions nous déplacer souvent, prendre de nouvelles identités, et toujours garder une longueur d'avance sur les autorités.

– Mais vous vous êtes fait rattraper.

– C'était l'été. Nous étions à Cambridge depuis deux mois, et nous menions une vie presque normale. Karden était très pris par l'organisation de sa prochaine manœuvre, mais il ne s'éloignait pas de la maison. Notre fille venait d'avoir un an. Il faisait très chaud. » Elle me regarde et m'explique, comme si cela venait d'arriver : « C'était l'été, tu comprends ? Le mois d'août. La petite dormait, Karden travaillait sur ses plans, et je lui ai dit : "Ce serait bon de manger une glace, non ?" Il était d'accord et m'a dit qu'il garderait un œil sur Rebecca si je voulais aller en chercher. Je rentrais du supermarché quand j'ai entendu les coups de feu et les explosions. La porte d'entrée était ouverte et des flammes en sortaient. Les fenêtres étaient inondées de lumière orange, pleines de fumée. J'ai couru, j'ai hurlé, j'ai cassé un carreau à mains nues, je me suis penchée à l'intérieur, j'ai voulu entrer pour les sauver, mais on m'a tirée en arrière. »

Elle baisse les yeux sur ses bras et suit légèrement du doigt une de ses cicatrices.

« Je me suis débattue, prête à tout pour les rejoindre, et là j'ai senti un taser dans mon cou. J'ai compris instantanément qu'on nous avait retrouvés. À mon réveil, j'étais en prison et on m'a appris qu'ils étaient morts. Mon mari et ma fille avaient été tués tous les deux, tout cela pour une cause qui, soudain, ne me faisait plus ni chaud ni froid. On ne m'a même pas laissée organiser quoi que ce soit pour leurs obsèques. Pour ce que j'en sais, leurs dépouilles ont été pelletées avec les débris carbonisés de la maison. J'ai fait onze ans de prison. J'ai bénéficié d'une libération anticipée quand mon père est mort et que ma mère était mourante – un acte de clémence, m'ont-ils dit. Pendant les quelques années qui ont suivi, j'ai tenté de comprendre si j'avais encore quelque chose à vivre, s'il me restait quoi que ce soit – ou qui que ce soit – qui en vaille la peine. »

Elle se tait un instant, entrecroise nerveusement ses doigts.

« J'ai fait des recherches, en quête d'une quelconque famille – quelqu'un avec qui j'aurais eu un lien de sang –, mais mes parents étaient enfants uniques, et moi aussi. Apparemment, nous sommes issus d'une longue lignée ne menant qu'à des impasses. Chercher est cependant devenu une obsession et je suis remontée de plus en plus loin. J'en ai appris beaucoup sur mes ancêtres. Je suis ainsi tombée sur quelques informations qui m'ont étonnée, en particulier un aïeul qui avait laissé un fonds d'éducation pour ses descendants. Cela semblait également être une piste stérile, mais il y avait dans les registres une mention inhabituelle de son nom qui… » Elle me regarde de biais. « Mais je m'égare. Pour faire court, j'avais aussi besoin de trouver du travail, ce qui n'était pas facile avec mon passé. Un petit centre de recherches de Boston m'a finalement aiguillée sur le poste du Dr Gatsbro. J'ai pensé que peut-être… »

Ses sourcils se rapprochent et elle ferme momentanément les yeux. Puis elle pivote brusquement vers moi. « Tu voulais des réponses franches, tu en as eu. Et toi, tu vas m'en donner une, maintenant ? »

Elle l'a bien gagné. Je fais oui de la tête.

« Tu ne m'as jamais parlé de ta famille. »

Ma famille. Elle vise droit à la jugulaire. Mais en même temps, c'est de bonne guerre.

« Ton frère, par exemple, à quoi ressemblait-il ? »

Mon frère ?

On dirait qu'elle lit dans mes pensées, et elle ajoute : « Je me demandais juste s'il était dans ton genre.

– Non, rien à voir avec moi. Il était incontrôlable. Il avait du caractère et n'aimait pas qu'on lui dise quoi faire. Il a quitté la maison quand j'avais douze ans, si bien que nous n'avons jamais été proches.

– Tu ne l'aimais pas ? »

Je réfléchis à la question. Je lui en voulais pour tant de choses... Sa manière de m'ignorer. La manière dont on me mettait la pression à cause de lui. Sa manière de nous abandonner et de ne revenir que lorsqu'il avait besoin de quelque chose. Mais je n'avais jamais cessé d'espérer qu'il s'intéresse à moi. Je l'avais entendu quand j'étais à l'hôpital. Je ne pouvais ni parler ni voir, mais mon ouïe fonctionnait encore. Il était à côté de mon lit, traînant ses semelles, donnant des coups de pied dans les murs comme il le faisait toujours quand il était en colère. Il me traitait d'imbécile, mais d'une voix pleine de larmes, comme je l'avais toujours espéré, comme un frère aimant. Et même si c'était ce que j'avais toujours voulu entendre, j'avais pensé : « Trop peu, trop tard. Tu arrives trop tard, *frangin*... »

Miesha me touche le bras.

« Locke ? »

Je sursaute et tente de masquer mon absence par une réponse hâtive.

« Non, je ne l'aimais pas. Je ne voulais rien avoir à faire avec lui. C'était un moins que rien. »

Son expression est sombre, inquiète. Combien de temps suis-je resté à contempler le passé ? Quand je perds le fil, j'ignore si c'est pour quelques secondes, quelques minutes ou plus longtemps encore. Je ne suis pas là, c'est tout. Kara m'a bien dit de ne pas m'égarer au pays des rêves, mais pour la première fois je me demande s'il n'y a pas autre chose. Il se pourrait que mon Bio Perfect ne soit pas si parfait que ça. Et si certains de mes souvenirs, qui ont été arrachés, tirés et extirpés de mon cerveau avant d'être fourrés dans du gel bleu grenouille, ignoraient qu'ils sont obsolètes ? Peut-être que…

« Locke ! »

Je me concentre à nouveau.

« Pardon.

– Tu as beaucoup progressé, mais il faut encore que tu fasses des efforts. Tu dois vraiment te méfier de tes absences. Pendant que tu es ailleurs, même pendant quelques secondes, quelque chose de grave peut arriver. »

J'acquiesce. Elle n'a pas besoin de préciser ce que pourrait être ce « quelque chose ». Nous savons tous les deux que le monde est bien différent du domaine retiré de Gatsbro, où j'étais comme un bébé dans un berceau bien capitonné. Ici, je suis une création illégale et mineure, qui s'enfuit avec de faux papiers, avec à ses trousses un savant hargneux et prêt à tout.

« Je ferai attention, Miesha. Autant que je le pourrai. Je ne sais pas pourquoi…

– Des rafraîchissements ? »

Miesha et moi sommes tous les deux surpris par le robot suspendu qui vient de surgir derrière nous. La figure féminine pivote dans notre direction. Comme pour Dot, le Conseil de l'Esthétique a décidé qu'elle pouvait se passer de jambes, ou peut-être des jambes la gêneraient-elles plus qu'autre chose pour servir la population humaine. Je m'efforce de ne pas la fixer du regard, ignorant si c'est impoli de dévisager un robot, mais ses traits sont si humains que j'ai du mal à regarder l'épais barreau qui lui sort du crâne et la relie au plafond. Un passager qui arrive dans l'allée centrale rouspète, et elle replie son corps à l'horizontale pour le laisser passer.

« Nous devrions prendre quelque chose, me dit Miesha. La nuit va être longue, et va savoir quand la prochaine occasion se présentera. » Elle lève la tête vers le robot. « Deux eaux énergétiques et deux gâteaux protéinés. »

Les boissons et les biscuits sortent par le bas de son torse. Je ne peux m'empêcher de me demander comment un design pareil a pu être approuvé par le Conseil de l'Esthétique.

« Deux cents duros, s'il vous plaît. »

Miesha sort sa carte monétaire de sa poche et la passe au-dessus de la main tendue de la machine. Une barre de lumières clignote sur son torse et la transaction est validée.

« Merci », dit le robot qui nous tend notre commande avant de se diriger vers la voiture suivante.

Miesha va pour remettre la carte dans sa poche, mais s'arrête net. Elle fixe l'objet comme si elle n'avait jamais vu de carte monétaire, la retournant pour en examiner les deux faces.

« Qu'est-ce qu'il y a ?

– Ma carte. »

Ses pupilles bougent rapidement, comme si elle

se repassait une séquence, et son expression s'assombrit peu à peu.

« Miesha ! Qu'est-ce qui ne va pas ? Dis-le-moi ! »

Sa bouche s'ouvre toute seule, comme si elle avait reçu un coup de poing dans le ventre.

« C'est ma carte. C'est comme ça qu'il a su. Je l'ai confiée à Dot pour qu'elle aille nous chercher à manger, dans l'entrepôt à la sortie de Boston. Puis je m'en suis de nouveau servie quand on a fait le plein juste avant le réseau routier, et dans le restaurant. Et enfin là, maintenant. Il a accédé à mon compte courant et il nous suit à la trace. Il doit désormais savoir que nous sommes à bord de ce train, dessinant une ligne qui pointe tout droit vers San Diego.

– Tu es sûre ? Comment pourrait-il se connecter à ton compte ?

– Il fait directement virer mon salaire dessus. Je ne lui ai jamais donné mon mot de passe mais je me suis servie du réseau du domaine pour y accéder. Ce n'était sûrement pas sécurisé. J'aurais dû y penser. »

Je me renverse dans mon siège et passe mes deux mains dans mes cheveux. Réfléchis, Locke. *Réfléchis*. Que faire ?

« Il doit être juste dernière nous, dis-je, à bord du train suivant. Il n'aura aucun mal à relier les points. Il saura exactement où nous allons une fois que nous serons à San Diego, et...

– Sauf si nous n'y allons pas Il y a un arrêt à Albuquerque. »

Je secoue la tête, contrarié par le fait que Miesha en revienne obstinément aux mêmes solutions.

« On en a déjà parlé. *Je vais là-bas*. Je ne peux pas…

– Je ne parlais pas de toi. »

Miesha jette un coup d'œil à Dot, toujours hypnotisée par le paysage qui défile, puis se penche tout près de moi.

« Tais-toi et écoute-moi. Nous n'avons pas beaucoup de temps. Après quoi nous mettrons Dot au courant. Ça ne va pas lui plaire. »

Chapitre 37

Je retire ma chemise et me regarde dans la glace en tripotant le bandage qui ceint toujours mon torse. La gaze blanche laisse transparaître un petit suintement bleu. Le médecin de Dot a peut-être stoppé le saignement, mais apparemment, un ou deux points de suture n'auraient pas été superflus. Quelle quantité de gel puis-je me permettre de perdre ? J'enfile la chemise neuve que Miesha m'a donnée et je me coiffe avec mes doigts. Je suis seul, désormais.

Miesha a dit que Gatsbro trouverait logique que nous tentions de rallier un pays étranger, si bien que Dot et elle sont à bord d'un train pour la république du Texas, à l'heure qu'il est. Avant de partir, elle m'a acheté un sac et quelques affaires à la gare d'Albuquerque, puisque je n'aurai pas d'argent à disposition à l'avenir. Ces achats doivent aussi lancer Gatsbro sur une fausse piste. À partir de maintenant, Dot et elle vont se déplacer en dépensant sans compter, laissant derrière elles une trace jusqu'au Mexique. Une fois là-bas, Miesha tentera de troquer sa carte monétaire contre une carte étrangère non traçable.

« Ensuite, nous reviendrons sur nos pas et nous te rejoindrons à San Diego.

– Du moins nous essaierons », a ajouté Dot qui semblait comprendre que rien n'était moins sûr.

Elle a encaissé la nouvelle mieux que Miesha ne s'y attendait, en disant qu'aider un Évadé exigeait parfois de se séparer. C'était pour la bonne cause. Je n'ai pas vraiment compris ce qu'elle voulait dire par là et elle n'a pas eu le temps de me l'expliquer, mais en tout cas elle affirme que le Réseau qui nous a assistés à Boston est également présent à San Diego. Elle n'a pas de contacts là-bas, mais elle m'a dit de chercher parmi les robotaxis autour de la gare, en leur demandant s'ils connaissent un certain monsieur A. Si je parviens à trouver le bon interlocuteur, il m'aidera – en échange d'une faveur. Je devrais commencer à m'inquiéter d'avoir tant de faveurs à rendre, si je n'avais pas de soucis plus pressants.

En voyant leur train arriver, Miesha s'est dépêchée de me faire ses dernières recommandations et m'a dit qu'elle ignorait combien de temps durerait leur expédition. Plusieurs jours, peut-être même plusieurs semaines. Puis il y a eu un moment de gêne. Le moment où, en principe, on serre l'autre dans ses bras pour lui faire ses adieux. Miesha et moi ne nous étions jamais donné l'accolade, et à peine quelques heures plus tôt j'étais prêt à l'abandonner n'importe où. À cet instant pourtant, je n'avais plus envie qu'elle s'en aille. Dot nous a tirés d'embarras en me serrant la main.

« N'oubliez pas », m'a-t-elle dit, « votre réussite… »

Elle n'a pas achevé sa phrase. C'était inutile. Miesha a fait pivoter son fauteuil et elles sont parties.

Toujours devant la glace, je tire sur ma chemise comme l'aurait fait Miesha, lissant des plis inexistants. Jenna me reconnaîtra-t-elle ? Se souviendra-t-elle de moi après toutes ces années ? Elle a eu des existences entières pour étouffer des souvenirs tels que moi. Je ramène une mèche de mes cheveux vers l'avant, pour tenter de recréer l'épi qui n'existe plus. À présent que Miesha, Dot et Kara m'ont quitté, je ne peux plus me sortir Jenna de la tête. Après deux cent soixante ans, je vais enfin la revoir. Que lui dirai-je ?

Pourquoi ne nous as-tu pas sauvés ?

Nous t'aurions sauvée, nous.

N'aurait-elle pas pu supplier son père de ne pas nous abandonner ? J'observe mon corps. Il est constitué de tissus humains. Quelle importance si ces derniers ont été cultivés en laboratoire, s'ils ne sont pas les miens ? Est-ce pour cela que je révulsais Greta et Cole ? Je me rapproche du miroir et frotte mes doigts contre mon front. Jenna aura-t-elle la chair de poule en me voyant ?

Je recule et rentre ma chemise dans mon pantalon. Mon esprit, lui, est encore là. Qu'est-ce que cela peut faire qu'il me manque un minable dixième de mon cerveau ? Était-ce cela, la différence entre sa vie et notre condamnation ? Nous avons été enfermés dans une prison noire et silencieuse uniquement parce qu'il nous manquait une poignée de matière blanche et visqueuse. Et c'est cela qui ferait d'*elle* un être humain ? Au diable la matière.

Je me lave les mains dans le lavabo en prenant soin de racler les résidus de Bio Perfect bleu sous mes ongles. Si quelqu'un savait ce qu'étaient les ténèbres, c'était bien elle. Je l'ai entendue. Je l'ai entendue hurler et j'ai tenté de l'atteindre. Nous étions *ensemble*, bon Dieu. Au début, en tout cas. Pourquoi n'a-t-elle pas essayé de m'atteindre, elle aussi ? Kara, elle, l'a fait.

Est-ce à cause de l'accident ? Jenna me punissait-elle pour cela ? *Je n'avais que seize ans*. Je ne savais pas. Je ne voulais pas…

Je secoue mes mains et les passe au séchoir. Jenna n'a jamais été rancunière. Elle comprenait les erreurs. Elle comprenait tout. Du moins je le croyais. C'est d'ailleurs ce que j'adorais chez elle. Et puis son rire. Elle attrapait le hoquet quand nous la faisions rire trop fort. Et ses yeux. Ces yeux dans lesquels je pouvais me perdre à son insu. Elle était attentionnée et bienveillante. Mais d'un autre côté… Kara l'était aussi. Elle non plus n'était pas rancunière.

Un dernier coup d'œil dans la glace. J'y vois un individu différent de celui que Jenna et Kara ont connu. Plus grand, plus fort et plus hostile… Merci Gatsbro.

Peut-être avons-nous tous changé.

Je ramasse mon sac par terre et le passe sur mon épaule. J'ai un train à prendre.

TROISIÈME PARTIE
JENNA

Chapitre 38

La première chose qui me frappe est l'humidité de l'air. La seconde est une sensation de boule au ventre. *Je suis humain. Je mérite d'être ici.* J'en suis encore à réfléchir à l'air lourd, à mon estomac noué et à mes incertitudes sur mon droit à l'existence lorsque j'entends les alarmes. Je suis prêt à bondir, mais les policiers se jettent sur l'homme qui se tenait à côté de moi et l'embarquent. Il les supplie un bref instant, puis devient grossier quand les agents lui crient qu'il n'est pas en règle, après quoi tous disparaissent par une porte qui s'évanouit aussitôt dans le mur comme si elle n'avait jamais été là.

San Diego n'est pas Topeka ni Boston. Je garde la tête baissée, serre mon sac contre moi et m'efforce de me comporter comme si mon cœur ne me battait pas aux oreilles. Je me mêle à la foule, me déplaçant rapidement, tout droit vers la sortie et les robotaxis, espérant que les policiers n'étaient pas en fait à ma recherche et ne vont pas découvrir leur erreur sans tarder.

Dès que j'ai franchi le souterrain qui sort de la gare, le fracas assourdissant de la pluie assaille mes tympans. Quelques voyageurs s'abritent sous l'auvent, hésitants, mais ils ne tardent pas à monter dans des voitures venues les chercher, ou à disparaître dans les sombres rideaux de pluie après avoir tiré de leur poche des parapluies pas plus gros que le poing. Pour ma part, je n'ai ni véhicule ni parapluie.

Je me pose sur le côté pour fouiller dans mon sac. À la dernière minute, Miesha y a jeté un petit paquet cylindrique noir ramassé dans une corbeille. Un robot, dans l'échoppe voisine, a alors plissé le nez et nous a hélés : « Personne ne prend ceux-là. Nous avons de vrais manteaux ici. Pour des citoyens de votre standing… »

Miesha l'a fait taire avant de m'expliquer : « Don du gouvernement. C'est gratuit. Une tentative superficielle de leur part pour donner une apparence de charité publique. La plupart des citoyens n'y toucheraient pas, mais je n'ai pas beaucoup d'amour-propre et j'espère que c'est pareil pour toi. Ils sont conçus pour s'adapter à n'importe quel temps, et ça les rend bien plus précieux que n'importe quel vêtement à la mode.

– Mais c'est pour les… »

Miesha n'a pas laissé Dot parler.

« C'est pour tout le monde. Mon mari en portait un. Je sais qu'ils fonctionnent. »

Et plonk ! Dans mon sac. Miesha me connaît bien. Je me fiche complètement de la mode : tout ce que je veux, c'est être protégé. Je vais peut-être devoir m'adresser à beaucoup de robotaxis avant d'en trouver un qui puisse m'aider.

Je retrouve le petit cylindre au fond de mon sac et en lis l'étiquette pour la première fois. *Ne peut être vendu. Programme de protection bénévole. Office national de la charité publique.* Je tire ensuite sur la languette en me demandant comment un manteau tout entier peut tenir dans si peu d'espace, mais n'importe quoi vaut mieux que ce que j'ai sur le dos en ce moment.

Une fine étoffe noire se déplie immédiatement. Je la secoue et constate avec étonnement que j'ai effectivement en main un long manteau, doté d'une capuche. J'enfile celui-ci et suis presque instantanément réchauffé. Miesha avait raison : ce n'est peut-être pas à la pointe de la mode, mais ça fonctionne. En me retournant pour ramasser mon sac, j'aperçois du coin de l'œil mon reflet dans une porte en verre. Je me fige, arrêté par ma propre image : fantomatique dans la vitre, mais curieusement familière. Je me rapproche pour en avoir le cœur net, et distingue quelqu'un qui n'est pas tout à fait moi. *Son mari en portait un.* Le vent se prend dans l'étoffe noire, la plaque contre mes jambes, l'agite comme si elle était en vie. Comme un oiseau. Comme un corbeau. Comme une créature aux ailes brisées qui essaierait de voler.

Comme quelque chose de sombre et de dangereux.

Je remonte la capuche sur ma tête et m'enfonce dans la nuit. Il est temps que je retrouve Jenna avant que Kara ne le fasse.

Chapitre 39

La file de robotaxis est courte. Ils ne sont pas plus de sept ou huit. Alors que je m'approche du dernier, un employé me crie : « Prenez le premier ! Prenez le premier ! »

Sans lui prêter attention, je me penche vers le chauffeur, qui baisse sa vitre.

« Je cherche un certain monsieur A.

– S'agit-il d'un nouveau restaurant ? Je ne l'ai pas dans ma base de données. »

Je passe au suivant, à qui je répète ma question. L'employé me hurle toujours après mais ne bouge cependant pas de sa guérite qui le protège de la pluie. Le chauffeur secoue la tête et je poursuis mon interrogatoire.

Le troisième robotaxi baisse à son tour sa vitre quand je frappe.

« Prenez le premier, me dit-il.

– Je cherche un certain monsieur A. Pouvez-vous m'aider ? »

Là, il me sourit et acquiesce en silence, mais son sourire me met mal à l'aise. Il n'est pas comme celui de Dot. C'est un rictus lent, entendu, distant. Sur son tableau de bord, le chauffeur presse un point lumineux qui s'élargit et se met à clignoter.

« J'ai un Fugitif avec moi. Pouvez-vous intervenir ? »

Sur quoi, tendant le bras, il verrouille sa main autour de mon poignet.

« Qu'est-ce que… »

J'essaie de me dégager, mais je suis comme pris dans une menotte d'acier.

Le rictus distant du robot réapparaît.

« Vous croyez peut-être qu'on ne connaît pas leurs mots de passe ? Je gagne des points à chaque livraison. Encore cinq et j'aurai des jambes. »

Mon cœur accélère, ma tête se noie à mesure que je comprends ce qui m'arrive. *Ne montre jamais ta faiblesse.* J'appuie un pied contre la portière, pour faire levier, tout en agrippant son poignet.

« Vous feriez mieux de demander des bras », lui dis-je.

Il semble confus pendant une demi-seconde avant que je tire, pesant de tout mon poids, avec la force inhumaine que m'ont donnée Gatsbro et le Bio Perfect, dans une seule direction : loin de lui.

Il y a un petit « plop ! », et je tire plus fort en tournant brutalement. J'entends alors la chair et les tendons artificiels craquer, se déchirer. Je n'aperçois son expression horrifiée que le temps d'un éclair, car déjà je disparais dans la nuit, son bras toujours accroché au mien. Je dissimule aussitôt celui-ci sous mon manteau, courant à l'aveuglette dans le noir, rapidement englouti par la pluie diluvienne et par l'inconnu. Les gouttes me piquent les yeux comme des aiguilles lorsque je cherche des étoiles ou la lune pour m'orienter, mais il n'y a rien à voir, si bien que je cours sans me retourner, le poignet enserré dans la main du robot.

Chapitre 40

Où sont les étoiles ? Tu peux encore tenir quelques kilomètres. Encore un petit effort.

Je ralentis à chaque pas. Pendant la première heure, j'ai couru sans m'arrêter. *Comme un démon de l'enfer*, aurait dit mon père. C'est à peu près ça. Je courrais encore si je le pouvais, mais je n'ai jamais eu d'entraînement pour cela. Au cours des deux dernières heures, je n'ai réussi qu'à marcher régulièrement. J'avise un porche de boutique plongé dans le noir, où je me cache pour faire une pause. Je mange un gâteau protéiné et descends une bouteille d'eau énergétique en deux goulées. Je pourrais maudire Gatsbro de m'avoir fait bien trop humain dans des moments pareils, mais au contraire, la faiblesse due à la faim me rend plus fort. Elle me rappelle que je ne me trompe pas. Je mange, donc je suis. Je suis humain. Je suis un Ventre affamé comme les autres.

Tout comme Kara. A-t-elle mangé ? Elle s'est enfuie sans le moindre argent. Sans la carte monétaire de Miesha, je n'aurais rien non plus. Kara est-elle affamée, recroquevillée comme moi dans un coin sombre ? Comment fait-elle pour survivre ? Mais Kara a de la ressource, et de la volonté. Elle trouvera un moyen. Je dois compter là-dessus.

Je termine le gâteau, le bras du robot toujours accroché au mien, et m'attaque à ce problème. Je farfouille dans mon sac de ma main libre jusqu'à ce que j'y déniche le couteau suisse. Encore quelque chose que Miesha m'a donné à la gare.

« Il était à mon mari, m'a-t-elle expliqué. C'est tout ce qu'il me reste de lui. Il l'avait prêté à un ami, et cet ami l'a gardé pour moi pendant toutes les années que j'ai passées en prison. Ce couteau a tiré Karden de plus d'un pétrin. Mets-le dans ton sac. »

Je savais qu'elle tenait énormément à ce couteau, mais je l'ai pris quand même. J'ai besoin de tout ce qui pourra m'aider. Il m'a déjà tiré du pétrin en détruisant l'iScroll, et j'espère qu'il viendra aussi à bout d'un bras de robot. J'examine l'objet de plus près. Il comporte toutes sortes d'outils. Certains identiques à ceux du couteau suisse de mon grand-père, d'autres que je ne reconnais pas et dont je n'identifie pas la fonction. Je décide donc de m'en tenir à la bonne vieille lame. Je me mets en devoir de découper et d'arracher le bras, morceau par morceau, un doigt après l'autre, devant parfois pour cela m'écorcher un peu le poignet. Des perles de sang se forment là où j'y suis allé un peu fort. *Voilà ce que j'en fais, de tes points, salopard.* Enfin, je parviens à détacher le pouce graisseux et le membre entier tombe par terre.

J'essuie la lame, après quoi j'avise une station-service de l'autre côté de la route. Je surveille un moment les alentours. À cette heure de la nuit, il n'y a personne, uniquement un employé robotisé fixé à une caisse automatique. Je rassemble mon courage, traverse et lui demande le chemin d'Oak Creek. En l'absence d'étoiles, je ne peux qu'espérer avoir couru vers le nord. Le robot est catatonique et absolument indifférent, comme le serait un vrai employé de nuit, et tout aussi laconique. « Par là », dit-il en pointant le doigt. Mais cela me suffit. Au moins, je sais maintenant que je vais dans la bonne direction. Une lumière clignote sur sa console et il ajoute : « Vingt-deux kilomètres. »

Vingt-deux kilomètres ? Encore vingt-deux kilomètres en plus du chemin que je viens de parcourir ?

Je suis trempé jusqu'aux os. Le manteau n'a rien pu faire contre la pluie chassée par le vent, ni contre les nombreuses fois où j'ai trébuché dans des flaques profondes que je ne voyais pas dans le noir. J'ai les jambes en compote et la douleur dans mon flanc est de plus en plus lancinante. Je m'efforce de ne pas penser au Bio Perfect qui doit toujours suinter dans mon pansement. Je regarde dans la direction indiquée. Il va me falloir marcher toute la nuit.

Même dans sa stupeur robotisée, le pompiste paraît alors lire dans mes pensées et ajoute : « Robotaxis ou navette gratuite, au prochain croisement à l'est. »

J'opine, remonte mon sac sur mon épaule, tire ma capuche sur ma tête, et m'éloigne à pied sous la pluie. Je ne peux plus prendre de risques avec les taxis, ni même avec la navette. Je suis certain que le robot manchot a scanné mon identité quand je me suis approché de lui. Mes papiers ne valent plus rien.

Je contemple le long ruban de la route. J'ai encore des kilomètres devant moi, et une fois arrivé à Oak Creek je ne saurai toujours pas précisément où habite Jenna. Ma seule consolation est que Kara ne le sait pas non plus, et que je suis certain d'atteindre notre destination avant elle. Quel train a-t-elle pris pour fuir Gatsbro ? Celui pour Los Angeles ? Pour Seattle ? Où qu'elle soit allée, je sais où elle terminera sa course. Même si je ne l'entends pas dans ma tête en ce moment, je la connais.

Je suis sur une route côtière. La ville ne tarde pas à céder la place à une campagne ouverte et noire. Privé de l'abri des bâtiments sombres et des rues latérales, je marche le plus possible sur le bas-côté, prêt à bondir dans les buissons au besoin. J'ignore en effet qui peut être au volant des voitures qui passent de temps à autre. J'imagine sans cesse un robot conduisant d'une seule main, assoiffé de vengeance.

La plupart du temps, la route file tout droit vers le nord, mais il lui arrive de serpenter quand les coteaux sont escarpés, et je perds parfois l'océan de vue sur des kilomètres. La pluie s'est muée en léger crachin, mais une épaisse couverture de nuages me prive toujours de lumière. En l'absence de lune et d'étoiles, la mer est mon seul repère pour rester sur le bon chemin.

Quelle distance ai-je parcourue ? Pour combien de temps en ai-je encore ? Je n'arrive même plus à évaluer ma vitesse. La monotonie de mes pas et l'obscurité qui me dissimule le paysage font que je me focalise sur mes pensées et non sur la route. Je pense à Jenna, la Jenna que j'ai connue. Je m'interroge sur le moment où je la verrai, je me demande comment cela se passera. Que dirai-je ? À quoi ressemblera-t-elle ? Ses cheveux étaient soyeux comme ceux de Kara, mais longs et blonds, souvent négligemment attachés avec une barrette. Jenna ne s'est jamais beaucoup intéressée aux vêtements et à la coiffure. J'ai soudain une vision fugitive du robot à moitié chauve, dans la gargote. Au bout de deux cent soixante ans, Jenna aura-t-elle encore des cheveux ? Mais elle n'est pas un robot… *elle est humaine, comme nous*. Pourtant, cette vision de l'androïde au crâne dégarni et à la peau écaillée provoque une avalanche d'images dans ma tête. Et si le Bio Gel première génération de Jenna était périmé, s'il avait commencé à se dégrader au fil de ces deux cent soixante années ?

Je suis tellement occupé à imaginer et à redouter ce qui pourrait arriver que je ne remarque pas la présence d'un nid-de-poule sur la route. Je trébuche, fais un vol plané et atterris durement sur la chaussée. Je me tiens les côtes, lutte pour reprendre mon souffle, et puis reste couché là en pensant à quel point ce serait facile de fermer mes paupières quelques minutes. Je me persuade même un instant du bien que cela me ferait de demeurer allongé. *Repose-toi, Locke*. Je roule sur le bas-côté, dans les graviers, et je ne bouge plus, le visage tourné vers le ciel, le crachin me coulant dans les yeux. *Encore quelques kilomètres. Tu peux encore marcher sur quelques kilomètres*. Alors, je distingue une étoile entre deux nuages. Je ferme les paupières, juste pour en chasser la pluie. *Une étoile…*

Chapitre 41

Regarde, celle-là, c'est le Scorpion. Et l'autre, tout au bout...

Un milliard d'étoiles tombaient en pluie jusqu'aux cimes des arbres qui nous entouraient. Des crapauds gros comme des chiots coassaient sur la grève, et des lucioles virevoltaient dans les trous d'ombre de la forêt.

Et là-bas, c'est Cassiopée, la reine.

Kara, Jenna et moi étions allongés sur une couverture, non loin du pavillon d'été des parents de Kara, les yeux plongés dans le ciel nocturne. C'était la fin des grandes vacances, et le monde était un rêve. Kara d'un côté, Jenna de l'autre, et la voûte illuminée si proche que j'aurais pu attraper les étoiles dans le creux de ma main.

Delphinius, le dauphin... Ursa Major, la Grande Ourse...

Alors, une traînée d'étincelles zébrait le ciel et nous poussions des cris émerveillés, le silence retombant aussitôt entre nous, comme si nous nous trouvions devant quelque autel céleste, humbles témoins d'un événement presque sacré. *Fais un vœu…*

Je ne pouvais pas souhaiter autre chose que ce que j'avais à ce moment-là. Deux jours et une nuit, seul dans les bois avec Kara et Jenna. Chacune avait prétendu dormir chez l'autre pour pouvoir s'échapper. Mes parents étaient partis pour le week-end et ma sœur se réjouissait que je ne sois pas à la maison… Aucune question n'avait été posée. Nous étions tous inscrits à des cours d'été, si bien que nos vacances étaient courtes. Nous profitions à fond du temps qu'il nous restait.

Regarde. La Croix du Nord. Et celle-là, c'est l'étoile polaire, la plus lumineuse de toutes…

Jenna m'avait pris par une main, Kara par l'autre, et j'avais eu l'impression que l'univers nous soutenait tous les trois.

Cette nuit-là, peut-être uniquement en cet instant magique, tout avait eu un sens, comme si les mille pièces qui formaient le puzzle de ma vie étaient en place et que je connaissais le comment et le pourquoi de tout. J'étais certain que ce moment resterait gravé en moi à jamais, parce qu'il était réel et vrai. Il était aussi tangible que la couverture sur laquelle nous étions étendus. J'avais la sensation d'avoir touché quelque chose, quelque chose d'aussi vaste que l'univers, et que cela m'avait touché aussi.

J'ignorais, alors, que même un phénomène aussi énorme qu'un message de l'univers pouvait être anéanti en quelques jours par des préparatifs de retour à la maison, par un mauvais professeur dans un mauvais emploi du temps, par mon frère volant soixante dollars dans mon portefeuille, ou par mon oncle se prenant une balle dans la tête en contrôlant un automobiliste.

Mais tout cela avait fait de Kara et Jenna des étoiles encore plus vives à mon firmament. Jamais je n'aurais pu prévoir que quelques semaines plus tard, la vie éteindrait même ces étoiles-là.

Chapitre 42

« Bouge-toi de là, sale Orp ! »

Mes yeux s'ouvrent en grand, juste au moment où je me prends un coup de pied dans les tibias.

« Va cuver dans un trou, c'est là qu'est ta place ! »

Je me lève d'un bond, les genoux fléchis, prêt à me défendre, mais le type ne m'attaque pas.

« Et prends tes ordures avec toi ! »

Sur ce, l'homme shoote dans mon sac et s'en retourne vers sa voiture. Avant qu'il ne démarre en faisant crisser ses pneus, j'ai le temps de lire *Forces de sécurité* sur le flanc du véhicule.

Après son départ, je reste en position de défense le temps de m'éclaircir les idées. Cuver ? Il croyait que j'avais bu ? Et à l'évidence, il m'a trouvé dégoûtant. Je me détends et me redresse. Ça, je peux le comprendre, car c'est vrai que je suis dans un état déplorable. Mais il m'a pris aussi pour un Orp. Un sale Orp. Je n'ai pas la moindre idée de ce que c'est. Encore quelque chose que Gatsbro a choisi de passer sous silence quand il…

« Oh, bon Dieu ! »

Le jour se lève.

J'ai dormi. Combien de temps, une heure ? Plus ? J'attrape mon sac par terre et pars en courant. La crasse collée à mon cou frotte contre mon manteau. J'ai mal aux côtes. Mes cheveux pendent en mèches boueuses dans mes yeux. Mais je cours. Je cours à travers la douleur. Je cours à travers la peur. Je cours pour ma vie. Je cours pour la vie de Kara. Et surtout, surtout, je cours vers Jenna.

Chapitre 43

Nombreux sont les moments que nous imaginons à l'avance. Nous répétons la scène dans notre tête en tâchant d'orchestrer nos gestes et nos paroles jusqu'à ce que tout soit parfait. À moins que ce ne soit simplement moi, qui ai vécu enfermé dans mon crâne plus longtemps que quiconque dans toute l'histoire mondiale. Peut-être que personne ne peut vraiment prédire son comportement à tel ou tel instant. Peut-être sommes-nous tous le jouet des circonstances, même quand nous avons planifié le moindre détail.

En tout cas, jamais je n'aurais pu prédire ma réaction en voyant Jenna.

Vous ne la trouverez pas chez elle. Le dimanche, c'est jour de marché. Elle a un stand sur la grand-place.

La matinée était déjà bien avancée lorsque je suis enfin arrivé à Oak Creek. Il me semblait avoir parcouru trente-cinq kilomètres plutôt que vingt-deux, mais au moins la pluie avait cessé. Sachant que mon aspect dépenaillé n'inspirerait pas confiance aux locaux, je suis entré dans une minuscule épicerie, où j'ai prétendu avoir entendu dire qu'une certaine Jenna Fox embauchait du monde pour travailler dans sa propriété. Ma mère m'avait appris que dans les petites boutiques, les gens ont envie de parler. Elle avait raison.

Elle ne risque pas d'embaucher aujourd'hui. Elle n'est pas chez elle.

J'ai rapidement localisé la place du marché, à cinq minutes à pied. Je n'étais plus pressé désormais, je marchais lentement, et pourtant, j'étais comme essoufflé. Dans ma tête défilaient tous les scénarios, toutes les premières phrases possibles. *Surprise ! Espèce d'enfoirée. Je t'aime, Jenna. Je suis désolé. Kara et moi avons besoin de ton aide. Tu te souviens de moi ? Pourquoi nous as-tu quittés ? Comment est-ce arrivé ?*

Le marché est vaste pour une si petite ville. Trois longues allées, bordées chacune d'une douzaine d'étals de chaque côté. Je remonte la première en scrutant tous les visages, ce qui me vaut des regards curieux. Je donnerais n'importe quoi pour identifier des traits familiers. Et si elle avait changé au point d'être méconnaissable ? Je passe devant des salades, des fraises, des oranges sanguines, des avocats, des noix, des bocaux de fruits en conserve. Des faciès flous. Je décline les propositions de goûter aux spécialités locales. Les visages. Aucun d'eux ne m'évoque quoi que ce soit. Je longe donc l'allée suivante avec l'impression que le maigre gâteau protéiné avalé il y a des heures cherche à remonter. J'accélère le pas, mes pupilles fonctionnent tels des scanners, et je commence à paniquer une fois au bout. Et si je ne la trouvais pas ? Je prends le virage afin de m'engager dans la troisième allée, ralentissant pour scruter chacune des têtes qui dépassent derrière les melons, les paniers en osier, les pots de miel et les pyramides de fromages.

Et là, quelque chose.

Des corps qui passent et me bouchent la vue.

Mais… un éclair.

Des cheveux blonds.

Je me fige, m'arrête entre deux stands. J'attends.

Les clients prennent leurs emplettes et s'en vont.

Encore un rapide aperçu.

Un profil.

De nouveau, du monde dans mon champ de vision.

Puis une vue dégagée.

Jenna.

Jenna en train de sourire.

Jenna assise à côté d'une table.

Jenna parlant avec quelqu'un.

Jenna puisant quelque chose dans un bocal en verre, et le versant dans un sac qu'elle scelle hermétiquement. Je vois bouger ses lèvres. *Merci*.

Mon cerveau est paralysé. Tous les mots, toutes les idées que j'avais préparés sont englués quelque part en moi. Je ne peux que la fixer du regard en me demandant si ce moment est bien réel.

Elle est exactement semblable à la Jenna de mes souvenirs, comme s'il ne s'était pas passé un jour. Mes doigts se replient dans mes paumes. Mon estomac se serre. Se souviendra-t-elle de moi ?

J'observe chacun de ses gestes. L'inclinaison de la tête. Ses mains sur la table. Les poses qu'elle prend, ses mouvements. J'ai une boule dans la gorge.

Une autre fille, à peu près du même âge, pénètre alors sous l'auvent et vient s'asseoir à côté d'elle. Toutes deux bavardent une minute, après quoi Jenna ramasse un sac en toile et se lève. La fille ajoute un mot et Jenna rit, le menton levé. Et puis sa tête se tourne, de quelques degrés à peine, comme si quelque chose venait d'attirer son attention. Son sourire s'efface, elle pivote encore d'un ou deux degrés, et ses yeux rencontrent les miens. Là, elle s'immobilise, l'air un peu gauche, légèrement déséquilibrée, et son regard se pose vraiment sur moi.

Nous y sommes.

Je suis incapable de dire un mot ou de faire un geste. Je ne peux que la contempler. Toutes mes paroles, tous mes appels, tous mes projets, tout cela a disparu.

Et puis, sans transition, elle s'intéresse à autre chose : on pourrait croire que ses yeux n'ont fait que survoler un marché animé, que mon visage n'en était qu'un parmi les autres.

Elle m'a oublié ? *Elle m'a oublié.*

La voilà qui s'éloigne vers d'autres étals. Tous mes doutes explosent pour me brûler la poitrine, et je me lance à sa poursuite en slalomant dans la foule. Au bout de l'allée, je la repère, à courte distance devant moi. Elle se dirige vers un camion garé sous un arbre. Une fois à quelques mètres derrière elle, je m'arrête. Elle perçoit ma présence et se retourne. De nouveau, un éclair de reconnaissance.

Elle tord ensuite une de ses mains avec le

même geste qu'autrefois, mais son regard est très direct.

« Pardon de vous avoir dévisagé là-bas, me dit-elle. C'était très impoli de ma part, je sais. Mais c'était involontaire. C'est simplement que... » Elle baisse les yeux, déglutit, puis relève la tête et me sourit. Sa voix est douce. « C'est juste que vous ressemblez à quelqu'un que j'ai connu. » Elle toussote et ajoute : « Il y a très longtemps. »

Je ressemble à quelqu'un? Je n'ai pourtant pas tant changé! Je fais un pas vers elle, incapable de parler, incapable de respirer. Comme si elle m'avait donné une gifle qui m'aurait coupé le souffle... pendant deux cent soixante ans.

Jenna.

J'ignore si ce sont les regards échangés, ou des décennies de manque compressées dans un seul mot non prononcé, mais je vois la compréhension gagner ses épaules, ses lèvres, et finalement, ses yeux. « Non! » souffle-t-elle. Puis elle tourne les talons et part en courant.

Pendant une seconde, je reste sans bouger, puis je fonce en avant et la plaque contre son camion juste avant qu'elle n'ouvre la portière. Dos à moi, elle secoue la tête.

« Non! Ce n'est pas possible! Non! »

Je la tiens fermement pour l'empêcher de se débattre, approche ma bouche de son oreille, et murmure : « C'est moi, Jenna. C'est vraiment moi. »

Ses cheveux sont humides de larmes, et je me rends compte qu'il ne s'agit pas des siennes. Je ferme mes paupières, me serre un peu plus contre elle, sens son corps trembler contre le mien. Elle est si petite ! Plus petite que dans mon souvenir. *Jenna*. « Je t'en prie… crois-moi. » Elle cesse alors de trembler et ses muscles se détendent.

Je desserre mon étreinte et elle se retourne. M'examine attentivement, visiblement incrédule.

« C'est presque Locke, mais tes yeux… » Puis elle lève la main pour toucher mes cheveux, et la retire tout en cherchant du regard un épi indomptable qui n'est plus là. « Et tu es plus grand et…

– Plus costaud. Je n'ai pas eu un père, comme toi, pour me recréer avec amour, centimètre par centimètre. En ce qui me concerne, je suis tombé sur un fou. »

Elle pâlit et ferme les yeux, inspire profondément, comme si elle sentait monter la nausée, puis finalement les rouvre, mais sans me regarder en face.

« Monte, me dit-elle. Il faut qu'on parle, mais pas ici. »

Chapitre 44

Je prends place à la table de sa cuisine. Nous n'avons pas encore échangé une parole, sauf quand elle m'a dit de m'asseoir, ou encore dans le camion, quand j'ai voulu parler et qu'elle m'a intimé de me taire.

« J'ai besoin d'un peu de temps », m'a-t-elle dit.

Sa respiration était encore hachée.

Après toutes ces années déjà passées à attendre, j'ai trouvé que c'était beaucoup me demander, mais je le lui ai accordé. Nous roulions sur une route étroite, bordée d'eucalyptus géants, en direction d'un quartier de vieilles maisons, dont la plupart paraissaient abandonnées. Jenna agrippait fermement le volant et ne s'est pas tournée une seule fois vers moi. Au bout de la rue, elle s'est engagée dans une longue allée en gravier qui menait à une grande bâtisse de plain-pied, qu'entourait une large véranda. Elle s'est garée à l'arrière et nous sommes entrés par une porte qui donnait directement dans la cuisine.

La voici à présent en train de remplir un verre

au robinet. Ses mains tremblent. Elle pose le verre devant moi, puis prend place de l'autre côté de la table et me regarde enfin, attentivement, prenant son temps, notant chaque détail du nouveau Locke. Elle n'a plus aucun doute.

« Pourquoi n'es-tu pas venu plus tôt ? me demande-t-elle. Pourquoi avoir attendu deux cent soixante ans ?

– Plus tôt ? »

Soudain, je comprends ce qu'elle croit : que j'ai passé tout ce temps à parcourir le monde et à prendre du bon temps.

« Je n'ai le nouvel équipement que depuis un an, *Jenna*. Je ne pouvais pas venir plus tôt. Pour ça, il aurait fallu que je sache faire voler un petit cube noir dans les airs. »

Ses lèvres s'entrouvrent et elle inspire une petite bouffée.

« Tu veux dire… »

Eh oui. Ce n'est pas joli à voir, ni sur son visage ni sur le mien. Elle sait exactement ce que je veux dire. Elle se rappelle cet enfer sans fond, qu'elle n'a pourtant visité que jusqu'à la porte d'entrée, elle… Tandis que moi, j'ai eu largement le temps de parcourir de long en large toute la maison et les neuf étages en sous-sol. Je me lève en faisant grincer ma chaise, et ma voix emplit la cuisine.

« Qu'est-ce que tu croyais, Jenna ? Et est-ce que tu croyais quelque chose, au moins ? Ne t'es-tu jamais dit que ça te regardait ? Et c'est toi qui me demandes pourquoi je ne suis pas venu plus tôt ! Pourquoi est-ce que *toi*, tu n'es pas venue ? »

Elle se met debout à son tour, prête à en découdre.

« J'avais dix-sept ans, Locke ! J'avais peur, j'étais perdue ! Tu n'as aucune idée de ce que j'ai traversé ! Je croyais avoir détruit la sauvegarde de ton esprit. Je l'ai déconnectée de la batterie et je l'ai jetée moi-même dans un étang. Quelqu'un a dû…

– *Quoi ?* » Je la rejoins de son côté de la table. « Toi ? » J'ai dû mal entendre. Tout tourne autour de moi, mais j'ignore si ce sont mes blessures ou si c'est ma colère qui me donnent ce vertige. « Tu l'as détruite ? »

Elle recule d'un pas.

« Je croyais l'avoir fait. Mon père l'avait cachée dans un placard fermé à clé. Il la gardait au cas où… Je savais comment c'était, Locke. Je ne supportais pas l'idée de vous savoir là-dedans à jamais. C'était tout ce que je pouvais faire. »

Je fais un pas vers elle et regarde le plancher en hochant la tête.

« Bien sûr. Je vois. Tu t'es débarrassée de tes meilleurs amis. » Je relève les yeux. « Tes meilleurs amis, n'est-ce pas, Jenna ? Ben voyons, pas la peine de faire jouer ton fameux charme pour essayer de convaincre ton père de nous libérer, nous aussi ! Pourquoi t'embêter ? Après tout, tu es la Jenna Fox en titre. »

Elle recule encore, vers le comptoir de la cuisine.

« Oh, c'est vrai, tu avais encore *dix pour cent.* C'est ça, le nombre magique ? »

Je jette un rapide coup d'œil en direction d'un couteau posé à côté de l'évier. Elle aussi. Nous nous défions en silence, en nous demandant qui va l'empoigner en premier.

« Vas-y, Jenna ! Poignarde-moi ! Fais-le ! Je parie

que mon sang est plus rouge que le tien. Rien à foutre de tes dix pour cent minables. »

Elle se fige, comme fascinée par le couteau, puis me dévisage de nouveau. La pièce bascule. Je me rattrape à la table. Rien ne se passe comme je l'avais prévu. Je ne voulais pas que cela prenne cette direction. Je ne me reconnais pas. Elle non plus, je parie. Les jambes tremblantes, je tire une chaise et m'y assois. Je frotte mes mains sur mes cuisses en m'efforçant de calmer mes frissons, puis je relève la tête vers elle. Ses yeux sont posés sur moi, si grands, si bleus, si terrifiés... Ma colère est vaincue par la question douloureuse qui me ronge depuis bien trop longtemps. Je m'éclaircis la gorge et lui demande tout bas : « Pourquoi nous as-tu laissé tomber ? »

Je vois soudain son expression passer de la colère à la confusion. Elle garde le silence pendant presque une minute, remuant légèrement les lèvres comme si elle s'efforçait d'organiser ses pensées. Lorsqu'elle parle enfin, c'est d'une voix ferme.

« Les temps étaient différents, Locke. Il est impossible de juger le passé en se référant au monde d'aujourd'hui. Il y a eu plus de *deux siècles* de changements. Ce qu'on m'a fait à l'époque était interdit, mais aussi très risqué. Ils ne savaient pas ce qu'ils obtiendraient à mon réveil. Les dix pour cent, c'était leur seul espoir. Ils pensaient que c'était ce qui ferait la différence. Mais pour Kara et toi..., il ne restait plus rien. Une existence future paraissait totalement inenvisageable. Mon père ne pouvait pas imaginer un instant de faire ça à tes parents dans leur dos. Comment aurait-il pu le leur avouer un jour ? Sans parler de l'aspect éthique. Il avait déjà du mal à assumer ce qu'il m'avait fait à moi, ignorant si c'était bien ou mal… Le monde n'était pas le même, encore une fois. »

Elle se rapproche tout doucement, méfiante, comme si j'étais un fauve susceptible de bondir sans crier gare. C'est peut-être ce que je suis. Elle revient vers la table tout en maintenant un écart entre nous.

« Mais je ne vous ai pas abandonnés. J'ai fait ce que je pensais être bien. Je l'ai fait pour vous… » Sa voix se brise et elle se raidit afin de garder le contrôle. « J'ai fait pour vous ce que je savais que vous auriez fait pour moi. Je pensais que tout était fini. Je ne sais pas comment quelqu'un a pu récupérer vos sauvegardes. Elles étaient au fond de l'étang et…

– Personne n'a récupéré celles de l'étang. »

Elle incline la tête comme si elle ne m'avait pas bien entendu.

« Comment… Je ne comprends pas.

– Des copies.

– Quoi ?

– Allez, Jenna, un petit effort. Toi aussi, tu as cinq cents millions de neuropuces. Même à l'époque, on ne pouvait pas créer un jeu vidéo sans qu'il soit piraté avant même d'être sur le marché. Les gens faisaient des copies illégales de tout et n'importe quoi pour gagner trois sous. Livres, films, logiciels, tout ce que tu veux. Un bon millier de personnes travaillaient pour ton père, et il était à l'origine de quelque chose de bien plus précieux qu'un jeu vidéo. Quelqu'un a sauté sur l'occasion.

Ça ne vous est vraiment jamais venu à l'esprit, à toi ou à lui, que quelqu'un ferait des copies ? »

Elle s'éloigne de nouveau, hagarde, faisant lentement le tour de la cuisine pour s'arrêter finalement au comptoir, sur lequel elle s'appuie pour ne pas tomber.

« Il y avait bien une copie de moi, murmure-t-elle. "Au cas où", disait mon père. » Elle secoue la tête. « Mon Dieu, j'aurais dû le savoir, ou du moins m'en douter. » Elle fait brusquement volte-face. « Tu as dit *des* copies. » L'espérance est très claire dans sa voix. « Kara ? » souffle-t-elle.

Je confirme.

« Kara aussi. Elle est en route pour ici. »

Ces mots semblent briser le dernier fil qui retenait ses émotions. Son visage tombe dans ses mains et elle éclate en sanglots. Des sanglots calmes, presque silencieux, ce qui d'une certaine manière est encore pire. Sa poitrine est secouée comme si quelque chose de violent avait été libéré en elle. Je vois maintenant que Kara et moi ne sommes pas les seuls à avoir souffert. Et je vois aussi que Jenna aime encore Kara.

Je prends appui sur la table pour me mettre debout. Un battement sourd martèle mes tempes.

« Jenna, il y a autre chose que tu dois savoir. À propos de Kara… »

Je fais un pas. Mes genoux cèdent sous mon poids et, soudain, j'ai devant les yeux un plafond qui devient flou, puis net, puis flou, après quoi je distingue vaguement le visage de Jenna au-dessus du mien, et puis tout disparaît.

Chapitre 45

« T'es mort ? »

De petits doigts poisseux s'efforcent de soulever mes paupières.

« Ouais. T'es mort. »

J'ouvre les yeux d'un coup et vois Jenna entrer en coup de vent dans la chambre où je suis couché.

« Kayla ! Je t'ai dit de ne pas venir ici ! Va dans la serre avec tante Allys. Elle est sur le point de partir. Elle a une mission spéciale à te confier. »

Je regarde la fillette qui se tient à mon chevet. Elle a de longs cheveux noirs et des iris d'un bleu étonnant qui me détaillent avec suspicion. Visiblement indifférente aux ordres de Jenna, elle ne bouge pas.

Jenna incline la tête et répète avec fermeté : « Kayla ! »

La petite, qui doit avoir à peine quatre ans, lève les yeux au ciel comme si elle était déjà une préadolescente.

« Je jouerai avec toi plus tard », me dit-elle avant de filer.

Jenna sourit avec tendresse, puis vient s'asseoir au bord du lit.

« Comment te sens-tu ?

– Bien, je suppose. Ça fait longtemps que je dors ?

– Presque vingt-quatre heures, mais c'est en partie ma faute. Je t'ai donné quelque chose. Je ne savais pas comment tu réagirais avec ta… » Elle s'interrompt pour chercher le mot juste. « Ta configuration particulière. Mais apparemment, tu es doté d'un système qui réagit globalement de la même façon qu'un corps humain ordinaire, et je ne voulais pas te recoudre sans t'anesthésier pour un bon moment. Et puis, tu avais besoin de repos. »

Je me redresse sur un coude.

« Attends une minute. Tu m'as recousu ? »

Je baisse le nez. Ma chemise a disparu, et un coup d'œil sous les couvertures m'apprend que mes autres vêtements aussi. On dirait également que l'on m'a fait un brin de toilette.

« Qu'est-ce que tu…

– Ne t'en fais pas. Je m'en suis remise. Tu devrais pouvoir y arriver, toi aussi. »

Je tire un peu sur mes draps pour couvrir mon torse.

« Où as-tu appris à faire des points de suture ? »

Elle sourit.

« On en apprend beaucoup en deux cent soixante ans. Je ne suis pas restée à me tourner les pouces pendant tout ce temps. » Elle pose sa main sur la mienne, comme si notre nuit sous les étoiles datait seulement d'hier. « Je vais t'apporter quelque chose à manger. Si tu te sens assez en forme, tes vêtements sont là. » Elle m'indique une chaise du menton, dans un coin. « Tout frais lavés. Je reviens tout de suite. »

Une fois qu'elle a fermé la porte, je saute de mon lit, attrape mes vêtements et les enfile le plus vite possible. De toute manière, c'est fait, elle m'a vu tout nu. Je relève ma chemise et me regarde dans la glace. Mon bandage n'est plus là et la plaie est à peine visible. Jenna est douée pour les points de suture. J'observe alors la chambre. Celle-ci est meublée avec simplicité : un lit, une coiffeuse ancienne au miroir ovale, et deux petits fauteuils séparés par un guéridon dans un coin. Par terre, un panier rempli de coquillages, de cailloux, de morceaux de verre émoussés et de bois flotté : le genre de trophées que l'on rapporte de la plage. Une carpette multicolore couvre le sol entre le lit et les chaises. Il n'y a qu'une image au mur. Je me rapproche pour mieux la voir. Il s'agit d'une vieille photo de ce qui doit être une œuvre d'art : des centaines d'épines de sapin fichées dans le sol, qui évoquent un serpent entrant et sortant de la terre. À côté du serpent, un vrai moineau, la tête légèrement inclinée, presque comme s'il écoutait siffler le reptile. Un titre écrit à la main apparaît au bas du document : « Serpent de sapin ». Dans un coin, une inscription : *À Jenna* ; dans l'autre, une signature : *C. Bender.*

« C'est beau, n'est-ce pas ? »

Je me retourne. « C'est original. Tu connais l'artiste ?

– Je le connaissais. »

Elle traverse la chambre pour poser sur le guéridon un plateau couvert de victuailles : des œufs, des fruits, du pain perdu. Il y a même un napperon en lin bordé de dentelle. La Jenna que j'ai connue ne savait pas cuisiner. Au pavillon d'été, Kara et moi avions même dû lui apprendre à faire des œufs au plat.

« Merci, je meurs de faim. Mais j'aurais pu me traîner jusqu'à la cuisine.

– Non, c'est mieux ici. Nous serons plus tranquilles. »

Elle va fermer la porte avant de s'asseoir dans le fauteuil qui fait face au mien.

« J'espère que ça te plaira. Vas-y, mange. »

C'est elle qui parle pendant que je dévore comme un glouton. Elle me révèle que le pain perdu est une recette de sa grand-mère Lily. Du gingembre en poudre, voilà le secret. C'est cette dernière qui lui a appris à cuisiner. Presque tous les produits qui sont ici viennent des fermes des environs ou de son propre jardin. Elle a même des poules et quelques chèvres pour les œufs, le lait et le fromage. Elle emplit la pièce de son bavardage à propos des légumes, des chutes de pluie et des recettes de Lily jusqu'à ce que j'aie avalé ma dernière bouchée, après quoi elle se renverse dans son fauteuil et soupire.

« Dis-moi, Locke. Qui t'a fait ça ?

– Quoi, "ça" ? Le corps ? Les coups ? Le vol de mon esprit ?

– Tout. »

Je commence par le début, par le Dr Ash, en lui donnant la version de Cole plutôt que celle du Dr Gatsbro. Elle s'étonne quand je mentionne Ash, car elle se souvient de l'avoir croisé au labo de son père. Leurs bureaux n'étaient séparés que par un couloir, et elle avait à l'époque remarqué combien il était soigné et tiré à quatre épingles, comparé à tous les savants mal peignés qui travaillaient là-bas. Il ne portait jamais de blouse, toujours des costumes bien coupés.

« Apparemment, il avait des goûts de luxe – en tout cas suffisamment coûteux pour qu'il ait besoin d'un petit business parallèle », dis-je.

C'est alors que je repense à l'air supérieur de Gatsbro quand il nous est tombé dessus dans la ruelle, comme si nous n'étions que des microbes échappés de ses éprouvettes, comme si tout le pouvoir au monde était entre ses mains. Ma mère disait toujours que le pouvoir est une drogue puissante. Je n'avais jamais vraiment compris ce que cela signifiait, jusqu'à maintenant.

« Ou peut-être Ash a-t-il simplement fait cela parce qu'il le pouvait. »

Je ne lui raconte pas en détail les deux cent soixante ans d'interlude. Comment le pourrais-je ? La grimace qu'elle tente de réprimer quand j'effleure à peine le sujet me prouve qu'elle a conscience de ce qu'ont dû être les neuf cercles de notre enfer, et qu'elle revit peut-être même entièrement le sien.

« Et puis le Dr Gatsbro nous a sauvés… Enfin, c'est ce que nous avons cru. »

J'évoque notre année de vie recluse au domaine, la manière dont il a bricolé le Bio Gel pour créer le Bio Perfect, et comment nous avons enfin compris qu'il nous retenait prisonniers afin d'exhiber sa technologie illicite à de riches clients désireux d'échapper à la mort.

« Et tes coupures au flanc et à la lèvre ?

– Son premier client potentiel est venu nous rendre visite. Gatsbro a tout fait si ce n'est nous ouvrir la bouche pour nous compter les dents. Kara a ainsi compris ses intentions, et c'est là que nous nous sommes enfuis. Il nous a retrouvés à Boston et, quand nous avons refusé de le suivre, il est passé à une autre méthode pour me convaincre : il m'a envoyé ses gorilles. » Je palpe mes côtes. « C'est un Musclor chaussé de bottes à bout ferré qui m'a fait ça. Et je ne sais absolument pas qui m'a écrasé la tête contre un mur de brique. Tout s'est passé très vite. Nous sommes tout de même parvenus à filer. C'est à ce moment-là que Kara et moi avons été séparés. »

Là, je lui raconte comment j'ai essayé de rattraper Kara à Topeka et lui fais part du plan de Miesha et Dot pour lancer Gatsbro sur une fausse piste.

« Kara s'est donc échappée, elle aussi ?

– Oui, mais…

– Parfait. Elle connaissait les trains de Boston comme sa poche. Et c'est encore plus simple de nos jours. Elle y arrivera. Il n'y a pas plus futée que Kara. »

Je perçois un grand soulagement dans sa voix.

« Mais Gatsbro est toujours à nos trousses. Il n'abandonnera pas.

– Tu as sans doute raison. Surtout s'il est question d'argent. Et il faudra aussi te méfier des Forces de sécurité. » Elle se lève. « Viens te promener avec moi, Locke. »

Se promener ? Maintenant ? Je me mets debout à mon tour.

« Jenna, tu ne comprends pas. Il n'y a pas que Gatsbro qui pose problème.

– Comment ça ?

– C'est Kara. Elle est en route parce que... »

C'est tellement plus dur à dire en la regardant dans les yeux !

« ... Oui ?

– Elle est en colère, Jenna. Elle est en colère contre toi. »

Jenna me dévisage en haussant les sourcils, lentement, à mesure qu'elle comprend. Enfin, elle hoche la tête.

« Je suppose que c'est normal. Comment lui en vouloir ? Elle a de quoi être furax. Moi-même, quand j'ai compris, j'ai ressenti de la rage. J'avais envie de massacrer tout le monde. Et toi, pas plus tard qu'hier, tu étais furieux contre moi et tu lorgnais un couteau dans ma cuisine.

– Jenna, tu sais bien que je n'aurais jamais... »

Elle prend mon visage entre ses mains.

« Je sais, Locke. Je sais. » Ses mains descendent pour attraper de nouveau les miennes. « Et Kara non plus. Elle était ma meilleure amie. Personne ne la connaissait mieux que moi. Oui, elle sera en colère. Oui, elle se fâchera. Peut-être même qu'elle brisera quelques objets. Mais c'est mon amie. Voilà une chose qui ne changera jamais. On s'expliquera et tout s'arrangera. »

Je la vois si sûre, si confiante dans tous ses souvenirs de la Kara qu'elle a connue, que je suis presque convaincu. Il existe tant de versions de la vérité... Celle de Gatsbro, celle de Miesha, celle de Kara. Et pendant toutes ces années dans le noir, j'ai même créé la mienne. Mais à ce moment précis, j'ai envie de croire à celle de Jenna. Pourrait-elle être vraie ? Tout peut-il s'arranger ?

Je la regarde au fond des yeux. Ses bras se glissent autour de moi et nous restons ainsi, accrochés l'un à l'autre. Simplement. Sans un mot. Et mon espoir croît. La vérité de mon univers s'est retournée comme un gant, en un instant, après l'accident. Puis elle s'est de nouveau retournée au domaine de Gatsbro. Peut-être peut-elle cette fois devenir celle de Jenna.

Chapitre 46

Je n'ai pas vraiment regardé la maison à mon arrivée. Toute mon attention était concentrée sur Jenna. Mais à présent que nous sortons par l'arrière du bâtiment, j'ai une vue d'ensemble. C'est rustique. Rien à voir avec sa demeure de Boston. J'ai devant moi une vaste construction basse qui montre les signes de l'âge. La porte a résisté quand Jenna a voulu sortir, et la véranda est affaissée. Mais ce que je trouve le plus frappant, c'est son aspect « naturel ». Les murs de bois se fondent dans le paysage. Il n'y a pas de pelouse ni de parterres bien ordonnés comme dans son jardin de Boston ou comme au domaine. De grosses pierres séparent les allées de terre ratissées de la prairie, qui regorge de fleurs et de plantes sauvages, et un grand chêne étend ses branches au-dessus d'un espace ouvert, avec un étang dans le fond. Dans l'ombre de l'arbre, on distingue à peine un banc de bois brut.

« Je ne m'attendais pas à ça.

– Avant, je vivais de l'autre côté. »

Au-delà de l'étang, elle m'indique ce qui ressemble aux vestiges d'une maison. Quelques murs de pierre sont toujours debout, mais l'essentiel est recouvert de plantes grimpantes et de mauvaises herbes. Le seul bâtiment intact est une longue serre, au bout du terrain.

« Tu habitais dans une serre ? »

Jenna éclate de rire.

« Mais non. La maison a brûlé il y a quarante ans. C'est à ce moment-là que j'ai déménagé. D'ailleurs, je suis mieux ici. »

Mon regard se porte vers l'étang, puis de nouveau vers sa maison qui semble presque surgir de la terre.

« Je ne devrais pas être étonné. Kara ne jurait que par Whitman, comme si c'était lui qui avait inventé la poésie, mais tu as toujours été plus fan de Thoreau. On dirait bien que tu as trouvé ton Walden[1]. »

Elle me fait un grand sourire.

« Tu te souviens de ça ?

– Je me souviens de beaucoup de choses. Il y avait Emily Dickinson, Edna Millay. Kara et toi aviez une longue liste d'auteurs que vous adoriez. »

Mes yeux plongent dans les siens, une ou deux secondes de trop, et elle détourne la tête.

« C'est l'homme dont tu as vu l'œuvre sur le mur qui m'a légué cette maison-ci, mais j'ai continué à entretenir la serre de l'autre côté. Elle était à Lily. Viens, je t'y emmène. J'ai quelque chose à

---

1. *Walden ou la vie dans les bois* est un récit de Henry David Thoreau publié en 1854, où il est question du retour à la nature et de la conscience environnementale.

te montrer. » Elle me prend par la main et m'attire sur une pente douce en direction d'un petit bois. « On peut traverser sur un pont, par ici. » Derrière les arbres, un large pont de bois enjambe en effet une cascade, à l'endroit où l'étang se déverse dans un cours d'eau rapide. « Ce torrent n'était qu'un ruisseau quand je suis arrivée ici. Je pouvais traverser à gué, à l'époque. Mais des constructions en amont ont concentré ses affluents. C'est pire après des orages comme celui qui vient de tomber.

– C'est dans cet étang que tu as…

– Oui. C'est là que j'ai jeté les trois sauvegardes. »

Elle me désigne le centre de la pièce d'eau.

« Il a fallu un sacré lancer pour les envoyer si loin.

– J'étais désespérée et déterminée. Je voulais être sûre que mes parents ne puissent pas les récupérer, au moins le temps que… le temps qu'elles ne soient plus viables. Mon père disait qu'une fois coupées de leurs batteries, elles pourraient tenir à peu près une demi-heure avant que les environnements ne cessent de tourner. »

Je contemple la surface lisse en m'efforçant de la voir avec les yeux de Jenna. *L'époque était différente.* En m'efforçant de considérer cela comme une porte de sortie et non comme une fin. Une demi-heure, c'était tout ce qu'il fallait. À peine un battement de cils comparé au temps que j'ai passé sur une étagère dans un entrepôt. Qu'a pensé l'autre moi pendant ces dernières minutes ? Était-il content ? Lequel était, lequel *est* le vrai moi ? Les deux ? Un frisson me parcourt les bras et je regarde ailleurs, ce que Jenna interprète comme un encouragement à poursuivre notre chemin.

Nous traversons le pont et je distingue mieux les ruines de l'ancienne maison.

« Comment a-t-elle brûlé ? »

Jenna me lance un coup d'œil, puis baisse la tête.

« Un incendie accidentel. »

Je peux disséquer ses réactions aussi bien que celles de Miesha. Au naturel, elle a toujours été calme, réservée... et attentionnée. Comme moi, elle cherchait sans cesse à faire plaisir. Mais pendant deux secondes, sous sa sérénité, j'ai discerné de la fureur. C'est vite passé. Elle ne se rend sans doute même pas compte que je l'ai vu. Je doute que son Bio Gel ait toutes les capacités de mon Bio Perfect. Je commence tout juste à comprendre que je devrais plus souvent jouer de mes points forts. Je ne peux pas rester à jamais celui que j'étais. Autant profiter à fond de ce que je suis devenu.

Je contemple les débris de ce qui a dû être une superbe demeure, autrefois.

« Étant donné l'immense fortune des Fox, je m'étonne que tu ne l'aies pas fait reconstruire. »

Jenna fronce les sourcils.

« Il n'y a pas de fortune des Fox. Ou plutôt, il n'y en a plus. » Son pas hésite pendant une seconde à peine. « Comprends-moi bien. Je ne me plains pas. Il me reste encore ces deux propriétés et beaucoup de terrain que j'ai acquis au fil des ans. C'est plus que ce que possèdent la plupart des gens, et quelques investissements auxquels j'ai réussi à m'accrocher me rapportent un petit revenu. Avec la vente des herbes et des légumes que nous cultivons, nous nous en sortons. »

Malgré mes dons de perception, je n'avais pas prévu cela. La fortune des Fox se comptait par milliards. Où a-t-elle bien pu passer ?

Il faut croire que j'ai sous-estimé son Bio Gel, à moins que ce ne soit que de la bonne vieille perspicacité, mais Jenna semble, elle aussi, lire dans mes pensées.

« C'est pour ça que je t'ai amené ici. Pour t'expliquer deux ou trois choses. »

Nous sommes presque arrivés à la serre lorsque la fille que j'ai vue au marché hier avec Jenna apparaît, un plateau de jeunes plants entre les mains. La fillette qui a voulu m'ouvrir les yeux ce matin surgit à ses côtés, avec son propre pot de semis. Toutes deux viennent à notre rencontre.

« Allys et Kayla, j'aimerais vous présenter officiellement mon ami Locke. »

Allys me sourit d'une oreille à l'autre.

« On s'est déjà vus hier soir, officieusement, mais tu ne dois pas t'en souvenir. Tu étais un peu dans les vapes. Ça me fait plaisir de constater que tu vas mieux. »

A-t-elle aidé Jenna à me déshabiller et à me laver ? Étant donné mon poids et ma taille, Jenna n'a sans doute pas pu s'en charger toute seule. Je sens une rougeur envahir mon cou.

« Ravi de faire ta connaissance. Officiellement. Merci pour, euh… » Je me tourne alors vers la petite. « Content de te connaître, toi aussi. Tu vois, je ne suis pas mort.

– Super. Tu peux nous aider, alors. »

Jenna échange un coup d'œil avec Allys.

« Pas maintenant, mon ange. Peut-être tout à l'heure.

– Viens, mon cœur, intervient Allys en commençant à s'éloigner. Les laitues ont besoin de ta touche spéciale. »

Kayla lui emboîte aussitôt le pas et Jenna les regarde partir, un sourire aux lèvres.

« Comment les as-tu connues ? »

Nous nous remettons en marche vers la serre.

« Allys est une vieille amie. Une très vieille amie. Elle habite ici avec moi, désormais. » Parvenue à la porte de l'édifice, elle l'ouvre. « Quant à Kayla… c'est ma fille. »

Je m'arrête net sur le seuil, incapable de cacher ma surprise. Jenna semble amusée.

« Allons, Locke, réfléchis. Je ressemble peut-être à la fille de seize ans que tu as connue, mais j'ai vécu, tu sais. Je ne suis pas restée tout ce temps à me contempler le nombril. »

Je hoche la tête comme un idiot, et ma question sort toute seule avant même que j'aie pu y penser.

« Tu es mariée ?

– Je l'ai été. Ethan est mort il y a cent quatre-vingt-dix ans, mais nous avons été mariés soixante-dix ans. C'était quelqu'un de bien. »

J'ai beau compter, l'addition ne tombe pas juste.

« Mais Kayla n'a que…

– À l'époque, mon existence était illégale. Cela ne me semblait pas juste de faire naître un petit être dans une vie telle que la nôtre. Mais nous avions fait le nécessaire pour pouvoir avoir un enfant, au cas où, un jour, l'un d'entre nous aurait estimé que le moment était venu. J'ai dû faire appel à une mère porteuse, pour des raisons évidentes, mais Kayla est notre fille à cent pour cent.

– Tu vis seule depuis cent quatre-vingt-dix ans ? Tu ne t'es jamais remariée ? »

Elle me fait signe que non.

« C'est déjà assez dur de perdre un mari. Il y a eu quelques hommes au fil des ans. . » Elle s'adosse à la porte. « Tu comprends, Allys et moi avons le même âge. Elle a été sauvée par le Bio Gel à peu près en même temps que moi. Je l'ai vue enterrer six compagnons, et j'ai été témoin de ce qu'elle endurait à chaque fois. Je ne suis pas taillée pour cela. Quand on est comme nous, dire adieu devient un mode de vie, mais je ne pouvais pas me l'imposer délibérément, à répétition, comme elle le fait. Elle prétend à chaque fois qu'elle en a fini avec l'amour, mais le dernier en date n'est mort qu'il y a six ans. Elle a encore le temps de changer d'avis… »

Jenna pénètre dans la serre et je la suis.

« Et toi, tu en as fini pour de bon ? » dis-je dans son dos.

Elle s'arrête, secoue la tête, se retourne vers moi.

« J'ai appris à ne jamais dire "jamais". Le monde m'a donné tort chaque fois que je l'ai fait. Mais je sais que j'ai fini de dire adieu. » Puis elle fait un grand geste en direction des plantes. « Alors, qu'en dis-tu ? »

Joli changement de sujet, Jenna. J'observe la serre. Des tas de plantes. Du vert. De l'air chaud et humide. Des tapis de chanvre tressé. C'est bien joli tout ça, mais sans aucun intérêt pour moi en ce moment. Je la regarde de nouveau. Elle ne comprend pas. Les aiguilles tournent. Je n'ai pas de temps pour les visites, ni pour admirer son hobby. Kara et moi sommes poursuivis par un fou. Sans parler du fait que je n'ai même pas encore commencé à gratter la surface de tout ce que j'ai à dire. Une brève conversation n'efface pas des décennies de questionnements. Je ne peux pas feindre l'enthousiasme. Pas maintenant. Pas même pour Jenna.

« Pour une serre, c'est une serre.

– Tout à fait. C'est précisément ce que je voulais t'entendre dire. » Elle me prend par la main. « Viens. »

Elle m'attire alors vers deux rangées de hauts palmiers. Des feuilles me fouettent le visage lorsque nous nous glissons entre eux. À mi-chemin, elle s'arrête pour me faire face.

« Si jamais tu as besoin de te cacher, tu seras en lieu sûr ici. »

Les arbres permettent effectivement de se dissimuler, mais je me dis que je pourrais trouver mieux dans les bois de l'autre côté du pont.

« Soulève, dit-elle en m'indiquant un coin du tapis de chanvre.

– Là ? »

Lui obéissant, je découvre que le sol en dessous n'est pas en terre. Il s'agit d'une plaque métallique avec un loquet en creux. Je tire dessus, et une trappe d'un mètre carré s'ouvre sur un escalier.

« Avant que la fortune des Fox ait fondu, j'ai quand même réussi à apporter quelques améliorations par ici. Je vais te montrer. »

Elle passe devant, et je la suis dans l'escalier obscur.

Chapitre 47

La pièce souterraine mesure environ le quart de la taille de la serre. D'un côté, trois lits de camp et quelques étagères vides. De l'autre, un Net Center avec deux postes dont aucun n'est allumé. Le tout recouvert d'une épaisse couche de poussière, comme si les lieux n'étaient plus fréquentés depuis bien longtemps. J'apprends que c'est le cas.

« Pendant des années, Ethan et moi avons travaillé ici pour aider d'autres personnes dans ma situation à se procurer une nouvelle identité et à se ménager un semblant de vie. Après la mort d'Ethan, je suis devenue plus courageuse. Je me disais que je n'avais peut-être plus rien à perdre. Je me suis donc présentée à une audience du Congrès concernant le CFES et j'ai annoncé qui j'étais. »

Elle me parle du Comité fédéral d'éthique des sciences, une agence gouvernementale dont j'ai sans doute entendu parler au lycée sans jamais m'y intéresser. J'aurais dû. C'est ce comité qui a décidé qu'elle n'avait pas le droit d'exister, en s'appuyant sur un système de points pour le remplacement des parties du corps.

«J'ai été mise en garde à vue et j'ai passé un an en "rétention", comme ils disaient. À savoir la même chose que la prison, sans les droits. Mais j'avais fait tout un travail préparatoire avant d'agir. Je sentais que l'époque était propice et j'avais confié toutes mes informations à un parlementaire, un certain Peck, qui s'est fait l'avocat de ma cause. J'avais aussi une armada d'hommes de main – des spécialistes des relations publiques –, qui ont bombardé les médias de vidéos (favorables pour moi, accablantes pour le CFES) et de communiqués de presse. Le CFES n'a rien vu venir. Je dois dire que cette campagne a peut-être été la plus réussie de toute l'histoire mondiale. Bien sûr, comme je te l'ai dit, l'époque était propice : l'opinion publique était mûre. C'était le début de l'ère de la vie privée. À l'exception de la carte d'identité publique, tous les dispositifs permettant de récupérer des données personnelles ont été mis hors la loi. L'influence du CFES était déjà sur le déclin, et je n'ai fait que porter le coup de grâce. À la fin, notre campagne a culminé dans un moment qui aurait fait la fierté de ma mère, aussi spectaculaire et bien chorégraphié que le finale d'un ballet. Au plus fort du débat, Allys a fait son entrée au Congrès à la tête de quarante receveurs de Bio Gel qui avaient transgressé le système de quotas du CFES, tous éminents citoyens du pays. C'était fini. Le CFES s'est écroulé et de nouvelles normes ont été adoptées.

– Et la nouvelle norme, c'était toi. Dix pour cent.»

J'essaie de garder une voix neutre, mais on y perçoit tout de même de la tension. J'enjambe alors le Net Center poussiéreux et dessine avec mon doigt un smiley dans la poussière d'une table.

« Locke… »

Je me retourne brusquement pour lui faire face. J'ai envie d'aller vers elle. J'ai envie de prendre son visage à deux mains. J'ai envie de l'embrasser comme j'ai toujours voulu le faire à l'époque, sauf que la peur m'en empêchait. J'ai envie qu'elle sente mes lèvres contre les siennes, et après ça, je veux l'entendre dire que Locke Jenkins n'est pas humain.

Mais moi aussi, je suis doué pour détourner la conversation.

« Et c'est à cette même époque que tu as abandonné tout ça ? »

Elle me regarde de biais, exactement comme la Jenna de seize ans que je suivais partout, tel un chiot perdu. Elle est tellement la même, et pourtant différente. *Elle a été mariée. Elle a un enfant. Bon Dieu, elle n'est pas vierge comme moi.*

Elle a vécu, pendant que de mon côté j'attendais de vivre.

« Oui, c'est là que j'ai abandonné », finit-elle par dire, mais je sais qu'il y a autre chose derrière sa réponse hésitante. Pas tout à fait un mensonge, pas tout à fait la vérité. Une chose qu'elle ne veut pas me dire. Le silence et l'odeur de renfermé restent suspendus entre nous. Je hoche gauchement la tête sans aucune raison, juste pour remplir l'espace.

Ses mains retombent le long de son corps et elle se mord la lèvre. Elle m'observe comme si quelque chose était en train de se nouer en elle.

« Je n'ai pas dormi de la nuit, dit-elle en chassant une mèche de sa figure d'une main tremblante. Une fois que tu as été installé, je me suis couchée sans fermer l'œil et je suis restée à fixer le plafond. Je ne pouvais plus penser qu'à tout ça. Ce qu'on t'a fait, c'est ma faute. La manière dont mes parents me vénéraient… Je n'aurais jamais cru… » Elle secoue la tête. « Mon père n'a jamais voulu vous faire de mal, à Kara et à toi. C'est sans doute un tort, mais il ne se doutait pas une seconde qu'Ash… » Elle se met à marcher de long en large et parle de plus en plus vite, d'une voix oppressée. Elle regarde au plafond, regarde ses pieds, regarde un peu partout, sauf dans ma direction. « C'est ma mère qui a eu l'idée. Ils avaient déjà scanné mon cerveau… tu connaissais mes parents, jamais ils ne m'auraient laissée partir, mais jour après jour ma mère voyait les tiens à l'hôpital et elle ne supportait pas ce qu'ils enduraient. Elle a supplié mon père de scanner vos cerveaux aussi, au cas où…

– *Jenna…* »

Soudain, elle plonge ses yeux bleus dans les miens et chuchote : « Comment as-tu fait, Locke ? Comment as-tu survécu pendant deux cent soixante ans ? Je n'y suis restée que dix-huit mois et ça m'a hantée pendant des années. Aujourd'hui encore… »

Elle s'interrompt subitement, comme si tout cela était trop pénible à imaginer pour elle. À cet instant précis, elle ressemble à la Jenna que j'ai connue. La Jenna qui avait parfois des angoisses. La Jenna qui me tenait par la main, aussi incertaine que moi devant la vie. La Jenna qui avait plus de questions que de réponses.

Voilà une chose qui me manque encore. Des réponses.

Comment j'ai fait ? Elle m'observe sans ciller. Elle attend.

Je ne sais pas comment j'ai survécu. Je ne suis même pas sûr d'avoir survécu. Je ne suis plus le Locke que j'étais.

J'allais là où je devais aller… Là où je survivais sur des bribes de souvenirs… des vestiges de contact… une certaine forme de tranquillité. Une certaine paix. J'allais retrouver mes souvenirs…

« Kara. Et toi. C'est grâce à vous que j'ai survécu. Vous étiez là-bas avec moi. »

Jenna a l'air un peu perdu, comme si elle ne comprenait pas bien.

« Mes souvenirs, Jenna. Je t'ai entendue à un moment donné. Tu m'as appelé avant de partir. Je savais que tu étais là. Je t'ai cherchée, et comme je ne te trouvais pas, je me suis souvenu. Tu m'accompagnais. Tu me parlais. *Mes yeux, Locke, regarde dans mes yeux et tu verras le ciel.* C'est ce que tu m'as dit quand j'ai oublié sa couleur. Toi, Jenna. C'est ainsi que j'ai survécu. »

Chapitre 48

Jenna n'a pas voulu que je reste seul à la maison. Elle a insisté pour que je me rende à la mission avec Allys, Kayla et elle. Cela m'ennuyait pourtant de partir. Et si Kara se présentait pendant notre absence ? Jenna m'a promis que nous n'en avions pas pour longtemps, et m'a rappelé que Kara mettrait peut-être encore des jours à parvenir jusqu'ici. Et puis elle avait une affaire à régler à la mission. Mais je ne pouvais pas me sortir Kara de la tête. *Où était-elle* ? Deux jours entiers s'étaient écoulés depuis notre séparation. Elle aurait dû être là. Et s'il lui était arrivé quelque chose ? Après tout ce que nous avions traversé, tout le chemin parcouru, toutes ces années, un événement aussi banal et imprévisible qu'un accident de voiture pouvait-il de nouveau me la ravir ?

Mon souffle se bloque dans ma poitrine. L'accident. Jenna n'a pas encore abordé le sujet. Moi non plus. Tout ce qui s'est produit après est peut-être la faute de son père, ou celle d'Ash, ou même celle de Gatsbro, mais c'est par l'accident que tout a commencé, et ça, c'est ma faute à moi. Jenna ne voulait pas aller à cette fête, mais j'avais insisté, insisté. Je lui avais pratiquement arraché les clés des mains. Je voulais tant les impressionner, paraître plus vieux que je ne l'étais, me donner l'air d'évoluer dans des cercles qui n'étaient pas les miens, que je n'avais pas réfléchi plus loin. Kara me l'a rappelé au moins mille fois depuis : *Qu'est-ce que tu as fait, Locke... qu'est-ce que tu as fait ?...* et c'est dans ces moments-là que j'aurais été heureux de lui briser la nuque, encore et encore, autant de fois qu'elle posait la question. *Qu'est-ce que tu as fait ?...*

« Locke ? »

Les sourcils de Jenna se rapprochent. J'ai eu une absence. Mes pieds sont cloués au sol. Je me concentre à nouveau sur le monde réel, abandonnant celui dans lequel je viens de m'aventurer.

« Désolé. C'est juste que parfois, je... »

Je secoue la tête mais elle me presse de continuer et je lui parle de mes « absences », comme les appelle le Dr Gatsbro, ces moments où j'oublie qui je suis et où je m'en vais, loin, ailleurs. Mes explications n'effacent cependant pas son inquiétude. C'est le moment que choisit Kayla pour revenir vers nous en gambadant, sans rien écouter, et me prendre par la main.

« Dépêche-toi, *Locke*. »

Elle glousse de rire, amusée par la sonorité de mon prénom.

« On se retrouve plus tard, lui dit Jenna. Je veux passer déposer ça à Grand-mère. »

Kayla lâche ma main, insiste pour que nous fassions vite, et court après Allys qui l'attend au bout du chemin. Toutes deux doivent se rendre à la pépinière de la mission, puis aux écuries. Une fois qu'elle ne peut plus nous entendre, Jenna se retourne vers moi.

« Ça t'arrive souvent, ces absences ?

– Non, je ne crois pas. Parfois je ne m'en aperçois même pas, sauf si on me le fait remarquer. Comme toi à l'instant. Il faut croire que mon Bio Perfect n'est pas si parfait que ça.

– Tu connais quelque chose de parfait ? grommelle-t-elle. Mon Bio Gel ne l'est pas non plus. Il est sensible aux basses températures, tu sais ? J'ai toujours été esclave des saisons, quand j'ai voulu voyager. Et puis au début, quand je me suis réveillée, je ne sentais pas non plus le moindre goût. Rien du tout. Papa me disait que les neuropuces ne tarderaient pas à se connecter. Tu parles ! Ça a pris huit ans. Tu imagines ? De toute manière, je n'étais pas censée manger, uniquement avaler des nutriments fades concoctés par mon père. »

Je l'arrête en l'attrapant par l'épaule.

« Quoi ? Tu ne peux pas manger ?

– Oh, maintenant, si, je peux. C'est la seule modification que je me sois autorisée. J'étais résolument contre les prétendues *améliorations*, mis à part pouvoir manger des framboises fraîches en été, ou mordre dans un gâteau au chocolat tout chaud... je ne pouvais quand même pas me passer de ça à jamais. »

Nous nous mettons à comparer nos nouveaux corps comme si nous discutions des derniers modèles de voitures. Les paroles coulent sans heurt et j'évoque ses changements sans avoir l'impression de regarder les dents d'un cheval. Nous bavardons comme de vieux amis, ce que nous sommes en vérité, et pour la première fois, les décennies qui nous séparent semblent s'être effacées.

« Et j'ai perdu cinq centimètres au passage. Papa prétendait que c'était une question de mécanique et de proportions, mais je crois que maman voulait juste que j'aie la bonne taille pour devenir danseuse.

– Je me disais bien que tu me paraissais plus petite, mais j'ai cru que c'était à cause de mes dix centimètres en plus. Va savoir ce qui est passé par la tête de Gatsbro. Il voulait en avoir pour son argent, sans doute.

– Je remarque aussi que tu es plus costaud.

– Ouais, il m'a donné davantage de muscle, mais il ne s'est pas embêté pour mon épi.

– Tu as toujours détesté cet épi.

– Jusqu'à ce que je ne l'aie plus.

– C'est étrange, ce qui peut nous manquer. Comme mes cinq centimètres. Ma mémoire en a pris un coup aussi. Ça n'a pas facilité les choses. Il m'a fallu des mois pour que tout revienne.

– Au moins, c'est revenu.

– Et puis il y avait la question de la conservation.

– La conservation ?

– Combien de temps j'allais durer. Papa n'en avait aucune idée. Tu peux le croire, toi, qu'un savant ne sache pas ça ? Entre deux et deux cents ans, grosso modo, d'après lui. Il a visé un peu bas.

– Gatsbro appelle ça la date de péremption. On n'en savait rien non plus jusqu'à il y a trois jours.

Je n'ai même pas encore commencé à essayer de m'y faire. Quatre à six cents ans.

– Eh bé… »

Elle me lance un regard en biais.

« Eh oui.

– Vieux comme un arbre.

– Oui, mais vu comme tu es partie, tu seras peut-être encore dans les parages. »

Elle hausse les épaules.

« Hum. Je ne crois pas. »

Je perçois alors son changement d'humeur et je cesse de marcher.

« Tu… Tout va bien, n'est-ce pas ?

– Bien sûr. Je pense juste qu'être parfait et traverser l'éternité, c'est bon pour les statues grecques, pas pour nous, les simples mortels. » Elle me prend par la main et se remet en route. « Chaque être et chaque chose a ses défauts… sauf ma Kayla, évidemment. Elle, elle est vraiment parfaite. »

Je souris.

« Évidemment.

– Et Kara ? Comment va-t-elle ? Elle aussi a subi des changements ? »

Je m'efforce de me caler sur son pas. *En avant. Regarde droit devant toi.* Je lui ai déjà dit que Kara était en colère. J'ai été clair là-dessus. Et si elle ne parle que de changements physiques, il semble que dans ce domaine, Gatsbro ait eu tout bon.

« Locke ?

– Non, dis-je. Kara n'a pas changé. C'est toujours notre bonne vieille Kara. »

Chapitre 49

La mission m'étonne. Je ne sais pas à quoi je m'attendais. Le monde m'a déjà fait tant de surprises – robots et holoviseurs, routes automatisées et portes qui disparaissent – que, sans doute, découvrir quelque chose de si ancien et pourtant intact me fait un drôle d'effet. Les murs blanchis à la chaux sont presque aveuglants.

« Par ici », me dit Jenna en m'entraînant dans une cour adjacente à l'église, entourée de hauts murs. Elle tend la main vers la poignée en fer forgé d'une grande porte en bois, mais je devance son geste. Si ma mère me voyait, elle sourirait, et cela me rassure, curieusement, de me dire que je me conduis bien. À moins que ce ne soit juste le vague espoir que ma mère puisse observer mes faits et gestes, de là où elle est.

Le monde qui s'étend derrière le mur arrête de nouveau mes pas. Je contemple l'herbe verte, les allées de gravier bien nettes qui s'y croisent et les pierres tombales en plâtre, en granit, parfois de simples croix de bois. Un cimetière. Je n'ai pas mis les pieds dans ce genre d'endroit depuis la mort de mon oncle. C'était à la sortie de Boston, le ciel était gris terne, et le givre crissait sous nos pieds tandis que nous nous tenions devant le cercueil. Fermé. Quand un inconnu vous explose la cervelle, les pompes funèbres ne peuvent pas faire grand-chose.

Ce cimetière-ci est chaleureux, coloré et exempt de tristesse. Aucun être que j'aime ne s'y trouve. Une fontaine gargouille en son centre, rendant l'atmosphère presque joyeuse. Jenna tourne à droite et je la suis jusqu'à une stèle patinée par les éléments.

Lily Helena Bishop

Je me suis trompé. Il y a ici quelqu'un que j'aime. Je me souviens de Lily. C'était une femme sympathique. Nous avions pris le train à plusieurs reprises pour aller la voir dans sa maison de Kennebunk et passer le week-end avec elle. Lily n'avait pas peur de nous serrer dans ses bras, de rire avec nous ou simplement de nous laisser tranquilles. Elle faisait de longues promenades sur la plage, où elle ramassait des morceaux de verre coloré, des cailloux troués ou du bois flotté, après quoi elle inventait des histoires extravagantes sur le passé de ces objets. Un week-end, elle m'avait glissé un morceau de verre dans la main avant mon départ. Celui-ci était vert et comme givré, après avoir roulé pendant des années dans le sable. Elle m'avait dit qu'il s'agissait d'un des yeux de la statue de la Liberté. *À l'origine, la statue avait des yeux, mais pendant qu'on l'érigeait, ils sont tombés dans l'océan. C'est tout ce qu'il en reste.* J'avais ri et répondu : *Tu es sûre que ce n'est pas plutôt un tesson de bouteille de bière*? Elle avait feint d'être outrée. *Rêve en grand Locke. N'arrête pas de chercher. Peut-être qu'un jour tu trouveras le deuxième œil. Il est encore là, quelque part.* J'avais gardé ce morceau de verre dans mon tiroir à chaussettes jusqu'à ce que... Je suppose qu'il y est resté jusqu'au jour où des gens ont fini par emballer mes affaires et les jeter, parce que, pour ce qu'ils en savaient, j'étais mort.

« Je lui apporte toujours des fleurs pour son anniversaire. Cela me semble plus approprié que de fêter l'anniversaire de sa mort »

Elle pose un bouquet de fleurs sauvages mauves sur la tombe.

« Lily avait quelque chose d'unique. Je t'ai toujours enviée de l'avoir. »

Jenna sourit.

« Oui, elle était unique. Et un peu couillonne, parfois.

– Pardon ? »

Elle rit avec tendresse.

« Je le dis avec affection. C'était une blague entre nous. J'ai d'ailleurs été très tentée de faire graver sur sa tombe : *Ci-gît une couillonne*. Je sais que ça l'aurait fait hurler de rire, mais je ne pense pas que la mission l'aurait permis. »

C'est à mon tour de sourire. Il n'y avait que Lily pour s'amuser d'un mot digne de figurer sur la liste noire de ma mère. Et qui n'aurait certainement pas amusé le curé de notre paroisse non plus.

Je jette un œil aux autres tombes qui nous entourent.

« Tes parents sont là aussi ? »

Jenna incline la tête sur le côté, toujours rieuse.

« Non. Ils ont respecté le souhait de Lily d'être enterrée ici, mais de leur côté ils n'étaient pas du genre à s'embêter avec des funérailles, des prières ou ce genre de complications après leur départ. Ils ont tous les deux légué leur corps à la science. D'ailleurs, ils n'étaient pas catholiques. »

Jenna pose une main sur la tombe de Lily et ferme les yeux quelques secondes. Même s'il ne m'en reste pas grand-chose, j'ai été élevé dans la religion catholique ; je suis baptisé et j'ai même été enfant de chœur. Je n'ai aucun souvenir de Jenna allant à la messe ni même mentionnant la moindre église, et encore moins priant devant moi. N'est-ce pourtant pas ce qu'elle vient de faire ? Prier ?

« Et toi, tu es catholique ? »

Elle doit avoir perçu de la surprise dans ma voix, et elle hausse pensivement les épaules.

« Je ne suis rien que je puisse nommer – c'est un travail inachevé –, mais tout de même… » Elle se baisse pour arracher une grande herbe de la tombe. « Je crois à une version du Dieu de Lily. J'ai une sorte de foi, même si je ne peux pas l'expliquer. »

Je comprends soudain pourquoi la mission m'a fait cet effet quand je suis arrivé. Je n'imaginais pas un monde futur dans lequel il y aurait encore de la place pour la foi. Je pensais que de nos jours, tout serait explicable, jusqu'au dernier atome du dernier mystère, mais en réalité, le monde recèle aujourd'hui pour moi plus de mystères que jamais.

J'observe la pierre tombale en marbre qui jouxte celle de Lily, la croix moussue de la tombe suivante, la plaque usée de celle d'après, les centaines de monuments qui peuplent le cimetière, et je m'interroge sur mes proches. Où sont-ils enterrés ? À moins qu'ils ne se soient fait incinérer ? Ou qu'ils ne soient perdus en mer. Ou...

Autant de mystères. Plus que jamais. Dont je n'aurai sans doute jamais la clé. Ma famille est oubliée de tous, si ce n'est de moi. Que sont-ils devenus ? Mes parents ont-ils eu une longue vie ? Mon frère et ma sœur ont-ils fini par se stabiliser ? Se marier ? Faire carrière ? Se construire une existence susceptible de redonner le bonheur à mes parents ? Ont-ils racheté ma faute ? Tous ont disparu. Cela ne devrait plus avoir d'importance, et pourtant. Ils font toujours partie de moi.

« Ils sont au cimetière du Sacré-Cœur, à Andover, dit Jenna. Tes parents, je veux dire. Ton frère et ta sœur ont été incinérés et leurs cendres répandues à Brant Rock. »

Je suis abasourdi.

« Ne t'inquiète pas. Je ne suis pas télépathe, Locke. Du moins, la plupart du temps. Mais mon Bio Gel m'aide bien pour déchiffrer les visages. Ça m'est très facile et je me trompe rarement. Mais c'est surtout une question de bon sens. C'est naturel de vouloir savoir. »

Je m'avance jusqu'à un muret, juste derrière la sépulture de Lily, et m'y assois comme si un poids énorme m'était tombé sur l'estomac. Le Sacré-Cœur. C'est là que mon oncle est enterré. Ainsi que mon cousin, mort à la guerre. Et mon grand-père. Je me penche en avant et regarde entre mes genoux. Mes parents sont morts. Bien sûr, je savais qu'ils l'étaient. *Je le savais.* Mais il faut bien l'entendre un jour pour la première fois, même si dans mon cas cela arrive deux cents ans trop tard.

Jenna vient s'installer à côté de moi.

« Je suis désolée. J'ai pensé que...

– Ça va, ça va. »

Je me redresse et passe mes doigts dans mes cheveux, feignant de n'être pas atteint. Car enfin, il faudrait être fou pour les avoir crus encore en vie.

Je tourne la tête vers elle.

« Ont-ils eu une longue vie ? Est-ce que tu le sais ?

– Oui. Ton père a vécu jusqu'à quatre-vingt-six ans et ta mère, quatre-vingt-quatorze. » Elle pose sa main sur mon épaule. « Et ton frère et ta sœur aussi en ont profité. J'ai gardé leur trace. Je pense que je voulais compenser ton absence. Ta sœur a passé le diplôme d'infirmière et a travaillé en pédiatrie pendant quarante ans. Elle ne s'est jamais mariée, mais elle a eu une existence heureuse et bien remplie. »

Ma sœur, infirmière ! L'existence nous réserve encore plus de surprises que je ne le croyais.

« Et mon frère ?

– Il a très mal pris ton accident et ta mort supposée. C'est peut-être ce qui lui a fait comprendre que ce à quoi il tenait vraiment ne serait pas toujours là. Si quelqu'un a bénéficié de cette histoire, c'est bien lui. Il est revenu chez tes parents pour les aider à surmonter l'épreuve, et il a trouvé du travail – un vrai travail – dans un magasin d'électroménager. Il s'est finalement marié, a eu une fille, et sa fille a épousé un type nommé Derring. Ils ont eu deux enfants. J'ai réussi à suivre la trace de ses descendants jusqu'à la Division civile. Après, énormément d'archives ont été perdues et les gens se sont déplacés en masse… je n'ai pas pu les retrouver.

– Pourquoi avoir voulu garder leur trace, à eux aussi ?

– Ça n'a pas d'importance. L'important est que, malgré la peine que ta disparition leur a causée, tu peux te dire qu'ils ont eu une belle vie. » Elle me presse la main. « *Ils ont tourné la page.* »

Ce n'est pas grand-chose. Une minuscule information qui est presque de l'histoire ancienne, mais le poids qui m'oppressait s'allège. Je n'ai détruit aucun d'entre eux. Ils sont passés à autre chose. Ils ont vécu quand je n'en étais plus capable. Mon frère a même été à la hauteur de la situation. Cela, en soi, est un vrai miracle.

Chapitre 50

Jenna me fait rapidement visiter le parc de la mission, après quoi nous descendons vers la pépinière, au pied de la colline. Elle me montre un ancien lavoir. C'est le premier projet dont elle s'est occupée à la mission. Une eau vive coule dans un canal bordé de pierres étagées en terrasses. Elle m'explique cependant que la première fois qu'elle est venue ici, les pierres n'étaient que des ruines sèches, en grande partie recouvertes de terre. « Je suppose que j'ai un peu hérité de la passion de ma mère pour la restauration. » À l'évidence, elle est fière du lavoir et du paysage environnant. Elle aperçoit alors un prêtre au loin, à la lisière d'un verger d'orangers, apparemment occupé à examiner les feuilles d'un arbre.

« Le voilà », dit-elle comme si je savais de qui il s'agit. « Tu peux m'attendre ici ? J'en ai pour une minute. Il faut que je parle de quelque chose avec le père André. »

En privé. J'ai compris. Pourquoi ne pas l'avoir dit tout de suite ? Je hoche la tête et la regarde s'éloigner. J'ignore pourquoi cela me contrarie, mais c'est le cas. Elle a bien le droit d'avoir des affaires personnelles. Peut-être même une confession impromptue. Les prêtres reçoivent-ils encore la confession ?

Je longe le bord du lavoir et prétends examiner la gargouille qui recrache l'eau dans le canal, tout en épiant Jenna en douce. Elle fait signe au père André, le salue, puis reste debout près de lui, concentrée, dans une posture entièrement tendue et fermée : les bras serrés autour de la taille, les épaules raidies, ses yeux balayant le paysage alentour. Assis sur le plus haut niveau du muret du canal, je l'observe discrètement. Elle jette un coup d'œil dans ma direction et le père André suit son regard un instant avant de me tourner le dos.

Jenna est toujours face à moi, si bien que je peux lire sur ses lèvres. Contrairement à Gatsbro, qui mettait souvent sa main près de sa bouche quand il parlait, elle est facile à suivre, d'autant plus qu'elle articule bien.

Il s'appelle Locke.

Le père André fait sans cesse passer son poids d'un pied sur l'autre. De temps en temps, il dissimule à ma vue le visage de Jenna et interrompt le flux des mots. J'essaie d'y remédier, mais c'est cette fois une branche qui m'empêche de voir sa bouche.

Oui, pas plus tard qu'hier…

… pourrait avoir besoin de votre aide

… ils me surveillent encore

Je voudrais que ce prêtre cesse de bouger.

… pourrait être imprévisible et nous…

… Je sais que vous avez vos méthodes

Je ne veux pas qu'il soit tué. Ce n'est pas ce que je dis, mais je…

… éliminer si nécessaire

Le prêtre secoue la tête. Qu'est-ce qu'elle dit ?

… pourrait être dangereux. On ne peut pas lui faire confiance…

… disposer du problème…

Cette fois, il opine.

Merci.

Sur ce, elle remarque mon regard insistant. Je n'essaie même pas de m'en cacher. Ses yeux s'agrandissent, elle prend hâtivement congé de l'homme et court dans ma direction, mais je suis déjà en train de partir.

Oui, Jenna. Je suis dangereux. Cela ne fait aucun doute.

Et on dirait bien que tu l'es aussi.

Chapitre 51

À l'intérieur, l'église est sombre, uniquement éclairée par quelques fenêtres en hauteur et une série de cierges à la flamme vacillante, allumés pour les morts. L'air est lourd de fumée d'encens.

Avec mes longues jambes, j'ai facilement distancé Jenna et, une fois dissimulé par le mur de la pépinière, je me suis mis à courir. Je me suis ensuite glissé dans l'église déserte, le premier endroit qui pouvait m'offrir une cachette.

Eh oui, en un instant, la réalité peut se retourner comme un gant.

Disposer du problème. Comme si j'étais jetable. Et toute son inquiétude, ses larmes… était-ce un numéro pour m'attirer jusqu'ici ? Aurais-je perturbé sa vie idyllique ? Jenna ne semble pas aussi transparente que je l'aurais cru. Jenna est pleine de secrets.

La lourde porte de bois s'ouvre en grinçant et un rai de lumière illumine momentanément l'église. Je me terre dans l'ombre du confessionnal. La porte se referme et l'obscurité revient.

C'est Jenna. Elle s'avance avec hésitation. Le bruit de ses pas résonne sur le sol dallé et sur le stuc des murs.

Je perçois sa respiration, le battement dans ses tempes. Je perçois sa peur. Je l'ai prise la main dans le sac. Je demeure dans l'ombre et la regarde remonter l'allée centrale, pas à pas, prudemment.

Elle s'arrête. Incline légèrement la tête comme si elle avait entendu quelque chose. Mon souffle ? Je la sous-estime à tant de points de vue… Encore un pas, et elle s'arrête à nouveau.

« Bon. Tu lis sur les lèvres. »

Je sors de l'ombre pour lui faire face, à distance. Je laisse le silence s'attarder, conscient du pouvoir qu'il recèle. Jenna n'a pas idée de ma force. Nous sommes seuls tous les deux, même si ses acolytes attendent dehors. Nous nous toisons dans la pénombre.

« Eh oui. Il faut bien que toutes ces saloperies supplémentaires dont on m'a bourré aient quelques avantages.

– Qu'est-ce que tu as compris ?

– Pas grand-chose. Quelques mots. Des mots comme *éliminer. Disposer de. Tuer.* Tu as un vocabulaire intéressant, Jenna.

– Lire sur les lèvres hors contexte peut être extrêmement dangereux.

– Oh, je crois que je cerne bien le contexte. On dirait que j'ai déjà abusé de ton hospitalité.

– Et les mots comme *monstre* ou *Gatsbro*, les as-tu également interceptés ? »

Gatsbro ? Non, rien de ce genre. Bien essayé, Jenna.

Elle fait deux pas prudents dans ma direction.

« C'est de lui que je parlais, Locke. »

Je me remémore la nuque du prêtre, sans cesse en train de bouger, obstruant ma vue. Je n'ai pas pu lire tous les mots sur ses lèvres. Je scrute le périmètre de l'église en guettant d'autres portes qui s'ouvriraient ou des prêtres en soutane noire brandissant des armes. Il n'y a pas un mouvement.

Mes yeux reviennent se poser sur Jenna. J'ai envie de croire à ce qu'elle dit. *Ne sois pas idiot, Locke.*

« Que se passe-t-il réellement, ici, Jenna ? Les prêtres que j'ai connus ne faisaient pas d'heures sup comme tueurs à gages. »

Elle garde le silence. J'avance d'un pas.

« Et pourquoi avoir gardé la trace de mes descendants ? »

Toujours pas un mot. Je fais encore huit pas vers elle, jusqu'à n'être qu'à une longueur de bras, la dominant de ma haute taille. Elle ne bouge pas.

« Et pourquoi es-tu surveillée ? Qu'est-ce que tu as fait ? »

Elle ne me lâche pas des yeux, la mâchoire serrée.

« Ta vie idyllique semble en réalité être plutôt moche. Kayla est-elle vraiment à toi ? Ou bien est-ce une gosse que tu as ramassée dans la rue ? »

Sa main surgit mais la mienne est plus rapide et j'attrape son poignet à quelques centimètres de ma joue. La colère fait trembler son bras.

« Ne mêle *jamais* Kayla à tout ça ! » souffle-t-elle d'un ton menaçant. « Tu m'entends ? Parce que je te mettrais hors d'état de nuire tellement vite que tu n'aurais même pas le temps de comprendre. Et ça, c'est si tu as de la chance. Kayla est la limite à ne pas franchir. »

Je ne lâche pas son poignet. Je scrute attentivement ses traits, déchiffrant chaque ridule, chaque rougeur, chaque muscle rigide, tendu à craquer. Elle serait prête à me déchirer en deux pour Kayla. Je divise son visage en mille plans différents et mon regard fouille chacun d'entre eux. Rien de caché. Elle sait interpréter les expressions, et je me rends compte que c'est aussi ce que je fais. J'espère que comme elle, la plupart du temps, je ne me trompe pas. Pour l'instant, je ne discerne qu'un mélange de peur, de colère et – je crois – de sincérité. Rien de plus. Je relâche mon étreinte. Est-ce que je viens de passer pour un imbécile ? Ma main retombe le long de mon corps. Je vais m'asseoir sur un banc. Jenna inspire profondément, lentement, et nous gardons le silence pendant un long moment, le temps d'essayer de comprendre cette distance nouvelle entre nous. Enfin, elle vient me rejoindre.

« Je comprends, dit-elle. Après tout ce que tu as traversé, tu as du mal à accorder de nouveau ta confiance. Mais il faut que tu essaies. Ce n'est pas moi l'ennemi, Locke. »

Mon instinct me crie qu'elle dit vrai. Mais je ne suis même pas sûr de pouvoir me fier à mon instinct. Jusqu'à présent, je me suis trompé sur tout. Quand cela va-t-il s'arrêter ? Nous regardons tous les deux droit devant nous. Je suis encore l'exclu. Il y a encore trop de secrets. Elle n'a répondu à aucune de mes questions.

Elle soupire, comme si elle savait exactement à quoi je pense.

« J'ai constitué un fonds anonyme d'éducation à ton nom pour ta nièce. Il s'est transmis à ses enfants et aux enfants de ses enfants. Appelle ça un cadeau coupable. Appelle ça comme tu veux. Ça n'avait rien d'honorable. Ça ne compensait rien, mais c'était tout ce que je pouvais faire. Je savais que c'était le genre de chose que tu aurais faite si tu avais pu. C'est pour cela que j'ai gardé la trace de ta famille. Rien d'obscur ni de louche là-dedans. »

Je devrais être désolé d'avoir soupçonné Jenna à tort, mais au lieu de cela je ne peux que penser : *J'avais une nièce, et Jenna a fait pour elle ce que moi je ne pouvais faire. J'avais une nièce, et je ne l'ai jamais connue.* Elle est morte depuis longtemps, elle aussi. J'ai tout raté d'elle. Son premier anniversaire. La couleur de ses cheveux. Je ne sais même pas comment elle s'appelait. Aurais-je été un bon oncle ? Quelque chose bondit dans ma gorge et je lutte pour l'empêcher d'éclater. Je serre les poings pour ne pas craquer.

Jenna se trompe sur mon geste.

« Je ne peux pas te raconter le reste, me dit-elle brusquement. Pour le moment, il vaut mieux que tu ne saches rien de plus. Il faut que tu me fasses confiance. Mais je te jure que le père André n'est pas un tueur à gages. »

Elle prend mon poing serré dans ses deux mains. Une trêve. Je desserre les doigts.

Ça, je peux le faire. Pour le moment.

Mais je me méfie toujours du père André.

Chapitre 52

On frappe énergiquement à la porte.

« Prêt ? »

Je me regarde une dernière fois dans la glace. Je n'ai jamais porté la barbe, mais après cinq jours sans me raser, j'ai le menton hirsute.

Encore un coup à la porte.

Je passe la main sur mes courts poils de barbe. Gatsbro était un fanatique des soins du corps. Il n'aurait jamais toléré cela. Je suis content de ne pas avoir le temps de me raser. Peut-être vais-je arrêter complètement. Je tire une mèche de cheveux sur mon œil. Il détesterait ça aussi.

« Locke ! »

Une chose est sûre à propos d'Allys : elle réserve toute sa patience à Kayla.

« Cinq minutes ! » dis-je.

Je m'assois sur le lit pour enfiler mes chaussettes et mes chaussures – de lourds godillots en cuir à l'ancienne. C'est Jenna qui me les a donnés. Les autres empestaient, d'après elle, et sont tombées en pièces quand elle les a lavées. Elles n'étaient pas conçues pour les poursuites à travers champs, les flaques de boue ni les lave-linge, mais pour les domaines luxueux et les douces parties de croquet.

Jenna est partie ce matin faire une course avec Kayla. Elle ne m'a pas dit de quoi il s'agissait. Avant son départ, elle m'a suggéré d'accompagner Allys sur un terrain où des ouvriers posent des conduites d'irrigation. « Ils ont besoin d'un coup de main, et un peu de soleil et de travail physique ne te feront pas de mal », a-t-elle argué. Kara ne donnant toujours aucun signe de vie, pas plus que Miesha et Dot, elle voit bien que je suis à bout de nerfs. Je n'arrête pas de me dire que Gatsbro les a toutes attrapées. Faut-il que je rentre au domaine ? C'est peut-être ce qu'il a prévu. Il sait à quel point je suis proche de Kara. Si ça se trouve, il est en train d'attendre tranquillement que je vienne à lui. L'incertitude me scie les nerfs. Je sais que quelque chose ne va pas.

J'étais en train de regarder par la fenêtre en ruminant ces idées lorsque Jenna est venue me presser la main juste avant de partir. Nous sommes restés sans parler, et ce moment a comblé un vide en moi. J'ai été apaisé par son calme, exactement comme toutes ces fois où j'allais la chercher dans cet enfer noir et infini. Elle n'est pas l'ennemi, je le sais, mais il y a encore trop de secrets entre nous et je n'arrive pas à me débarrasser de l'impression que, où que j'aille, je devrai me méfier toute ma vie.

« OK, le rat des villes, tu as intérêt à avoir un pantalon sur les fesses parce que j'ouvre cette porte ! » Allys entre en coup de vent. « Mais qu'est-ce que tu fabriques ? Il est presque midi. Ce n'est pas l'hôtel, ici. Il va falloir gagner ta croûte. Allez, hue cocotte, on y va. Je t'attends dans le camion. »

Et la voilà partie. Je souris en nouant mon lacet. Elle me rappelle une voisine que j'avais quand j'étais petit. Miss Simpson. Mon père disait toujours à son propos : « Chien qui aboie ne mord pas. » Je n'ai encore jamais vu Allys mordre, mais je la soupçonne d'en être capable. Je me lève et lisse mon dessus-de-lit, en veillant à ce que tout soit impeccable pour qu'elle ne pense pas que je me crois à l'hôtel. Je repense à Miesha nous qualifiant, Kara et moi, d'enfants gâtés. Je ne faisais jamais mon lit au domaine, et ne me demandais pas par quel miracle mon linge propre réapparaissait dans mon armoire, bien repassé et prêt à l'usage. À la maison, en revanche, je devais faire tout cela. Ma mère plaisantait quand je comptais trop sur elle, évoquant notre bonne imaginaire : *Rosie est en congé aujourd'hui, alors si tu veux des caleçons de rechange, tu as intérêt à te mettre au boulot*. Je remarque mon manteau, nettoyé et suspendu derrière la porte. Le temps n'est ni froid ni pluvieux, mais je l'enfile quand même. J'aime l'idée de pouvoir faire face à toutes les circonstances, d'autant que je ne sais pas trop où m'emmène Allys. Juste avant de sortir, j'ouvre le tiroir supérieur de ma commode pour y prendre le sac que m'a donné Miesha. Il n'est plus là.

Je balaie la chambre d'un regard pour m'assurer que je ne l'ai pas déjà sorti. Ce n'est pas le cas. J'ouvre le tiroir suivant, puis le troisième.

Là.

Dans celui du bas.

Je fouille ma mémoire. Je suis certain de l'avoir rangé dans le tiroir du haut. Je m'en empare en me demandant si Kayla est entrée en mon absence. Elle vient parfois jouer avec le panier de trésors ramassés par Jenna et elle sur la plage.

Le klaxon du camion retentit et je sors en courant. De toute ma vie, je n'ai jamais eu à accomplir le moindre travail physique. Mes parents me tenaient toujours occupé avec mes livres et mes études, et mes corvées se limitaient à passer l'aspirateur ou faire les carreaux. Je suppose que je vais battre mon record personnel aujourd'hui.

Allys pousse un gros soupir quand je me glisse dans la cabine du camion.

« Je sais, dis-je. Rat des villes.

– Et le sac à main, c'est pour quoi faire ? »

Je hausse les épaules.

« C'est un sac tout court. De l'eau. Un gâteau protéiné. »

Elle a un rire bref.

« Toujours prévoyant. C'est bien.

– Pour un rat des villes. »

Cette fois, elle sourit franchement.

« Tu sais que je suis taquine, hein ?

– Ah bon ? J'aurais jamais deviné.

– Malin, le citadin. »

Juste après la maison, elle quitte la rue pour s'engager sur un étroit chemin de terre que l'on pourrait facilement rater à cause de la végétation qui l'entoure. Le camion brinquebale dans les ornières et Allys ne semble même pas remarquer les nombreux raclements du châssis contre le sol. C'est un vieux véhicule, dénué de tous les gadgets du taxi de Dot. Il démarre même avec une clé. Je présume qu'il est surtout utilitaire, raison pour laquelle Allys ne se soucie pas trop d'en rayer la carrosserie.

Je ne sais pas grand-chose de l'histoire d'Allys, si ce n'est qu'elle est aussi vieille que Jenna. Aussi vieille que moi. Et pourtant, elle a le teint lisse et frais d'une fille de dix-sept ans. Encore. Après tout ce temps. Combien de temps me reste-t-il, d'ailleurs ? Mon estomac se noue et je me demande comment Gatsbro a fait pour si peu se tromper. Comment pouvait-il savoir que lorsque je suis nerveux, surpris ou simplement confronté à quelque chose qui me dépasse, mon ventre est le premier à me trahir et à me dire : *Locke, quelque chose ne tourne pas rond* ? Mais peut-être que j'accorde trop de crédit à Gatsbro et qu'il n'a rien à voir là-dedans. Après tout, il ne m'a pas connu avant. Peut-être mes réactions gastriques ne sont-elles qu'un vestige du passé. Je respire un grand coup pour calmer mon estomac, même si le message est le bon. Quelque chose ne tourne pas rond dans mon monde.

« Tu veux ma photo ? »

Je détourne les yeux. Je croyais la regarder discrètement. Elle aussi doit avoir un sixième sens.

« Pardon. J'en suis encore… »

C'est dur à expliquer.

« Encore à essayer de tout digérer ?

– Quelque chose comme ça.

– Donne-toi le temps. À moi aussi, ça m'a pris un moment. Et c'est peu dire. Même maintenant, j'essaie encore de comprendre tout ça. »

Et elle me déballe tout ce sur quoi je m'interrogeais à son propos, évoque la maladie qui a détruit ses organes, me raconte qu'elle a trahi Jenna en incitant ses propres parents à dénoncer ceux de son amie, mais que ceux-ci ont fait tout le contraire : ils leur ont demandé d'aider leur fille de la même manière que Jenna.

« Ça a dû être un virage à cent quatre-vingts degrés pour toi. Qu'as-tu ressenti quand tu t'es réveillée et que tu as compris ce qu'ils avaient fait ?

– Une rage folle. De la confusion. De la reconnaissance aussi. Je suis passée par absolument toutes les émotions. Dans l'ensemble, on peut dire que je n'étais pas un cadeau.

– Toi ? dis-je avec un étonnement feint.

– Je sais. C'est difficile à croire, hein ?

– Qu'est-ce qui t'a fait changer d'avis ?

– Un garçon doté des plus beaux yeux verts que j'avais jamais vus.

– L'appel des sens, tout simplement ? »

Elle éclate de rire. « Tu peux le dire ! » Elle prend un virage abrupt et gare le camion dans l'ombre d'un grand chêne. « Et la vie », ajoute-t-elle sur un ton plus sérieux, avant de se tourner vers moi. « C'est la vie qui m'a fait changer d'avis. Petit à petit, elle s'est accrochée. Après les six premiers mois, j'ai passé en revue tout ce qui m'était arrivé pendant cette courte période et que j'aurais raté. Mon premier baiser, ma première pêche au chocolat, ou des choses aussi simples qu'une averse sur ma peau…

– Une pêche au chocolat ?

– Oh, Seigneur, tu n'as jamais goûté ça ? Il faudra y remédier. Mais plus tard. Allons voir où en sont les tranchées. »

Elle ouvre la portière et saute du camion. Je ramasse mon sac et fais de même. Allys prend alors le temps de m'observer tout en attrapant une sacoche à l'arrière.

« Il y a quelque chose qui ne va pas ? je lui demande.

– Qu'est-ce que c'est que ce manteau ? »

Je relève le col.

« Ça ? Rien. Pourquoi ?

– On dirait que tu fais partie de la Résistance. »

Je croyais qu'il n'y avait plus de résistance. Miesha m'a laissé entendre qu'elle était morte avec son mari.

« Qu'est-ce qui te fait dire ça ? Ces manteaux sont gratuits et on les trouve partout. Don du gouvernement.

– Les sans-abri les portent pour se protéger, mais, contrairement aux rebelles, ils recherchent plutôt la discrétion et les roulent dans leur baluchon dès qu'ils n'en ont plus besoin. Toi, tu portes le tien comme si la planète t'appartenait. »

Prends l'air sûr de toi, Locke, comme si la planète t'appartenait. Je me remémore la première fois que j'ai enfilé ce manteau, à la gare. J'ai aimé ce que j'ai vu. Ombrageux et dangereux. J'avais envie d'être un homme que l'on craint, pas un fugueur de dix-sept ans. Ce n'était qu'un vêtement, mais je savais que c'était aussi bien plus que cela. Peut-être m'aidait-il à m'affirmer. Je n'appartiens cependant à aucun mouvement de résistance. Je n'ai pas le temps de me soucier des problèmes des autres. J'en ai déjà moi-même assez comme ça.

« Je l'enlève si ça te pose un problème. »

Elle hausse les épaules.

« Bien sûr que non. C'est curieux, c'est tout. Garde-le. »

Je l'enlève. J'ouvre mon sac pour le ranger, mais au moment où je le fourre dedans, quelque chose attire mon attention. Quelque chose de brillant et de pointu. Un couteau. Le couteau de cuisine de Jenna. *Comment...*

« Qu'est-ce qu'il y a ? » s'enquiert Allys.

Je relève la tête. Est-ce elle qui l'a placé là ? Ou Jenna ? Sûrement pas Kayla. Me tendrait-on un piège ? Ou bien est-ce moi qui m'en suis emparé pendant une de mes absences ? Je m'appuie contre le camion pour refermer mon sac

« Rien. Allons-y. »

Tout en marchant, je prévois déjà de jeter le couteau à la première occasion. À moins que je ne le remette à la cuisine. Je serre mon sac contre moi. *Qui peut bien l'avoir mis là ?*

Au loin, je distingue un coteau herbeux parsemé de fleurs sauvages. C'est peut-être là que Jenna a cueilli le bouquet pour la tombe de Lily. Au pied de la colline, un champ labouré et un camion. Juste à côté, deux hommes soulèvent un long tuyau pour l'acheminer vers une tranchée. Un troisième demeure près du véhicule. Allys m'explique que Jenna et elle veulent planter un nouveau potager, peut-être même quelques orangers et citronniers, mais qu'elles ont besoin pour cela d'amener l'eau jusqu'à la parcelle afin de l'irriguer.

« Et nous tâchons toujours de donner du travail aux Hors-pacte qui campent à la lisière de la propriété.

– Vous laissez des inconnus vivre sur vos terres ?

– Ce ne sont pas vraiment tous des inconnus. Beaucoup ne font que passer, mais certains sont là depuis longtemps. »

Mais il s'agit tout de même d'étrangers. Des étrangers qui ont pu s'introduire dans ma chambre. À notre approche, les ouvriers nous toisent. Je vois déjà qu'ils évaluent mes forces. Allys salue celui qui est à côté du camion, sans doute leur chef, puis me présente. L'homme a le visage marqué de rides profondes et les yeux plissés en permanence, comme s'il avait passé des années au soleil.

« Bone, dit-il. Mr Bone pour toi. »

Pas de poignée de mains. Un signe de tête. Un grognement. On me tend une pelle. Les amabilités sont terminées. Allys me fait un clin d'œil quand Bone se détourne, apparemment pour m'indiquer que c'est un comportement normal. *C'est ça, oui, dans un autre univers.* Elle agite ensuite la main pour me dire au revoir, puis me laisse seul avec mes joyeux compagnons.

Les deux autres m'ignorent complètement. Je remarque qu'ils sont plutôt maigres et ne paraissent pas particulièrement expérimentés dans ce qu'ils font. L'un d'eux laisse tomber son bout du tuyau. L'autre lui fait des reproches et, sans raison apparente, ils échangent leurs places, comme si une extrémité de la canalisation était plus légère que l'autre. Bone me met au travail à l'autre bout du champ, à creuser des tranchées. C'est une tâche assommante. Ils envoient du monde sur Mars, mais ils creusent encore leurs tranchées à la main ?

Notre araignée est en panne, m'a expliqué Allys juste avant de partir, *et pour l'instant nous n'avons pas les moyens de la remplacer.* Elle m'a montré du doigt une grosse machine à longues pattes, garée à côté du camion, et qui évoque en effet une araignée. D'habitude, celle-ci creuse, laboure et hisse du matériel sur son dos : un petit arachnide bien pratique… quand il n'est pas hors service. Après avoir trimé pendant une demi-heure, je retire ma chemise. J'aurais dû le faire plus tôt. Elle est trempée. Puis, après trente minutes supplémentaires, je pose ma pelle pour aller examiner l'araignée. On doit pouvoir faire mieux que ça.

« Elle ne marche pas », m'apostrophe Bone en me voyant m'approcher de l'engin.

« C'est ce que je vois. »

Je fais le tour de la bête pour repérer le boîtier de commandes.

« Ces tranchées ne vont pas se creuser toutes seules, insiste-t-il.

– En effet. »

Le corps de l'araignée mesure un mètre vingt de large, et chacune de ses pattes, environ deux mètres cinquante. Enfin, sur l'une des pattes arrière, j'avise une légère indentation. J'appuie dessus et un panneau se déplie.

« Je te dis qu'elle ne marche pas. »

J'ai perçu l'énervement dans la voix de Bone, mais cette fois je ne réponds pas. J'observe le panneau, qui comporte une douzaine de petits carrés allumés, chacun marqué d'un mot dans une langue inconnue. Combien de commandes peut-il y avoir ? Marche, arrêt, creuser… c'est cette dernière qu'il me faut identifier.

« Tu as entendu. Elle ne marche pas. N'y touche pas. »

La voix provient de derrière moi. Je fais volte-face. Les trois hommes ne sont maintenant plus qu'à quelques pas. Facile à dire ! Ce ne sont pas eux qui s'épuisent à creuser. Je leur tourne donc le dos et appuie sur le premier voyant. L'araignée réagit : elle gronde, s'élève, s'éveille à la vie. Je touche le deuxième bouton. Les pattes avant se déplient, comme si la bête s'étirait. Au tour du troisième : la deuxième paire de pattes de l'araignée s'enfonce dans la terre. Bingo ! Je me retourne vers mes spectateurs.

« Vous ne voulez pas jeter un œil ? On dirait qu'elle fonctionne, finalement. Je suppose qu'il lui fallait juste le bon… »

Quelque chose me frôle soudain la jambe et je fais un bond, mais je suis déjà pris au piège. Un anneau sorti de la patte arrière s'est refermé autour de ma cheville.

« Qu'est-ce que… »

Sur ce, la machine part au galop comme un cheval emballé. Je tombe sur le dos et suis traîné sur la terre labourée, sillon après sillon. L'engin se déplace si vite que je ne parviens pas à atteindre le panneau des commandes. Je suis ballotté comme une poupée de chiffon. La terre se colle à mon visage, dans ma bouche, dans mes yeux. Je tente de me raccrocher à quelque chose, mais il n'y a rien. L'engin traverse ainsi tout le champ et commence à gravir la colline en me tirant dans l'herbe, les buissons et les cailloux. Une fois au sommet, il s'arrête net, comme s'il m'avait pris en pitié ou avait atteint le bout de sa laisse. Bonne araignée. Je reste allongé là, à me frotter les paupières pour les décrasser et à cracher de la terre, la tête tournée vers le soleil aveuglant. Mon dos me fait mal et mon amour-propre en a pris un coup. Je m'assois, appuie sur le premier bouton du panneau, et l'araignée gémit. Ses pattes se replient et ma cheville est libérée. En me levant, je constate que nous ne sommes pas simplement au sommet du coteau. Nous sommes au bord d'un précipice. Je plonge les yeux dans l'à-pic. Au moins soixante mètres plus bas, j'aperçois des rochers pointus et une rivière noire bouillonnante.

Ouais. Bonne araignée.

Je redescends la pente en clopinant et sans croiser le regard des ouvriers, qui m'observent, je le sais. Je passe les trois heures qui suivent à creuser sans me plaindre. Parfois, on ne peut pas faire mieux. Parfois, on ne peut qu'emprunter le chemin le plus dur. J'imagine qu'ils le savaient déjà. Et c'est dur, en effet. Quand la terre meuble fait place à de la glaise ou des cailloux, je pose ma bêche et prends une pioche. Ma tranchée finit ainsi par rejoindre celle dans laquelle les hommes sont en train de poser une canalisation : une tranchée bien plus longue, qu'ils ont dû excaver un autre jour. Bone vient inspecter mon ouvrage.

« Hum. Fini. »

Jamais un mot de trop, celui-là. Ni bravo ni merci. Mais je m'y attendais. J'ai laissé entendre que j'étais plus malin que lui quand j'ai cru pouvoir faire fonctionner l'araignée alors qu'il n'en était pas capable, je me suis moqué de leurs conseils et me suis mis dans le pétrin tout seul. Je me demande d'ailleurs si c'est pour cela qu'ils semblent avoir tant de rancune : ont-ils été insultés une fois de trop ? J'espère ne jamais devenir désabusé au point de ne plus m'exprimer que par grognements et regards noirs. Bone pointe ensuite son doigt vers la forêt d'eucalyptus. « Un raccourci. Suis la rivière jusqu'à la maison. » Donc, non seulement on ne me remercie pas, mais on ne me ramène pas chez moi non plus. Enfin, un raccourci, c'est mieux que rien.

Je jette un coup d'œil vers l'araignée, au sommet du coteau, me demandant ce qu'il faut en faire.

« Et ça, alors ?

– Elle ne marche pas. »

Bien. Au moins, nous sommes d'accord là-dessus. Je hoche la tête. Je suppose qu'elle ne va pas bouger de là où elle est, et je suis content de ne plus avoir à me battre avec une araignée folle. Ni avec ces types. Je m'approche du camion pour ramasser ma chemise étalée sur le capot. Celle-ci est raide de boue et de sueur séchée, et je la fourre dans mon sac avant de m'en aller, ne prenant pas la peine de faire mes adieux. Je sais qu'ils n'y tiennent pas non plus. À la moitié du champ, je fais cependant halte un instant. Ils sont en train de jeter pelles et pioches à l'arrière du camion. Et puis, un par un, ils enfilent leurs manteaux – les mêmes que celui que j'ai dans mon sac –, dont le tissu claque dans le vent. Même de loin, je vois bien qu'ils ne les portent pas seulement pour se protéger. C'est aussi bien plus que ça.

Chapitre 53

La forêt est plongée dans un silence lugubre, uniquement brisé par les craquements des brindilles et des écorces d'eucalyptus sous mes pieds. De temps à autre, la rivière glougloute, ou un cri d'oiseau me fait sursauter. Je n'ai pas l'habitude de ce genre de forêt. Celles que je connaissais étaient profondes et vertes, peuplées de pins, d'épicéas et d'érables. Celle-ci regorge de hauts arbres minces au tronc gris tacheté et aux branches pendantes qui évoquent des ossements. Leur écorce se détache en larges lambeaux, comme de la peau qu'il faudrait remettre en place en la lissant avec le plat de la main.

Je longe le cours d'eau, puisque Bone m'a dit que cela me mènerait jusqu'à la maison. Je suis toujours torse nu et je sens les doigts frais de l'ombre s'insinuer dans les bois.

Un craquement.

Un cri strident.

Levant la tête, je vois filer l'ombre d'une aile.

Et puis un *hmmmm.*

Je m'arrête net. Un frisson me chatouille la nuque. Je regarde autour de moi.

Hmmmm.

Je tends l'oreille.

« Il y a quelqu'un ? »

Silence.

N'était-ce que les feuilles tremblotant dans la brise ?

Je jette un coup d'œil à droite et à gauche, entre les centaines d'ombres dispensées par les fins arbres osseux. Personne, et pourtant, j'ai l'impression de ne pas être seul.

« Il y a quelqu'un ? Bone ? »

Pas de réponse. Je décide de ne pas me débarrasser du couteau. Je presse le pas le long du ruisseau, donnant des coups de pied dans les feuilles et les cailloux, histoire de m'entourer de bruit.

Hmmmm.

Sur les cinquante derniers mètres, une fois la maison dans mon champ de vision, je me mets à courir.

Chapitre 54

La nuit tombe. Je me sens dans la peau de mon père rentrant du travail, vidé, affamé, et perclus de douleurs, mais en bien plus sale. Sauf que cet endroit n'est pas chez moi. Je n'ai pas de chez-moi.

C'est étrange de se dire que l'on n'a sa place nulle part, auprès de personne. Au cours de l'année passée, j'ai considéré le domaine de Gatsbro comme mon nouveau chez-moi. Pourquoi n'ai-je pas contesté cela plus tôt, comme l'a fait Kara ? Peut-être voulais-je simplement nier l'évidence le plus longtemps possible. Pour le moment en tout cas, la maison de Jenna est ma maison, et bien que ce soit probablement temporaire, je la trouve à mon goût, même avec sa véranda qui s'affaisse.

J'arrive par l'arrière du bâtiment, gravis les marches et entends un grand vacarme à l'intérieur. Jenna hurlant *Oh, non !*, Kayla poussant des cris stridents. Je franchis la porte d'un bond, le bras déjà dans mon sac pour en tirer le couteau. Un pas dans la cuisine et je me fige.

« *Olá ! Qué tal ?*

– Voilà le plus beau !
– C'est pas trop tôt ! On a failli attendre. »
Jenna, Allys et Kayla sont assises autour de la table… en compagnie de Dot et de Miesha. L'androïde, installée sur un fauteuil roulant ultramoderne, est coiffée d'un sombrero. Miesha, en poncho rouge et vert, a désormais les cheveux noirs. Toutes deux paraissent aussi surprises que moi. Jenna se lève vivement pour venir à ma rencontre.
« Mais qu'est-ce qui t'est arrivé ? »
Je baisse les yeux sur ma poitrine nue. La sueur et la boue séchée s'accompagnent en effet de quelques égratignures. Et encore, elle n'a pas vu mon dos.
« J'ai fait un match de catch avec une araignée.
– Tu n'as quand même pas…
– Ben si. »
Mais cela n'a aucune importance. Elles ont réussi ! Toujours dégoûtant, je m'approche de Dot et de Miesha, et n'hésite qu'une seconde avant de les embrasser tour à tour. Miesha, prise de court, se raidit un bref instant avant de me rendre mon étreinte. Je me fiche totalement de nos usages passés : aujourd'hui, j'ai failli tomber d'une falaise, et je suis heureux de les voir.
« Mission accomplie, Client Locke ! s'exclame Dot. On a fait chauffer la carte monétaire sur tout le chemin jusqu'au Mexique ! »
Je tire une chaise à côté d'elle et passe mon doigt le long du sombrero.
« C'est ce que je vois, Dot. Et on dirait que tu t'es dégoté un nouveau carrosse.
– Tu peux le dire ! intervient Miesha. J'ai

bien écorné mon compte en banque, mais ça en valait la peine. Elle commençait à devenir dure à pousser.

– Je peux tout faire avec ça, dit Dot. Même monter et descendre les escaliers. C'est presque comme si j'avais des jambes.

– Moi, j'aime mieux ça que des jambes ! » pépie Kayla.

Dot rayonne de joie.

« Nous avons aussi pu la faire recharger, précise Miesha. Elle devrait tenir encore au moins trois semaines.

– À propos de recharger ses batteries... » Jenna se retire avec sa fille en nous expliquant que Kayla doit prendre son bain. La petite proteste qu'il est trop tôt mais sa mère reste ferme, tout en lui promettant qu'elle pourra jouer plus tard. Je sais qu'elle veut empêcher Kayla d'en entendre trop, et en effet, bien des choses ne sont pas faites pour ses petites oreilles. Une fois qu'elles sont sorties de la pièce, je me retourne vers Miesha et Dot.

« Comment avez-vous trouvé la maison ?

– Nous étions en train de le raconter quand tu es arrivé. Nous avons découvert qu'il fallait vraiment se méfier du Réseau par ici. Il y a comme qui dirait des *infiltrés*. »

Dot a prononcé ce mot comme si elle évoquait des extraterrestres.

« Nous traînions à la gare, sur le point de nous renseigner auprès d'un robotaxi, quand un membre du Réseau nous a interceptées, ajoute Miesha.

– Et heureusement pour nous, enchaîne Dot.

Il nous a révélé que certains chauffeurs étaient en réalité des chasseurs de primes. On ne verrait jamais ça à Boston. Le contact ne vous connaissait pas, bien sûr, Client Locke, mais aussitôt que nous avons mentionné votre amie Jenna, il a su où nous conduire. Elle figure apparemment sur la liste de leurs points de chute. »

Leurs points de chute ? Allys me jette un regard par en dessous. Je hausse les sourcils. Le cercle d'amis louches de Jenna ne cesse de croître, à ce qu'on dirait. Je m'adresse de nouveau à Miesha.

« Et Gatsbro ? Tu crois qu'il vous a suivies jusqu'au Mexique ?

– Ah ça oui, il nous a suivies, comme un requin après un steak saignant. Nous l'avons repéré à deux reprises lorsque nous patientions en gare. La dernière fois, c'était à El Paso. Après avoir franchi la frontière du Mexique, nous avons donc loué une voiture que nous avons abandonnée dans un petit village, à environ cent kilomètres de là, laissant le code sur le siège pour que n'importe qui puisse la prendre. J'espère que quelqu'un le fera… et l'emmènera jusqu'au fin fond de la pampa.

– C'est moi qui en ai eu l'idée, précise Dot. Ça devrait égarer votre poursuivant dans le brouillard pendant un bon moment. »

Mon poursuivant. Cela sonnerait presque romantique si ce type n'était pas si dangereux. Je me remémore alors son regard froid et détaché, dans la ruelle, et puis sa rage quand Miesha a verrouillé les portières et qu'il a tambouriné sur les vitres. Il ne poursuit plus simplement des marchandises : il est assoiffé de vengeance. Comment pourrait-il tolérer que de vils individus comme

Miesha et moi osions interférer avec ses plans soigneusement calculés ?

« Espérons qu'il y restera à jamais, dans le brouillard. »

Miesha se penche soudain à travers la table pour me demander à voix basse : « Et Kara ? »

Je savais que nous n'allions pas tarder à y venir.

« Elle ne s'est pas montrée. Je ne sais pas quoi en penser. Cela fait trop longtemps. Elle n'avait pas d'argent, rien…

– Ne vous en faites pas, Client Locke. Votre amie… elle avait quelque chose d'unique. » Dot hoche la tête avec conviction. « Je suis très douée pour cerner les clients, et elle paraissait *inébranlable*. Comme les balayeuses. Un chemin tracé, dont rien ne peut les détourner. Elle y arrivera. »

Je me crispe et me réjouis presque que Kara ne soit pas là. Si elle s'entendait comparer à une montagne de métal sans cervelle – guère plus qu'un aspirateur amélioré –, elle aurait envie de tout saccager. Mais Dot a raison. Un chemin tracé. C'est exactement Kara. Une fois qu'elle a une idée dans le crâne, rien ne peut l'arrêter.

Miesha et Dot évoquent encore les endroits où elles sont allées, la piste qu'elles ont laissée, les sites qu'elles ont visités. Il y a un étrange moment de calme entre nous tandis que nous écoutons l'androïde nous décrire les merveilles qu'elle a vues pour la première fois, des couchers de soleil orangés et mystiques de Santa Fe aux eaux bleu turquoise du golfe du Mexique. Bleu turquoise. Je pense que c'est son vocabulaire qui nous laisse tous rêveurs. Est-ce bien le vocabulaire standard d'un robotaxi ? Que signifie le bleu pour un robot ?

Cela me pousse évidemment à me demander quel bleu est le plus bleu : le mien ou le sien ?

Prenant conscience du silence, Dot incline la tête, et redirige immédiatement la conversation sur moi. Elle veut tout savoir de mon arrivée ici. Je leur relate alors ma rencontre avec le robot chasseur de primes. Dot grimace lorsque je raconte l'arrachage du bras, mais prend ensuite mon parti et conclut que c'est bien fait pour lui. Je leur explique comment j'ai dû courir et marcher jusqu'ici sous la pluie, et confie à Miesha que le manteau m'a bien servi, comme elle l'avait prédit.

« Il y est très attaché, plaisante Allys. Il l'a même porté ce matin, juste pour se donner un genre. »

Je roule des yeux, amusé.

« Il ne s'est pourtant jamais tellement intéressé à la mode, fait observer Miesha.

– Justement », réplique Allys.

Miesha nous dévisage tour à tour, Allys et moi, mais ne dit rien.

Jenna et Kayla ne tardent pas à revenir, et Allys m'ordonne d'aller m'ôter au moins une couche de crasse, car le dîner est bientôt prêt, après quoi elle montre à Miesha la chambre que Dot et elle vont partager.

Tout en me déshabillant et en ouvrant le robinet de la douche, je repense à ce qu'a dit Dot à propos de Kara. *Elle y arrivera*. Quand ? Qu'est-ce qui peut bien lui prendre si longtemps ? Mais surtout, une autre de ses réflexions tourne en boucle dans ma tête. *Ton amie. Elle avait quelque chose d'unique*. Quelque chose d'unique. Elle l'a toujours eu.

Chapitre 55

J'occupe ce poste depuis vingt-deux ans. J'ai tout vu, tout entendu. Je sais ce que vous pensez avant même que vous ne le disiez. Ne jouez pas aux plus malins avec moi.

Le proviseur Witters croyait tout savoir, mais il ne connaissait pas Kara.

Jenna, elle et moi avions séché le séminaire. Ce n'était pas la première fois que nous séchions des cours, mais c'était la première fois que nous nous faisions prendre. Nous aurions dû avoir peur, assis les uns à côté des autres sur ce banc, devant la porte de son bureau. Et d'ailleurs, une partie de moi avait peur. Si je regardais mes chaussures et pensais à ma situation et à ce que j'allais dire à mes parents, mon sang me remontait du ventre comme s'il voulait gicler par mes oreilles.

Mais si je relevais la tête et que Kara me faisait les gros yeux, feignant la terreur, tandis que Jenna réprimait un gloussement nerveux en haussant les épaules, j'avais envie d'exploser de rire, et plus j'essayais de me retenir, plus c'était drôle.

Tout est de ma faute, Mr Witters. Je leur ai dit que le séminaire était annulé. Ils ne pouvaient pas savoir.

Quand nous avions ouvert la bouche pour protester, Kara nous avait décoché un regard qui signifiait clairement : *bouclez-la*. Jenna et moi savions qu'on ne pouvait pas l'arrêter. C'était sa décision, son moment, son choix.

Kara avait payé pour nous ce jour-là.

Chapitre 56

J'entends Kayla et Dot dans la véranda. Comme promis, Jenna a accordé à sa fille du temps pour jouer après son bain. Même sous la douche, je perçois les cris de joie de la petite et les éclats de rire de Dot, qui s'amusent à monter et descendre les escaliers tour à tour. Je sens aussi le fumet du plat que Jenna nous a mijoté. Je pourrais en avaler deux. Je me lave le torse et me frotte le dos avec un gant afin d'effacer les dégâts causés par l'araignée. Le savon me pique là où je suis écorché. La douleur n'est pourtant rien comparée à celle que m'ont infligée les gorilles de Gatsbro, à moins que je n'aie tout bonnement modifié mon niveau de sensibilité, comme le craignait Hari. Oui, tu peux trembler, Gatsbro ! Je suis en train de devenir quelque chose que tu n'avais pas prévu. Et que je n'avais pas prévu moi-même.

Jenna m'a proposé de nettoyer mes blessures et de panser mon dos. L'idée de la laisser me toucher sans que je sois endormi était tentante. Avant que notre monde à tous les trois ne soit chamboulé, quand nous n'étions que des amis de lycée, j'avais terriblement envie qu'elle me remarque, non pas à sa manière habituelle, mais de la même manière que moi je la remarquais. La manière dont je pensais à elle le soir en allant me coucher, à sa peau, ses lèvres, ses cheveux et leur parfum quand je me rapprochais d'elle. Notre amitié était tout pour moi, mais je ne pouvais m'empêcher de désirer autre chose. Et parfois, sur un banc, au déjeuner, elle s'attardait, laissait son épaule contre la mienne plus longtemps que nécessaire, ses yeux m'observant une seconde de plus que ceux d'une simple amie, et je me demandais alors si mes vœux allaient s'exaucer.

Hmmm.

Je lâche mon gant et me retourne brusquement dans la douche. J'efface un rond de buée sur la porte en verre. Personne dans la salle de bains. J'ouvre tout de même la porte pour m'en assurer. La vapeur se déverse dans une pièce vide. Ce bourdonnement ne résonnait-il que dans ma tête ? Je ramasse le gant et me hâte de terminer ma toilette, laissant l'eau me couler dans les oreilles.

J'entends maintenant Jenna qui rit en regardant Dot et Kayla faire les folles dans la véranda. Je ferme le robinet et attrape une serviette pour me sécher. Je ne veux pas la faire attendre. En enfilant mon pantalon, je me remémore un vers d'un poème d'Edna Millay qu'elle a toujours aimé : *tout ce que je voyais de là où je me trouvais*..., et je me demande si elle s'en souvient aussi. À moins que ce n'ait été Kara qui l'aimait ? J'ai du mal à me rappeler.

Chapitre 57

« Je suis désolée pour ton dos, me dit doucement Jenna.

– C'est ma faute. J'étais prévenu. Et tu avais raison à propos du travail. C'est vrai que ça m'a changé les idées. »

Nous sommes assis sur un banc près de l'étang. Les autres sont tous partis se coucher. Quand Jenna a annoncé qu'elle allait chercher quelque chose dans la serre, je lui ai proposé de l'accompagner. Nous ne sommes jamais arrivés jusque là-bas. Je viens de remarquer dans le ciel ce que j'ai pris pour une énorme étoile, mais Jenna m'a appris que c'était le satellite de défense radar galactique.

« Attends, laisse-moi te montrer quelques-unes des nouvelles étoiles de notre firmament. »

Dans le soir calme, nous parlons à voix basse des astres qui scintillent au-dessus de nos têtes.

« Tiens. Tu vois celle-là, un peu bleutée ? C'est le poste frontière de quarantaine des voyageurs pour Mars. Une sorte d'Ellis Island[1] spatial. »

1. Île américaine qui, dans la première partie du XXe siècle, fut l'entrée principale des immigrants arrivant aux États-Unis.

Elle me révèle ensuite que Mars a été colonisé il y a cent cinquante ans, mais que seulement deux cent mille personnes y habitent pour l'instant. Le voyage est si long et si coûteux que les gens ne sont pas très tentés de l'entreprendre, sans compter les six semaines de quarantaine dans les deux sens.

« Et là, cette étoile rougeâtre, ce sont les vestiges de Z65, un astéroïde qui a été intercepté avant d'entrer en collision avec la Lune. » Un soupir. « Mais la plupart des étoiles sont toujours les mêmes, ont les mêmes orbites, exactement comme lorsque nos parents, nos grands-parents et même Galilée les observaient.

– C'est bon de savoir que certaines choses, au moins, ne changent pas. »

Elle ne dit rien pendant plusieurs secondes.

« Il y a beaucoup de choses qui ne changent pas, Locke. »

Pas de mon point de vue. Pas en ce moment. Je pense aux gens, surtout.

« Pourquoi ne m'as-tu pas dit que tu faisais partie du Réseau ?

– Je ne fais partie d'aucun…

– Allons, Jenna. Si je te braquais une lumière dans la figure, en ce moment précis, je te verrais en train de repenser à tout ce qu'on s'est dit. Tu essaies de comprendre comment j'ai su. Eh bien, je vais t'aider. Dot a gaffé. Allys a confirmé. Et ta conversation avec le père André l'a prouvé.

– Mais je t'assure, Locke, je n'en fais pas partie. En tout cas, plus maintenant. J'ai arrêté tout ça à la naissance de Kayla.

– Et c'est quoi, "tout ça" ? Je ne sais même pas, au juste, ce que c'est que le Réseau. Tout ce que je sais, c'est que des types louches dans une cave nous ont donné un coup de main à Boston en nous procurant de faux papiers.

– C'est une bonne description. Des types louches dans une cave. Tu n'es pas loin du compte. Le Réseau n'est rien d'autre qu'un groupe très désorganisé de personnes qui essaient en secret d'aider les autres.

– Et depuis quand faut-il se cacher pour aider les autres ?

– Quand on vient en aide à des gens que certains préféreraient qu'on n'aide pas.

– Des Hors-pacte, par exemple ?

– Entre autres. "Hors-pacte" est devenu un terme fourre-tout pour désigner tous ceux qui n'entrent pas dans la prétendue norme. »

Comme moi.

« Les Pirates terrestres sont-ils des Hors-pacte ?

– Les quoi ? »

Je prends alors conscience du fait que c'est moi qui les ai baptisés ainsi.

« J'ai rencontré des types que j'ai pris pour des Hors-pacte, en pleine cambrousse, et ils se disaient pirates. »

Jenna hoche la tête comme si elle voyait tout à fait à qui je fais allusion.

« Oui, ce sont effectivement des Hors-pacte. Ils se choisissent beaucoup de noms différents. Je ne peux pas leur donner tort, d'ailleurs. Qui voudrait d'une étiquette qui laisse à penser que tu es exclu de tout ?

– Comment le Réseau les aide-t-il ?

– Principalement en leur fournissant des papiers. Les Hors-pacte n'ont pas accès à tout ce qui est public. Les bâtiments, les transports et même la plupart des routes leur sont fermés. Lorsqu'ils violent l'espace public, ils sont étiquetés électroniquement. À la troisième infraction, on les envoie dans le désert, en camp de R&R : rééducation et réformation. Mais bien souvent, ils n'en reviennent pas et on n'entend plus jamais parler d'eux. »

Je pense soudain à l'homme qui s'est fait emmener par des gardes à côté de moi, à la gare. A-t-il été bagué comme un animal qui rôde trop près des habitats humains ? Ou bien est-il en route pour le désert et la R&R ? Est-ce là-bas que j'aurais pu moi-même atterrir ? Mais peut-être n'ai-je même pas la valeur d'un Hors-pacte, puisque je ne dispose pas des dix pour cent magiques.

« Ça me semble être une bonne cause. Pourquoi as-tu arrêté ? »

Elle soupire, comme si l'idée la rendait lasse.

« J'ai travaillé pendant des décennies avec Ethan, puis avec Allys, pour la légalisation de ceux qui, comme nous, ne correspondaient pas aux critères du CFES. Après quoi j'ai travaillé pendant des décennies à éduquer les esprits, car les lois ne changent pas instantanément les mentalités. J'ai cru ensuite en avoir terminé pendant un moment, mais, après la Division civile, le Réseau m'a demandé de l'aide, d'abord pour les Hors-pacte fugitifs, puis pour les robots évadés, puis…

– Des robots ? Tu as aidé des robots à s'évader ?

– En réalité, ils ne sont pas si nombreux à vouloir le faire. Mais de temps à autre… parfois… » Jenna lève les yeux vers les étoiles comme si celles-ci recelaient les mots qui lui manquent, puis secoue la tête. « Je ne sais pas ce qui se passe. Je ne peux pas l'expliquer et je ne juge pas. Je ne sais même pas si j'ai raison de leur venir en aide. Mais... »

Elle n'achève pas sa phrase. Ce n'est pas nécessaire. Je peux remplir les blancs. Dot. *Parfois*.

Elle se tourne vers moi.

« Mais je l'ai fait pendant des années, Locke. *Des années*. C'est là-dedans qu'est passée la fortune des Fox, principalement en pénalités infondées, les deux gouvernements me soupçonnant d'être impliquée dans le mouvement clandestin. Et comme les pénalités ne m'arrêtaient pas, il y a eu l'incendie. Je me fiche de la maison et de l'argent, mais à présent j'ai Kayla. Elle ne sera une enfant que pendant si peu de temps... Il faut que je pense à elle.

– Bien sûr qu'il le faut, mais il me semble que ta discussion avec le père André ne concernait pas vraiment le salut de ton âme. »

Elle sourit.

« Tu as raison. Il sait que je ne suis plus en activité, mais nous nous épaulons en cas de nécessité. Après toutes ces années, j'ai encore beaucoup de liens avec le Réseau. »

Je l'observe intensément, me demandant qui elle est devenue, et une faim étrange croît en moi. Aussi intense que celle d'un estomac criant famine. J'ai faim de ce que Jenna a eu, faim de la vie que je n'ai pas vécue, faim du but que je n'ai pas encore. Faim de quelque chose ou de quelqu'un qui ait autant besoin de moi que j'ai besoin d'autrui.

Ma maison. Mes oncles. Mes parents. Quelqu'un. Quelque chose.

Je sens que je commence à m'absenter, à fouiller ma mémoire à la recherche d'un temps où l'on avait besoin de moi, mais je ne veux pas quitter Jenna, pas une fois de plus. Je veux que ce monde m'accorde au moins cela. *Reste, Locke. Concentre-toi.* Je me lève alors subitement.

«*Enfin j'ai su, j'ai vu et j'ai ouï...*»

Elle bascule la tête en arrière pour me dévisager, et malgré la pénombre je peux voir qu'elle est déroutée. Et puis lentement, la compréhension gagne ses traits. Elle rit. Je demeure immobile, debout, et elle se lève à son tour en complétant la citation, exactement comme elle le faisait avant : «*Le comment, le pourquoi de toute chose enfuie.*» Elle joint les mains comme si je venais de réciter tout le poème. «Je n'en reviens pas que tu te souviennes de ça.»

Je hausse les épaules.

«Ce n'est pas grand-chose. Quand on n'a que seize ans de souvenirs pour remplir deux cent soixante longues années de vide, on a tendance à retenir tous les détails imaginables.» Je me rapproche d'elle. «Et puis, peut-être certaines choses valent-elles plus la peine d'être retenues que d'autres.»

Était-ce uniquement pour elle, Locke ? Est-ce pour elle que tu apprenais des poèmes ? Cette pensée inattendue me glace. Je regarde par-dessus mon épaule mais ne vois que l'étang lisse et noir, reflétant un miroitement d'étoiles. Je chasse aussitôt cette idée et fais encore un pas vers Jenna. Nous ne sommes plus séparés que par quelques centimètres. Elle lève les yeux vers moi. Il y a beaucoup de tendresse, de calme, dans cet océan bleu qui m'a permis de me maintenir à flot.

Locke.

Un son infime dans ma tête. Jenna a prononcé mon prénom, et je sais que même si nous n'avons pas eu les années que j'ai partagées avec Kara, même si les pensées ne circulent pas entre nous de la même manière, le temps que nous avons vécu ensemble ne s'est pas envolé. Notre lien a perduré.

Jenna.

Locke.

Je…

Elle recule d'un pas

« Rentrons, murmure-t-elle. Il se fait tard. »

Sur ce, elle me prend par la main et m'attire dans la pente avant que j'aie pu ajouter autre chose.

Chapitre 58

Jenna.

Réveille-toi, Locke.

Réveille-toi.

Jenna.

Jenna.

Jenna.

Je sursaute, m'assieds tout droit dans mon lit. Mon cœur tambourine dans ma gorge et le prénom de Jenna bat dans ma tête. J'essuie de la main mon torse en sueur.

Je prends une grande inspiration, mais elle se bloque à mi-chemin…

Jenna.

Ce n'est pas un rêve.

Le battement furieux vibre en moi.

Je t'ai entendu, Locke. Le premier jour. Je t'ai entendu. Le tout premier nom que tu as prononcé était le sien.

Une douleur lancinante dans mes tempes.

« Kara… »

Chhht. Elles vont t'entendre.

Kara ?

« Où est Jenna ? Jenna ! » C'est ce que tu as dit. Toutes ces années, j'avais été là pour toi, mais tu as prononcé son nom en premier.

Elle sort de l'ombre.

« Kara », dis-je dans un souffle.

Tu aurais dû dire mon nom. Kara. Kara. Kara. Comme ça.

Elle s'avance jusqu'au pied de mon lit, et l'infime lueur qui règne dans la pièce souligne son épaule, sa hanche, toute la beauté de Kara.

Tu m'aimes, Locke ? Est-ce que tu m'aimes encore ?

Je t'ai toujours aimée, Kara.

Hmmm.

Elle avance comme au ralenti le long de mon lit. Jusqu'à moi.

Kara. J'étais tellement inquiet.

Mes bras se referment autour d'elle. Tenant ferme. Ayant peur de la lâcher.

Tu as eu mon cadeau ?

Quel cadeau ?

Le couteau. Je l'ai mis là pour toi. Au cas où tu en aurais besoin.

Toi ? Tu étais là ? Depuis tout ce temps ?

À épier. J'épiais. Je t'épiais. J'ai besoin de savoir.

Il n'y a rien à savoir.

Je t'ai vu jouer au petit couple parfait. C'est ça que tu veux ? Un endroit comme chez Gatsbro pour jouer au petit couple ? Mais avec Jenna, cette fois ?

Elle t'aime, Kara. Elle a pleuré quand elle a su.

Elle mérite de souffrir, comme nous avons souffert.

Elle a souffert. Elle veut redevenir notre amie.

Kara se redresse, me regarde de haut, un croissant de lune dans les yeux.

Nous sommes ensemble. Toi et moi. C'est tout ce qu'il nous faut. C'est tout.

Oui, Kara. Toi et moi.

J'ai toujours été là pour toi. Toujours.

Oui.

Elle se baisse à nouveau. Ses lèvres se pressent contre mon torse. Me mordent. Dans le cou. Ses dents sont dures contre ma gorge, ma joue. Ses lèvres s'attardent près de mon oreille, son haleine chaude me brûle la peau.

« Dis mon nom, Locke, chuchote-t-elle. Dis-le. Et je ferai comme si c'était la première fois. »

J'ai envie de la repousser mais, au lieu de cela, je lui retourne son baiser et sens la morsure de ses lèvres.

Alors je murmure : « Kara. »

Chapitre 59

Je tiens le rideau ouvert pour regarder par la fenêtre de devant. Kara est partie au milieu de la nuit, glissant entre mes bras, prétendant qu'il était encore trop tôt. Quoi que j'aie pu dire, je n'aurais pas pu l'arrêter. Un chemin tracé. Je pense à la comparaison de Dot. Je voudrais ne l'avoir jamais entendue.

Ne leur dis pas, m'a intimé Kara. *Ne gâche pas la surprise. Ne dis rien.*

Je me suis agité dans mon lit pendant tout le reste de la nuit, déchiré par l'indécision. Comment pourrais-je ne rien dire ? Je ne peux cependant pas renier toutes mes années avec Kara. J'ai une dette envers elle. Je ne peux pas trahir cette unique requête. *Il est encore trop tôt.* Quand le bon moment viendra-t-il ? Est-il possible qu'elle réfléchisse à ce que je lui ai dit, au fait que Jenna veuille redevenir notre amie ? Est-il possible qu'elle essaie de calmer sa colère avant de révéler sa présence ? Au petit déjeuner, Jenna m'a demandé si j'allais bien. Je pouvais à peine aligner deux mots, mais je n'ai rien révélé. Cette nuit aurait dû m'apporter les réponses que je voulais, et au lieu de cela elle m'a laissé désorienté ; perpétuer le mensonge ne fait qu'aggraver les choses.

Je me souviens de l'assurance de Jenna la première fois que nous avons parlé de Kara. *Personne ne la connaissait mieux que moi. Oui, elle sera en colère. Mais c'est mon amie. Voilà une chose qui ne changera jamais. On s'expliquera et tout s'arrangera.*

Vraiment ?

« Tu guettes encore Kara ? »

Je me retourne brusquement. Allys se tient dans l'encadrement de la porte.

« Peut-être. »

Je laisse le rideau se refermer.

« Cela doit être très déroutant pour toi.

– Que veux-tu dire ? »

J'ai perçu quelque chose dans sa voix. Une insinuation. Mais j'ignore où elle veut en venir. Nous a-t-elle entendus la nuit dernière ?

« Il n'y a rien de déroutant là-dedans. Elle n'est toujours pas là, c'est tout.

– Oh, ce n'est pas ce que je voulais dire. Je parlais du fait que tu crois être amoureux des deux.

– Quoi ? Tu vas un peu loin. Tu fais trop de déductions en me voyant simplement regarder par une fenêtre. Ce sont toutes les deux des amies très chères. Point barre. »

Elle hoche la tête.

« Ah… bien sûr. Au temps pour moi. »

Son ton est narquois. Je reprends mon observation à travers la vitre.

« Voilà. Au temps pour toi. »

Elle se trompe. Je ne *crois* pas être amoureux des deux. Je les aime, vraiment, toutes les deux. Et je sais que je ne devrais pas.

Je pivote brusquement vers elle.

« Qu'entends-tu par "croire", d'ailleurs ? »

Elle hausse les épaules.

« On peut avoir beaucoup de sentiments pour différentes personnes, mais je pense qu'on ne peut réellement donner son cœur qu'à une seule. »

Je me laisse tomber dans le fauteuil près de la fenêtre.

« Et moi je pense que, ayant été mariée une demi-douzaine de fois, tu serais plutôt la preuve du contraire, non ? »

Je note son rapide battement de paupières. C'était un coup bas. Je sais. Mais que connaît-elle de mon état d'esprit ou de mon cœur ? Elle l'a bien cherché, à vouloir déterrer quelque chose qui me donne déjà l'impression d'agir sur moi comme du poison.

Elle me regarde fixement pendant quelques secondes, puis tourne les talons et sort. Je m'adosse dans le fauteuil, un peu hagard. L'air a quitté la pièce. Je me lève d'un bond et fonce vers la porte. J'ai besoin de marcher. D'aller quelque part où mes pensées sont encore les miennes sans que personne ne s'en mêle. À supposer que les promenades soient encore ce qu'elles étaient. Même les choses les plus simples me semblent compliquées, de nos jours.

C'est ça, Allys. Appelle ça comme tu veux.

Chapitre 60

Je marche sans but dans la rue. Je veux juste m'éloigner. Ou peut-être Miesha avait-elle raison : tout laisser derrière moi.

Mais je l'ai déjà fait une fois. Je me demande : et si j'avais réagi autrement ?

Locke. Reviens-nous. Ouvre les yeux. Essaie. Il faut que tu essaies.

Mon père parlait avec une fermeté qui ne lui ressemblait guère, et d'une certaine manière cela m'avait poussé à lui obéir. Mais je n'avais pas trouvé le chemin. J'avais pourtant tenté de suivre sa voix. *Reviens*. C'est là que j'avais entendu Jenna et Kara. Leurs voix à elles étaient terrifiées – aussi terrifiées que la mienne – et je ne sais pourquoi, cela m'avait donné du courage. Je les avais appelées toutes les deux. *Je suis là. Là, Jenna. Là, Kara.* Elles m'avaient répondu. Nos voix se touchaient mais nos doigts étaient perdus dans le noir. Par la suite, la voix de Jenna avait disparu et je n'avais plus perçu que celle de Kara. *Ne pars pas, Jenna.* Je me demandais combien de temps j'avais encore avant qu'elle ne s'en aille aussi et que je ne me retrouve complètement seul. Je m'étais accroché aux pensées de Kara afin qu'elle ne me quitte pas à son tour.

Mais si j'avais essayé plus fort ? Si j'avais soulevé mes paupières et fait ce que me disait mon père ? Peut-être aurais-je vécu la vie qui m'était destinée. Ou peut-être serais-je mort comme prévu.

Au lieu de quoi je suis ici.

La route, les arbres, les maisons, tout cela défile devant moi comme dans un brouillard. J'inspire à fond et tâche de ralentir le pas, mais mes pensées sont aspirées dans une spirale inversée. *N'entre pas dans ma tête, Allys. N'essaie même pas.*

Gatsbro lui-même n'y est pas arrivé.

Tenez. Voici la seule trace de votre accident que nous ayons retrouvée. Juste pour que vous sachiez ce qui s'est passé.

Nous le savions.

Gatsbro nous a fait lire un article de presse sur son écran, pensant que nous ne nous souvenions pas de l'accident puisque nous n'en parlions jamais. Mais si je savais ce qui s'était passé, j'ignorais en revanche ce dont le reste du monde avait eu connaissance. J'ai lu la coupure de presse trois fois. Kara, une seule.

Le procès Fox suspendu dans l'attente d'une guérison

BOSTON – En dépit d'une plainte en instance du ministère public, le bureau du procureur annonce qu'il n'a pas l'intention à ce stade de poursuivre Jenna Fox, 16 ans, fille de Matthew Fox, le fondateur de Fox Biosystems, société basée ici à Boston.

Selon toute apparence, il n'y a pas de témoins de l'accident dans lequel a été impliquée la jeune fille. Le passager Locke Jenkins, 16 ans également, est décédé deux semaines après celui-ci sans avoir repris connaissance. Kara Manning, 17 ans, la seconde passagère, a subi de graves traumatismes crâniens lorsqu'elle a été éjectée du véhicule et, par conséquent, n'a pu donner aucune information aux enquêteurs. Elle est décédée trois semaines après les faits, lorsque sa famille a consenti à l'arrêt de l'assistance respiratoire.

Nous n'étions pas morts, pourtant. Mais nos familles n'avaient aucun moyen de le savoir. Ce n'était pas parce que nos corps l'étaient que nos esprits l'étaient aussi. Ils avaient déjà été évacués. Copiés. Stockés. Sauvegardés. Sauvés.

Sauvés. Pour quoi faire ?

Fox, qui n'avait pas encore le permis de conduire, est dans un état semi-comateux toujours critique. La gravité de ses brûlures et de ses blessures l'empêche totalement de communiquer ou de donner aux autorités la moindre information sur l'accident. Les enquêteurs déclarent qu'ils ne peuvent exclure l'implication d'un second véhicule, mais il semble bien qu'une vitesse excessive et une conduite imprudente soient à l'origine de la perte de contrôle de la voiture, qui a quitté la Route 93 et fait une chute de plus de quarante mètres dans un ravin abrupt. L'hydrogène contenu dans la BMW tri-énergie, enregistrée au nom de Matthew Fox, a explosé lors de l'impact, laissant aux enquêteurs peu d'éléments pour reconstituer les événements.

Gatsbro nous a observés attentivement lorsque nous avons eu fini de lire, comme si nos réactions constituaient une expérience de laboratoire parmi d'autres. *Dites-moi comment vous vous sentez*, nous a-t-il demandé.

Écrasés. Écœurés. Anéantis. À toi de choisir, espèce de débile. Comment te sentirais-tu si tu lisais le récit de ta prétendue mort ?

Mais Kara et moi n'avons rien lâché. Ni sur l'accident ni sur l'article. Je n'oubliais pas l'avertissement que m'avait donné Kara le premier jour. *Ne montre jamais ta faiblesse*. Mais c'est justement l'accident, notre faiblesse. Il a été le point de départ de notre situation actuelle. Nous connaissions les événements qui avaient mené au crash. Nous savions tout.

Ce n'était pas la faute de Jenna. Elle n'était même pas au volant.

Chapitre 61

Je me retrouve sur la place centrale, mais tout m'y apparaît aussi brouillé que la route et les arbres. Le centre-ville mérite à peine ce nom. Sans les étals du marché du dimanche, ce n'est qu'un large ovale de grands arbres avec un tapis de feuilles mortes à leurs pieds et, au centre, une fontaine croulante qui ne fonctionne plus.

Il y a là une demi-douzaine de camions de marchands ambulants : un boulanger qui semble produire par magie des pains tout chauds en quelques secondes, un boucher qui propose une viande grise sous plastique que ma sœur et moi aurions baptisée « viande mystère », qui rappelle celle des ragoûts de ma tante. La plupart de ces commerçants paraissent humains, sauf un, qui est très nettement un robot, puisque privé de jambes comme Dot. Accroché à son camion tel un bouchon de radiateur sur une Rolls, il vend des HoloTrips. Sur ma droite, une femme s'occupe de trois petits enfants fascinés par la création d'un autre marchand : des biscuits scintillants en forme d'animaux. La pâte aboie, miaule et rugit le temps de se cristalliser en prenant la forme voulue. Il y a aussi une douzaine de passants, qui traversent la place ou font la queue devant les camionnettes.

Un peu plus loin, à l'autre bout de la place, un groupe de Pirates terrestres est agglutiné sur un muret. Bone et les deux autres avec qui j'ai travaillé sont parmi eux. Ils lancent fréquemment de rapides regards alentour, comme s'ils se méfiaient de tout le monde. Je devrais sans doute suivre leur exemple. Je n'ai pas vu un seul agent des Forces de sécurité depuis que l'un d'eux m'a bourré de coups de pied sur la route, mais ils ne sont sans doute pas les plus à craindre. Je scrute le périmètre, fouille l'ombre des yeux. Où est-elle ? Me surveille-t-elle en ce moment ?

Kara ? Même si elle était assez proche pour m'entendre, elle ne répondrait pas.

J'ai prononcé le nom de Jenna en premier quand j'ai enfin eu une bouche pour parler. Comment ai-je pu lui faire cela, après tout ce que nous avions traversé ensemble ? Pourquoi l'ai-je fait ? Je l'ai tenue dans mes bras la nuit dernière. Je lui ai chuchoté de la poésie à l'oreille. *Pour toi, Kara. Rien que pour toi.* J'ai fait tout ce que je pouvais pour compenser la peine que j'avais causée. Depuis l'instant de notre réveil au domaine de Gatsbro, j'ai toujours pensé que si je l'aimais suffisamment, je pourrais me racheter de l'accident, me racheter de l'enfer que nous avions partagé. Mais cela n'a jamais suffi.

Est-ce aujourd'hui qu'elle réapparaîtra ? Demain ? J'ignore combien de temps je vais pouvoir garder le secret. Ce n'est pas juste. Jenna mérite de savoir. Mais Kara mérite aussi de choisir son moment. Après toutes les années qu'elle a passées à attendre dans le noir et le silence, elle mérite au moins cela. Mes yeux parcourent de nouveau la place. Est-elle en train de m'observer quelque part derrière les arbres ?

L'attente me vrille les nerfs jusqu'à ce que chacun de mes os artificiels soit prêt à craquer. *Où est-elle ?* Je note alors qu'un des Pirates terrestres se lève. Il marmonne quelques mots aux autres et Bone lui met quelque chose dans la main. Il s'approche de la camionnette du boulanger. Celui-ci l'a repéré et je lis sur ses lèvres ce qu'il dit à son collègue, en désignant le pirate du menton : *Je leur fais toujours payer le double, à ces Hors-pacte. Ça leur fait les pieds. Trop abrutis pour voir la différence. Surtout, fais la même chose.* L'autre prend le même air dégoûté que lui. *Sales Orps.*

Mes pas se dirigent aussitôt vers eux. Les Orps. Voilà donc ce que ça voulait dire ! un terme d'argot péjoratif utilisé par monsieur Tout-le-monde pour parler des Hors-pacte. Eh bien, certaines choses ne changent pas. Mais je ne suis plus si sale qu'alors, ni si fatigué et faible. Et je mesure une tête de plus que le boulanger. Celui-ci me fusille déjà du regard tout en prenant la commande du pirate.

« Attends ton tour, espèce de... »

Je laisse le vent entrouvrir mon manteau. L'homme remarque immédiatement la coupe et l'étoffe raffinées de ma chemise, sans doute plus extravagante que tout ce qu'il a jamais possédé

– merci Dr Gatsbro. Sa grimace hargneuse se mue en sourire.

« Je suis à vous tout de suite, monsieur.

– Ce ne sera pas nécessaire. » Je pose la main sur l'épaule du pirate. « Je voulais simplement informer ce monsieur que je connais un endroit où il peut trouver un meilleur pain pour deux fois moins cher. »

L'air affable du boulanger s'évanouit.

« Espèce de…

– Vous voulez qu'on se batte ? Parce que ça peut se faire. »

Je lâche le pirate et me rapproche de la camionnette. J'espère presque qu'il voudra aller plus loin. Chaque fibre de mon être se tend avec une force incroyable. J'ai envie de péter les plombs. Encore plus que d'un prix juste. Quant au pirate, il nous toise tous les deux d'un air mauvais : il ne me fait pas confiance non plus. Il est venu chercher du pain, pas des ennuis.

Mes mains sont agitées de tressaillements. Mes yeux se vrillent dans ceux du boulanger. *Du pain, pas des ennuis.* J'inspire à fond. *Concentre-toi, fils, n'oublie pas pourquoi tu es là.* J'ai l'impression que mon visage va se fendiller mais j'y plaque mon fameux sourire spécial Gatsbro celui que j'utilisais toujours pour l'amadouer.

« À moins, dis-je, que vous ne vouliez baisser votre prix de moitié. Dans ce cas, j'insisterais sur le fait que vous vendez le meilleur pain de la ville.

– Ça, c'est bien vrai », claironne le commerçant, soulagé que je lui laisse cette porte de sortie.

Il se tourne vers le pirate et lui compte le prix normal pour deux miches de pain.

« C'est ça, fais-je avant de m'éloigner. Le meilleur pain de la ville. »

Le retour à la maison est rapide.

Je me sens fort. Puissant.

Plus que je ne l'ai été depuis…

depuis toujours.

Chapitre 62

Je regarde bouger les lèvres de Miesha sans parvenir à déchiffrer ce qu'elle dit. Des interruptions incessantes m'en empêchent.

« Qu'est-ce que… »

J'arrive, Locke. Bientôt.

Si je peux entendre Kara, c'est qu'elle n'est pas loin. Dans le garage ? Dans ma chambre ? La chambre de Jenna ? Elle observe et elle attend. Je scrute la véranda d'un bout à l'autre, à l'arrière de la maison.

« … es-tu… »

Rien que toi et moi. Ensemble. Pour toujours.

« Écoute… »

Je n'en ai plus pour longtemps.

« … la question. »

La voix de Miesha se fait plus forte, mais je n'arrive toujours pas à la suivre. Je m'efforce d'être attentif. Me concentre sur sa bouche, ses dents.

Tu m'aimes, Locke ? Est-ce que tu m'aimes ?

« Mais c'est… »

Souviens-toi. Ne dis rien.

« … que… »

Dis mon nom, Locke. Dis-le maintenant. Dis-le !

Je presse ma tête entre mes deux mains et je hurle.

« Kara ! Kara ! »

Miesha attrape mes poignets et les écarte.

« Mais qu'est-ce que tu as, bon sang ? »

La voix s'est tue. Mon souffle galope dans ma poitrine. Je regarde fixement Miesha. Mon pouls résonne à mes tympans. « Rien ! » Je suis conscient de la sauvagerie de ma réponse.

Elle me tient toujours les poignets.

« On dirait un pauvre fou ! Qu'est-ce que…

– Rien, Miesha. » Je me force à me calmer. « Promis. C'était un flash-back. C'est tout.

– C'est tout ? Ton cœur bat si fort qu'il fait presque bouger ta chemise ! »

Elle m'attire à l'écart de la maison. Je ne sais pas où nous allons, mais je la laisse m'emmener.

« Tu parles d'un flash-back, dit-elle. Tu n'as jamais eu ce genre de crise. Ne laissons pas les autres te voir comme ça – surtout la petite Kayla. Cela la perturberait. »

Elle m'entraîne sur un chemin, puis dans un tunnel de buissons non taillés, secoués par le vent. Le tunnel s'ouvre sur une clairière circulaire, couverte d'herbe, avec un banc en son centre.

« Kayla nous a fait découvrir cet endroit ce matin, à Dot et à moi. Cela me semble idéal et tranquille pour te ressaisir. »

Je suis soulagé qu'il n'y ait ici pas d'autre bruit que celui du vent agitant les taillis et, de temps en temps, le gazouillis d'un oiseau invisible. Miesha s'assied à côté de moi sur le banc mais garde le silence, me donnant l'espace dont j'ai besoin. Au bout de quelques minutes, elle finit par me demander : « Ça va mieux ? »

J'acquiesce.

« Aussi bien que possible. Compte tenu des circonstances. »

Elle soupire.

« J'aimerais pouvoir te dire que tout va s'arranger. »

Moi aussi, j'aimerais bien, même si ce n'est pas vrai.

« Mais je suis toujours clandestin et traqué. Ça ne pourra pas aller mieux. C'est là que tu veux en venir.

– Pas exactement. » Elle s'adosse au banc et lève la tête vers les arbres qui nous entourent. « Kayla nous a amenées ici ce matin pour nourrir les oiseaux. Elle dit que c'est l'endroit au monde qu'elle préfère. Toi aussi tu trouveras ta place. Un jour.

– Ma place a disparu, Miesha. À jamais.

– Ton ancienne place dans le monde, oui. Tu ne la retrouveras jamais. Cependant, tu vas peut-être me trouver dure, mais il y a des gens qui n'en ont jamais eu autant que toi : ils n'ont jamais eu la moindre place dans ce monde, et ne peuvent pas espérer en avoir. C'est pour eux que travaillait mon mari. Trouver une place, se faire une place… c'est un dur labeur. »

Je me remémore ce qu'elle m'a raconté à propos de sa sortie de prison et de l'époque où elle a tenté de se bâtir une nouvelle vie.

« Et toi ? Tu l'as trouvée, ta place ? »

Elle hausse les épaules.

« J'y travaille encore. »

Elle se tourne alors vers moi et plisse les yeux tandis que son souffle s'accélère. Il est pourtant rare que Miesha succombe à la nervosité.

« Qu'est-ce que tu as ? »

Elle déglutit et prend une inspiration lente et mesurée.

« Locke, il y a autre chose que j'ai besoin de te dire. Une chose que j'ai voulu te...

– C'est une fête privée ? »

Jenna se tient à l'entrée de la clairière.

Miesha se lève d'un bond.

« Bien sûr que non, dit-elle. Viens. »

Jenna se joint à nous, mais reste debout et cueille un petit rameau de lavande qu'elle fait tourner entre ses doigts. Depuis mon arrivée, je l'ai toujours vue en tenue basique : jean et tee-shirt en coton uni. Ce soir, elle porte une simple et fine robe blanche qui lui arrive presque aux chevilles et flotte dans le vent.

« Je voulais juste avoir un moment pour discuter avec toi avant le dîner, me dit-elle. Quand Kayla est là, je ne peux pas parler librement. Je pense qu'il vaut mieux que tu saches que certains de mes contacts ont mené l'enquête depuis ton arrivée. La mauvaise nouvelle est que Kara est introuvable, mais la bonne, c'est que rien n'indique qu'elle se soit fait prendre. Et nous sommes pratiquement sûrs que Gatsbro ne l'a pas rattrapée. Il est toujours absent de son labo de Manchester et il n'y a aucun signe de la présence de Kara là-bas. Ils ont également vérifié à son domaine et elle n'y est pas non plus. Ce sont donc des nouvelles plutôt prometteuses, même si elle manque toujours à l'appel. »

Je le sais déjà, qu'elle ne s'est pas fait ramasser et que Gatsbro la cherche encore. J'enfouis mon visage dans mes mains pour simuler le soulagement auquel elle s'attend, mais aussi afin qu'elle ne puisse pas voir ma tête et y lire une vérité que je serais incapable de dissimuler. Ce faisant, pourtant, je pense aux risques que Jenna a pris pour nous, en reprenant contact avec le Réseau qu'elle avait abandonné. Je lève les yeux vers elle, en espérant qu'elle verra de la gratitude sur mes traits.

Elle vient me prendre par la main et s'asseoir à côté de moi.

« Je suis désolée de ne pas avoir plus d'informations, soupire-t-elle.

– Moi aussi. »

Je lui presse les doigts ; je voudrais ne jamais les lâcher, je voudrais sentir que j'ai ma place ici.

Miesha, elle, se dirige vers l'entrée de la clairière.

« Je vais demander à Allys si je peux l'aider…

– *Jenna ! Locke ! Quelqu'un !* »

C'est Allys, et nous percevons de la panique dans ses hurlements. Nous partons aussitôt en courant.

Nous y sommes en quelques secondes. Je serais prêt à croire que mes pieds n'ont même pas touché le sol. Allys est en bas des marches qui conduisent à la véranda et nous suivons son regard le long de l'allée. Tout au bout se dresse une petite silhouette dépenaillée.

« Oh, mon Dieu », murmure Jenna.

Avant de repartir en courant.

Chapitre 63

Kara.

Kara, l'air épuisée.

Kara avec du sang le long des jambes et des paquets crasseux dans ses cheveux habituellement soyeux.

Kara pieds nus et boitant.

Kara, qui ne ressemble pas du tout à celle qu'elle était la nuit dernière.

Aurais-je tout imaginé ?

Jenna et moi courons à sa rencontre en faisant voler les graviers. Jenna s'arrête à quelques pas, et moi juste derrière elle.

« Kara ? » souffle-t-elle.

Je n'arrive pas à respirer. Je ne peux même plus bouger. Au domaine, je priais sans cesse pour que ce jour n'arrive jamais. L'air entre nous me donne l'impression d'être du verre prêt à voler en éclats, comme si le moindre faux pas pouvait nous renvoyer dans le monde qui nous a fait tomber dans le néant il y a deux cent soixante ans.

Mais soudain, l'atmosphère change. Rien ne

vole en éclats, rien ne tombe dans le néant. L'air se tend vers nous comme s'il avait des doigts. Il s'accroche à nous. Je vois une énergie croître et s'installer entre Jenna et Kara – cette complicité dont j'ai toujours été exclu. Des larmes montent aux yeux de Kara et d'autres coulent sur les joues de Jenna. L'une avance en clopinant et l'autre court la serrer dans ses bras.

« Kara. Mon dieu. Kara ! Je n'en reviens pas que ce soit bien toi. »

Puis, les doux sanglots de Kara.

« Jenna. »

Elles se tiennent enlacées comme si elles ne devaient jamais se lâcher, et je reste planté là, hébété, en me demandant si je me suis trompé depuis le début, ou si je suis à nouveau perdu dans une de mes absences, un rêve dans lequel j'imagine le monde tel que je voudrais qu'il soit. La colère qui bouillonnait en Kara depuis notre réveil a disparu. Ses menaces n'étaient-elles rien d'autre que cela ? Les divagations d'une fille furieuse parce que prise au piège ? La liberté l'a-t-elle transformée ? Jenna avait dit que tout s'arrangerait. Je voulais que la réalité se retourne comme un gant. Est-ce le cas ?

« Aide-moi, Locke, dit Jenna. Aide-moi à la porter jusqu'à la maison. »

Je rattrape Kara dans mes bras. Elle tombe mollement contre mon torse, comme si elle avait couru toute la semaine au lieu d'être là depuis le début.

Chapitre 64

La maison devient une ruche bourdonnante d'activité, Jenna et Allys distribuant les ordres comme si elles avaient déjà fait cela cent fois, ce qui doit d'ailleurs être le cas. Pendant des années, elles ont aidé les inconnus que le Réseau leur envoyait... sauf que cette fois, il ne s'agit pas d'une inconnue.

Jenna me dit d'emmener Kara dans la chambre voisine de la mienne et de l'allonger sur le lit, et intime à Miesha d'aller lui chercher des serviettes dans le placard au bout du couloir. Quand Kayla et Dot sortent de la chambre de la petite, elle les envoie dans le jardin cueillir de la citronnelle et leur demande de la déposer dans la cuisine. Allys, quant à elle, rassemble dans la salle de bains de quoi prodiguer des soins et me réclame ensuite un seau d'eau tiède. À mon retour, Jenna est assise sur le bord du lit et examine les blessures aux jambes de Kara, tandis qu'Allys dispose divers flacons et pansements sur la table de chevet. Je les regarde travailler, déshabiller Kara, nettoyer sa peau et y appliquer des remèdes.

« Ça va, murmure Kara. Je suis juste fatiguée. Besoin de repos. J'ai tellement marché. »

Tellement marché ? À quoi joue-t-elle ? Je m'adosse contre le mur pour passer en revue les événements de la nuit. Ce n'était pas un rêve. À moins que… ?

Kara m'aperçoit depuis l'autre bout de la chambre et dit faiblement : « Locke, je suis désolée de n'avoir pas rejoint le taxi comme tu me l'avais dit. Je ne l'ai pas trouvé. J'étais paniquée. Ils me suivaient de trop près.

– Je sais, mais…

– Tu comprends, n'est-ce pas ? Ne m'en veux pas, je t'en prie. »

Je la fixe en m'efforçant de faire correspondre ses paroles avec la personne couchée devant moi. J'essaie de faire correspondre le ton de sa voix avec Kara. J'essaie de comprendre qui est celle que j'ai sous les yeux.

Jenna lui éponge le front.

« Locke ! » me crie-t-elle, clairement inquiète à l'idée que mon absence de réponse puisse aggraver l'état de Kara.

« Je comprends », dis-je en hochant la tête.

Kara grimace en essayant de se redresser, comme si tous ses os étaient fêlés. Gatsbro a-t-il également ajusté son degré de sensibilité, ou est-ce uniquement pour la galerie ? Pourtant, ses blessures sont bien réelles. Je contemple le sang et les plaies sur ses jambes. Tout est vrai. Comment s'est-elle fait ça ?

Elle nous raconte alors qu'après s'être enfuie, elle est montée dans un train pour Chicago, puis dans un autre pour Los Angeles, mais que là-bas, quelqu'un l'a questionnée à propos de ses papiers, affirmant qu'ils étaient volés, et qu'elle a dû prendre ses jambes à son cou. « J'ai dû trouver à manger dans les poubelles. Mais ce n'était pas le pire. Je devenais folle à force de m'inquiéter pour Locke, de me demander s'il était arrivé jusqu'ici. »

Je suis arrivé, ça oui. Il y a des jours de cela. Et toi aussi. Mais toutes ces pensées sont les miennes. Kara n'essaie même pas de pénétrer mon esprit. Elle paraît vraiment faible. Se peut-il que j'aie eu une absence de quelques jours ? Je jette un œil à la plante de ses pieds. Ses délicats orteils roses sont couverts d'ampoules. Comment est-ce possible ?

Quand Jenna se détourne pour prendre une serviette propre et qu'Allys se baisse pour essorer un linge dans le seau, elle me lance cependant un regard clair et perçant. Un regard qui n'a pas l'air fatigué du tout.

« Miesha, crie Jenna par-dessus son épaule. Tu peux aller voir si elles ont trouvé la citronnelle et la rapporter, mais en leur demandant de ne pas entrer pour l'instant ? »

Kara ferme brièvement les yeux et frissonne.

« C'était un cauchemar. Je suis tombée sur des chiens errants, et ce sont eux qui m'ont fait ça, dit-elle en désignant ses jambes. Mais surtout, j'avais tellement peur que Gatsbro me rattrape… Il était comme un fou, après que Locke lui a fracassé le crâne avec ce presse-p… »

Je fais un bond.

« Quoi ? »

Miesha s'arrête sur le seuil de la chambre.

« C'est toi qui as frappé Gatsbro ? »

Allys et Jenna s'interrompent elles aussi dans

leur travail. C'est comme si on braquait un projecteur dans ma direction. Les secondes s'étirent au maximum. Tous les regards sont rivés sur moi, dans l'attente d'une réaction. Je manque d'air. Les yeux de Kara me transpercent.

« Oui. » Le mot traverse la chambre comme une balle de revolver. « C'est moi. »

J'observe leurs mouvements gênés, le tressaillement de la lèvre de Miesha, l'inclinaison de la tête d'Allys, le glissement des pupilles de Jenna, des réactions qu'elles cherchent à me cacher et dont elles se remettent vite.

« Mais il avait de bonnes raisons, précise Kara. Gatsbro nous retenait prisonniers

– Bien sûr, dit Jenna. Rallonge-toi, Kara. Repose-toi. Je vais te donner quelque chose pour t'aider à dormir.

– Mais j'ai tant de choses à…

– Chhht. Je sais. On parlera plus tard. »

Là-dessus, elle appuie un petit tube contre le cou de Kara, dont les paupières s'alourdissent sur-le-champ.

« Jenna, dit-elle juste avant de fermer les yeux. J'ai tellement attendu ce jour. Tu n'as pas idée… »

Chapitre 65

Le dîner est silencieux et manque de naturel. Jenna, le regard vague, fixe souvent le mur nu devant elle. Allys fait passer des tomates aux herbes qui ont déjà fait trois fois le tour de la table. Miesha se ressert alors qu'elle n'a pas encore avalé la moindre bouchée. On dirait que nous écoutons tous Kara respirer dans l'autre pièce.

« Elle dormira jusqu'à demain matin », dit Jenna.

Ma fourchette tinte contre mon assiette.

« Merci d'avoir pris soin d'elle.

– C'est mon amie aussi, Locke. »

Je sens qu'elle est froissée.

Seules Kayla, qui chipote sur ses haricots mange-tout, et Dot, qui est assise à côté d'elle, paraissent inconscientes du poids qui écrase nos épaules. Mais soudain, la petite lève sur moi ses yeux bleus et vifs encadrés par ses cheveux noirs et me tapote gentiment le bras de ses doigts moites et potelés.

« T'en fais pas, Locke. Ton amie va aller mieux », me dit-elle avec un petit mouvement de tête.

Mon ventre se contracte. Son regard confiant m'étourdit.

« Si tu le dis, Kayla, c'est que c'est vrai. »

Elle me dépose un baiser sur la main.

« Tu as fini de jouer avec tes haricots, Kayla ? » lui demande Jenna.

L'enfant sourit à pleines dents et saute de sa chaise comme si elle avait reconnu le signal de la libération. Elle dépose ensuite son assiette sur le plan de travail et demande à Dot si celle-ci veut encore venir jouer avec elle dans la véranda. Le robot s'exécute avec joie.

« Je crois que je vais les rejoindre », dit Miesha en s'écartant de la table. « Je ferai la vaisselle quand vous aurez terminé. »

Gatsbro avait un lave-vaisselle à ultrasons, mais celui de Jenna est en panne et elle préfère consacrer ses maigres finances à l'irrigation d'un nouveau potager qui fournira à la fois nourriture et revenus.

Allys se lève à son tour.

« Je peux m'en…

– Non, la coupe Jenna. Locke et moi allons nous occuper de la vaisselle. »

Ses yeux sont comme des poignards.

« Bien sûr, dis-je à Miesha et Allys. Nous allons nous en charger. »

Toutes deux posent leurs couverts sur le plan de travail avant de sortir.

Jenna et moi avalons encore quelques bouchées en silence. Lorsqu'elle apporte son assiette à côté de l'évier, je fais de même. Puis elle fait couler de l'eau chaude et du savon liquide dans une cocotte et se met à la récurer. L'eau clapote et Jenna cogne sans cesse la cocotte contre l'évier. Je lui arrache l'éponge savonneuse et la jette dans un coin.

« On est seuls, à présent. Vide ton sac, Jenna, au lieu de massacrer cette cocotte. »

Elle se campe face à moi en essuyant ses mains sur sa robe, et crache ce qu'elle a sur le cœur sans hésitation.

« Pourquoi nous as-tu menti sur le fait d'avoir frappé Gatsbro ? »

Je ne comprends pas ce qui la met tellement en colère. Nous n'en avons jamais parlé. Je n'ai jamais mentionné ce détail de notre évasion.

« Je ne t'ai jamais dit que je n'avais pas…

– Je te parle de maintenant. Ce soir. Pourquoi as-tu avoué l'avoir frappé alors que c'est faux ? Cela concerne ma vie, Locke. Ma fille habite dans cette maison. C'est déjà assez dur d'avoir dû reprendre contact avec le Réseau. J'ai besoin de savoir ce qui se passe sous mon… »

Je lui agrippe le bras.

« *Je ne sais pas*, Jenna. Je n'ai pas vu qui l'a frappé. Personne n'a rien vu. J'ai eu une absence et je ne me rappelle pas ce qui s'est passé juste avant. Ça aurait pu être moi. J'étais suffisamment en colère pour le faire.

– Ce n'est pas ce que j'ai lu dans tes yeux, Locke. J'ai compris que tu la couvrais. »

Je recule avec un signe de dénégation. J'en ai assez que tout le monde me fasse des procès d'intention. Je m'appuie au plan de travail et baisse le nez vers les piles d'assiettes sales.

« Je ne pensais pas que c'était si important. C'est

exactement ce que j'essayais d'éviter. » Je relève la tête. « Elle est faible et blessée, Jenna. Ça ne m'a pas semblé prioritaire de la corriger à ce moment-là. C'est tout. Quelle importance, de savoir qui l'a frappé ? »

Elle me dévisage comme si elle soupesait mes paroles – ou peut-être comme si elle y lisait quelque chose de nouveau.

« Tu as peut-être raison. Je suppose que ça n'a pas d'importance. »

Mais au moment où elle se tourne pour reprendre l'éponge, je remarque son expression. Un fragment. Une bribe. Un éclat. Une seule des mille facettes qui composent son visage. Mais c'est suffisant. Pendant une fraction de seconde, elle exprime autre chose que de l'inquiétude à propos de mon mensonge. Et elle me tombe au fond de l'estomac, cette micro-expression que je ne peux nommer, mais dont je sais qu'elle ne devrait pas être là. Jenna baisse aussitôt les yeux de manière que je ne puisse plus y regarder, et se hâte de laver une assiette. *Trop tard, Jenna.*

« Et maintenant, c'est toi qui me caches quelque chose. »

Elle secoue négativement la tête.

« Jenna.

– Ses blessures ne sont que superficielles, Locke.

– Et alors ? C'est plutôt bien, non ? Elle sera vite remise, n'est-ce pas ?

– Oui. Sans doute dès demain matin. »

Je n'aime pas le doute que j'entends dans sa voix.

« Comment peux-tu le savoir ? Une plaie est une plaie…

– Je sais. J'ai recousu assez de Fugitifs. Et les siennes étaient trop propres.

– Alors elle se les est faites autrement. Elle est désorientée. Après tout ce qu'elle a traversé, c'est possible, non ? »

Jenna se tait un moment avant de répondre. Un long moment.

« Oui. C'est possible. »

Je ne creuse pas plus loin. Je ne veux pas savoir ce qu'elle pense. Je ne veux pas qu'elle sache ce que je pense, non plus. Comment Kara s'est-elle fait toutes ces blessures – les plaies aux jambes, les ampoules aux pieds – en une journée ? Est-il possible que j'aie simplement rêvé sa visite dans ma chambre la nuit dernière ? Comme toutes les fois où j'ai imaginé Jenna venant à moi alors que j'étais coincé dans ce cube de quinze centimètres de côté ?

J'attrape un torchon pour essuyer la vaisselle, avec le sentiment de me livrer à une tâche aussi ancienne et immuable que celles que je partageais avec ma sœur. J'écoute les tintements, les chocs, les bruits d'eau, les sons d'une cuisine familiale ordinaire, et j'essaie de ne me concentrer que sur eux. Mais soudain, une assiette me tombe des mains, la faïence vole en éclats sur le sol, et aussitôt mes pensées glissent d'un instant fracassé à un autre.

Chapitre 66

C'est à Kara que j'avais parlé de la fête en premier. L'idée de s'incruster dans une soirée à l'autre bout de la ville l'avait emballée. Après quoi nous étions allés chez Jenna pour lui faire part du projet. Je savais qu'elle avait une voiture neuve dans son garage, qui n'attendait qu'une clé pour démarrer.

« Mais comme la fête est à Pétaouchnok, on ne peut y aller que si tu nous y conduis », lui avais-je dit.

Elle avait réagi au quart de tour. Il faut dire que je m'y attendais. Même Jenna avait ses limites concernant les règles qu'elle voulait bien transgresser. Je pense que c'est pour ça que j'en avais parlé d'abord à Kara : ainsi, nous serions deux pour la travailler au corps.

« Non. Je ne peux pas conduire, Locke », m'avait-elle répondu, sous-entendant que la question était réglée.

Je me souviens d'avoir levé les yeux au ciel, comme si cela pouvait la faire changer d'avis.

« Tu es la seule à avoir une voiture, Jenna. Et puis, tes parents sont partis pour toute la nuit. Ils ne le sauront jamais.

– Si tu ne conduis pas, on n'y va pas, avait ajouté Kara. On a besoin de toi !

– Je ne conduis pas sans permis. De toute manière, ma commande vocale n'est même pas encore programmée. Je ne pourrais pas la démarrer.

– Kara pourrait conduire. »

Pour une fois, je me sentais maître de la situation. Je n'étais plus le *loser* que mon frère m'accusait d'être, et j'aimais cette impression. Je ne l'avais pas lâchée.

« Le démarrage n'est pas un problème. On peut passer outre la commande vocale. Tu dois bien avoir un code ou des clés quelque part. »

Jenna avait hésité mais je ne l'avais pas quittée des yeux, et cela avait fini par payer. Elle avait ouvert un tiroir de la cuisine et en avait sorti un trousseau.

« Yes ! » m'étais-je exclamé, avant de lui arracher les clés des mains pour les lancer à Kara. Je ne savais même pas si celle-ci avait envie de conduire, mais elle n'avait plus le choix. Le mouvement était lancé.

Nous ne connaissions personne à la fête. La plupart des gens étaient plus vieux que nous et j'avais su dans les deux minutes que j'avais raté mon coup. Ce n'était pas le genre de soirée qui pouvait impressionner Kara et Jenna. Nous étions sur le point de partir quand une bagarre avait éclaté. C'est alors que nous avions rejoint la voiture en courant. J'avais sauté sur la banquette arrière tandis que Kara et Jenna, à l'avant, tâtonnaient avec les clés. J'avais crié à Kara de se dépêcher. Les gens se précipitaient hors de la maison. Elle avait fait vrombir le moteur et nous avions descendu la rue dans un crissement de pneus. Nous avions la trouille, mais une fois sur l'autoroute nous avions éclaté de rire, un rire nerveux de soulagement.

Quelques secondes plus tard, nous avions abordé un virage, bien trop vite. J'avais entendu les freins grincer, mais la voiture chassait déjà sur le talus. Jenna et moi avions hurlé à Kara de s'arrêter, mais il n'y avait pas moyen. Kara criait et pleurait. Et puis nous étions tombés, nous avions enchaîné les tonneaux et il y avait eu du verre partout. J'avais senti mon corps traverser une vitre, des éclats de verre m'entrer dans le bras, senti du métal s'écraser contre mon torse, senti mes membres se briser en touchant le sol, et puis presque instantanément, le rugissement du métal et des cris avait cessé, et j'avais perçu le doux crépitement des flammes. Je me rappelle avoir tourné la tête sur le côté. Pendant quelques secondes, je les avais vues toutes les deux. Les vêtements de Jenna – ou peut-être sa peau – se consumaient. Kara n'avait pratiquement plus de visage. Il était entaillé de partout et tellement couvert de sang que je n'étais même pas certain que ce soit elle. Puis le monde avait viré au noir, mais j'entendais toujours leurs plaintes et les gargouillis de l'air chargé de sang dans leurs gorges, et c'est ce bruit qui a empli les ténèbres de mon univers pendant deux cent soixante ans.

Chapitre 67

Je suis couché, en proie à l'insomnie, mais je me force à garder les yeux fermés. Les autres sont tous endormis et j'ai besoin de sommeil, moi aussi. Je guette les bruits de la nuit. Un craquement. Un soupir. Les vieilles maisons en bois ne sont jamais silencieuses. Elles gémissent comme si elles étaient en vie.

Locke. Je te l'ai dit. Bientôt.

Je me redresse sur un coude. Je scrute les coins sombres de ma chambre, mais il n'y a rien. Puis-je me fier un seul instant à ce que j'entends dans ma tête ?

Un craquement.

Crac.

Crac.

Comme un bruit de pas. Je repousse le drap et m'assois sur le bord du lit. *Elle dormira jusqu'à demain matin*. Mais dort-elle vraiment ? Je m'approche de la porte et l'ouvre lentement sans faire de bruit, puis je prends pied dans le couloir obscur et regarde à droite, à gauche. Où est-elle ?

Se peut-il qu'elle se rende dans la chambre de Jenna ?

Le couteau. Est-il toujours dans mon sac ? Ou s'est-elle déjà débrouillée pour le récupérer ? Je fais un pas précautionneux, puis un autre, et rejoins rapidement la chambre de Kara en oubliant toute prudence. La porte est entrouverte. Je la pousse et inspecte le lit. Elle est là. Les yeux fermés. Les cheveux étalés sur l'oreiller. Sa poitrine se soulève doucement. Un mince rai de lumière venu de la fenêtre tombe sur son cou, sur sa gorge qui bat aussi délicatement que celle d'un oiseau.

Elle dort paisiblement, comme un enfant.

Chapitre 68

« Tu es tombée du lit, on dirait.

– Tu peux parler », me chuchote Jenna.

Elle est pelotonnée sur un divan en rotin, dans la véranda, une tasse de café fumant entre les mains.

Je m'assois à côté d'elle.

« Je voulais être levé quand Kara se réveillerait.

– Moi aussi.

– Elle a donné signe de vie ?

– Non. Elle en a sans doute encore pour quelques heures. »

Jenna contemple l'étang et la brume blanche qui s'accroche à sa surface. L'inquiétude d'hier soir n'a pas quitté ses traits.

« Elle va vraiment se remettre, n'est-ce pas ?

– Je te l'ai dit, ses blessures ne sont que superficielles. »

Je parle à voix basse pour ne pas réveiller les autres, mais sa formulation me chiffonne.

« Pourquoi dis-tu toujours "ne sont que", comme si ce n'était pas une bonne chose ? »

Elle cesse de fixer l'étang pour me regarder.

« Je suis désolée. Je pensais juste que tu devais être au courant. »

Ses yeux retournent vers l'étang et elle sirote son café, plissant les paupières, comme si elle guettait quelque chose, mais il n'y a rien d'autre que des volutes de brume légère effleurant la surface. Est-ce de l'appréhension ? Kara et elle n'ont pas encore vraiment eu l'occasion de se parler. Il reste beaucoup à dire. Jenna parviendra-t-elle à s'expliquer avec Kara comme elle l'a fait avec moi ? Kara l'écoutera-t-elle seulement ?

« Il y a du café sur le plan de travail », ajoute-t-elle.

Elle sait pourtant que je ne bois pas de café. Je le lui ai dit le premier jour.

« Nerveuse ? »

Elle pivote enfin vers moi. Ses yeux s'embuent.

« C'était mon amie, Locke. On se fait toutes sortes d'amis dans la vie. Allys est ainsi très proche de moi, nous avons un lien quasi familial. Mais il y a toujours quelque chose de particulier chez ceux avec qui on a déployé ses ailes. C'est ce que nous avons fait, n'est-ce pas ? »

Là, elle m'observe comme si dans ma réponse résidait tout le poids du monde.

« Oui, c'est ce que nous avons fait. »

Qu'est-ce qu'elle a ? Mon nœud à l'estomac me remonte dans la poitrine.

« Même si les choses tournent mal, ces amis-là ne quittent jamais votre cœur. Jamais.

– C'est vrai. »

C'est la première fois depuis que je suis ici que je la vois dans cet état, presque paralysée.

Elle a toujours été si forte depuis mon arrivée, plus forte que moi… mais à présent, elle paraît si faible ! Je prends sa main.

Elle m'accorde un faible sourire hésitant.

« Tu n'aimes pas le café. Je le sais, pourtant. J'avais la tête ailleurs. »

Je fais mine de me lever.

« Peut-être que je devrais en boire…

– Je ne savais pas comment m'y prendre. C'est pour ça que j'ai dit “ses blessures ne sont que superficielles”, Locke. »

Je retombe dans le divan.

« Ses égratignures, ses plaies : toutes étaient à portée de ses doigts. Et l'angle…

– Est-ce que tu essaies de me dire…

– Elle se les est faites elle-même. »

Je me lève d'un bond et lui fais face.

« C'est de la folie. Ça doit être une coïncidence. Elle…

– Locke, ce n'est pas ça qui m'inquiète. Il y a autre chose. »

Jenna pose alors sa tasse et me tend la main pour tenter de me faire rasseoir, mais je résiste.

« Ce sont ses yeux, Locke. J'ai déjà vu des yeux comme ceux-là. »

Ses yeux ? Qu'est-ce qu'elle raconte ? Je lui agrippe le bras et lui fais descendre les marches de la véranda pour l'entraîner à l'écart de la maison.

« Locke ! Arrête ! Qu'est-ce que… »

Mais je ne m'arrête pas, jusqu'à ce que nous soyons tous les deux au bord de l'étang, le souffle court.

« Maintenant. Dis-le. Là où personne ne

peut nous entendre. Sors ce que tu as à dire, et ensuite oublions.

– Je ne peux pas oublier, Locke. J'ai déjà vu ce regard. Je l'ai vu si souvent au fil des ans… La première fois, c'était chez un garçon nommé Dane. On m'avait averti qu'il lui manquait quelque chose. C'était vrai. Je ne sais toujours pas de quoi il s'agissait, mais cela relevait de l'existence ou non d'un lien avec autrui. Et c'est dangereux selon moi de ne pas l'avoir. Dane a fini par être interné après avoir tué trois personnes…

– Alors tu as connu un psychopathe et ça te suffit pour mettre Kara dans le même sac ?

– Je te dis qu'il y en a eu d'autres. Et j'ai vu Kara te regarder. Il n'y avait sur son visage aucune émotion que je puisse identifier. Ses yeux étaient vides. »

Je secoue la tête. C'est complètement fou. Un simple regard ?

« Elle était là pour moi, Jenna. Pendant deux cent soixante ans, alors que le reste du monde m'avait abandonné, elle était là. Tu n'appellerais pas ça un lien ?

– Mais comment ? De quelle manière, au juste, était-elle là pour toi, Locke ? »

Je baisse le nez. *Quelque chose.* Je passe d'un pied sur l'autre. Les yeux brûlants, je me tourne vers l'étang. *Elle a quelque chose qui ne va pas, Locke.* Miesha me l'a déjà dit bien avant Jenna. Je l'ai dit moi-même. Depuis le début, je sais qu'elle a changé. Il m'arrive même d'avoir peur d'elle. Mais j'ai toujours cru que si je l'aimais suffisamment, je pourrais me racheter pour tout ce que j'avais fait, tout ce que le monde nous avait fait. Sauf qu'elle n'est plus la même Kara. Ou du moins pas encore. Mais même cela ne signifie pas qu'elle soit incapable d'avoir ce lien, quoi que cela puisse vouloir dire. *Elle était là pour moi. Toujours là.* Ce n'est pas rien. Je lui dois tant. Il faut que Kara aille bien, sans quoi, c'est peut-être que moi-même j'ai quelque chose qui ne va pas.

« Elle me faisait comprendre que j'existais toujours », dis-je dans un souffle. Je déglutis pour dénouer ma gorge serrée. « Ce ne sont que des yeux, Jenna. Ce ne sont même pas les siens. C'est Gatsbro qui les a fabriqués pour elle. Et il a aussi fait les miens. Comment peux-tu juger quelqu'un sur un élément cultivé en laboratoire ? Elle a traversé l'enfer, Jenna. Je peux t'en parler. Est-ce que mes yeux t'effraient pour autant ? »

Elle fait non de la tête.

« Ne se peut-il pas que tu te trompes ? Tu ne l'as vue éveillée que pendant une heure au grand maximum.

– Bien sûr. J'espère me tromper, mais…

– Ses yeux sont l'œuvre d'un fou, Jenna. Il se fichait de nous. J'ai des paillettes vertes dans les miens, maintenant. Et toi, regarde-toi… tu as perdu cinq centimètres. Mais nos esprits… ce sont encore les nôtres, non ? »

Elle acquiesce, au bord des larmes.

« Donne-lui une chance. Je vous ai observées, toutes les deux, au moment des retrouvailles. Ce n'était pas réel, ça ? »

Elle chasse ses cheveux de son front.

« Si, je crois. Je ne suis plus sûre de rien. J'avais tant besoin de la voir. Tout est allé si vite…

– Exactement. Tout est allé très vite. » Je lui

prends la main. « Laissons passer un peu de temps avant de…

– Salut ! »

Jenna et moi faisons un bond avant de nous retourner. Mes yeux s'arrêtent sur la véranda.

« Vous avez de la place pour une vieille amie ? »

Chapitre 69

Kara nous rejoint près de l'étang. Elle a enfilé des vêtements appartenant à Jenna, et pirouette pour nous les montrer.

« Le pantalon est trop court, mais le tee-shirt me va impec. Apparemment, on fait toujours presque la même taille, toi et moi. Mais excuse-moi, Jenna, tu pourrais travailler un peu ton style. »

Là-dessus, elle sourit comme je ne l'ai pas vue le faire de l'année.

« Kara ! »

Jenna se hâte d'aller la prendre dans ses bras, et leur étreinte se prolonge pendant une éternité.

Lorsqu'elles se lâchent enfin, je demande à Kara : « Est-ce que *tout va bien* ? » en veillant à croiser fermement son regard. Elle se contente de continuer à me sourire, comme s'il n'y avait rien d'autre derrière ma question. Comme si nous n'avions pas un lien plus profond. *Kara*... Je ne reçois rien en retour.

« Tout va très bien. C'est dingue, non ? Mais vous me connaissez : une bonne nuit de sommeil et il n'y paraît plus, et ce que Jenna m'a étalé sur les pieds hier soir a fait des miracles. Plus d'ampoules ! »

C'est du Kara tout craché. La gaieté instantanée. J'adorais ça chez elle, à l'époque, mais aujourd'hui cela me met mal à l'aise. Elle nous prend tous les deux par la main.

« Vous y croyez, vous ? Nous trois, de nouveau réunis. Enfin. »

Je la fixe intensément pour essayer de déchiffrer son expression, toujours aussi enjouée.

« Ouais, c'est incroyable. »

Je guette le sourire hésitant de Jenna.

« Kara, nous avons tant de choses à nous dire...

– Je sais, Jenna. J'espère qu'on ne t'a pas mise en danger en venant ici. On ne savait pas où aller.

– Non, bien sûr que non. Je suis heureuse que vous soyez là. Avec tout ce qui s'est passé... Je ne me doutais pas une minute que... »

Kara lève les mains comme si elle voulait mettre fin à la conversation.

« Je t'en prie. Ça ne peut pas attendre ? Je sais qu'il faut qu'on parle mais... »

Elle regarde soudain le ciel, les yeux brillants et grands ouverts, et hoche la tête comme pour rassembler ses forces.

« Oui, on a beaucoup de choses à se dire. Nous avons *tous* traversé tellement d'épreuves. Mais après toutes ces années... je crois qu'il me faut un peu de temps. Ruminer le passé, je n'ai fait que ça durant une éternité. Je ne veux pas gâcher nos premières heures ensemble avec ce genre de conversation. Pendant un petit moment, au moins, est-ce qu'on ne peut pas simplement... » Elle hausse les épaules. « *Vivre* ? Comme avant ? Est-ce trop demander ?

– Mais…

– Il n'y a pas de mais. » Elle ravale quelques larmes. « Voyez le tour inattendu que la vie a pris pour nous. Qui sait quand cela se représentera ? Je sais qu'on doit discuter de certaines choses – de ce cinglé de Gatsbro, entre autres –, mais j'ai terriblement besoin de respirer un peu, même un court instant. *S'il vous plaît.* Allons prendre le petit déjeuner. Piquer une tête dans cet étang. *N'importe quoi.* » Elle baisse les yeux vers ses chevilles qui dépassent du pantalon trop court. « Faire du shopping. Voilà une chose qu'on adorait faire ensemble. Allons faire du shopping. »

Jenna me regarde avec insistance comme si je savais ce qui était en train de se passer, mais je suis encore plus mystifié qu'elle. Elle se retourne vers Kara.

« Je peux demander à Allys d'aller te chercher quelques vêtements si tu veux. Il faut des papiers d'identité certifiés pour entrer dans la galerie marchande. »

Le sourire de Kara s'évanouit et elle soupire. « D'accord. »

Jenna me jette alors de nouveau un coup d'œil rapide avant de la prendre par le bras.

« Mais il y a le bazar en plein air, où l'on peut circuler librement. C'est un endroit où même les Hors-pacte ont le droit de faire leurs achats. Il n'y a pas autant de choix mais…

– Parfait, la coupe Kara. C'est exactement ce qu'il…

– Attendez une minute. » Je m'avance pour les

séparer. « Vous ne parlez pas sérieusement. Du shopping ? Vous avez perdu la boule, toutes les deux ? »

Kara pose ses mains sur ses hanches.

« Tu as raison, Locke. Pour notre première journée ensemble, restons à nous morfondre ici, bien sérieux et cafardeux. Oh non, zut, on vient déjà de faire ça pendant un an ! Nous pourrions aussi faire quelque chose de totalement dingue, genre se comporter comme *des gens normaux* pendant une heure ou deux. Quelle idée ridicule !

– Tu oublies le petit problème du cinglé dont tu viens de parler. Je pense qu'il serait plus malin de rester discrets. »

Kara roule des yeux de façon grotesque.

« Mais bien sûr ! Gatsbro va sûrement prendre le temps d'aller s'acheter un futal dans un obscur petit bazar alors qu'il nous traque sur tout le continent.

– Miesha et Dot ont dit qu'il était au Mexique », me rappelle Jenna.

Et la question est réglée. Comme ça. Nous allons faire du shopping. Tous ensemble. Car lorsque Miesha et Dot entendent parler de l'excursion, elles veulent être de la partie. Jenna m'étonne autant que Kara, à suivre le mouvement si facilement. J'ai presque l'impression qu'elle est soulagée d'éloigner celle-ci de la maison, comme si elle trouvait cela moins dangereux. Elle n'a peut-être pas tort. Elle a peut-être aussi simplement des remords et ne peut se résoudre à refuser un tel plaisir à son amie.

J'observe toujours attentivement Kara pendant que nous préparons le petit déjeuner, et je vois ce qu'a vu Jenna : un visage indéchiffrable. Oui, il y a des sourires, des questions, de la surprise et des réactions, mais rien qui aille plus loin que la surface de sa peau. Avant, je pouvais lire la colère et le désir de destruction tapis en dessous. Désormais, je ne distingue plus que des mouvements superficiels des joues et des os, des lèvres et du front, soigneusement orchestrés, toujours pile au bon moment.

Au beau milieu de l'activité et des bavardages, Kayla entre à petits pas dans la cuisine, en pyjama, un ourson rose sous le bras.

« Mais qui voilà ? » s'enquiert Kara en s'agenouillant pour se mettre à sa hauteur.

Tu sais exactement qui c'est. Ça fait une semaine que tu épies la maison. Mais je ne reçois aucune réponse, pas même un tressaillement.

Jenna quitte le plan de travail pour aller se placer derrière la petite, les mains posées sur ses épaules.

« Kara, je te présente ma fille, Kayla. Dis bonjour, mon ange.

– Bonjour.

– Ta fille ? »

La surprise de Kara semble authentique. Est-il possible qu'en nous observant à distance, elle ait pris Kayla pour l'enfant d'Allys ? Ses cils papillotent un instant, puis le contrôle parfait est de retour.

« Tu n'as pas perdu ton temps, Jenna ! » dit-elle.

J'ai beau tendre l'oreille pour déceler une note de sarcasme, sa voix est simplement admirative. J'attends une explosion, mais rien ne vient. Je décide donc de la pousser dans ses retranchements. *Ça non, elle n'a pas perdu son temps, à vivre sa vie pendant que nous étions prisonniers en enfer.* Aucune réaction.

« Elle est magnifique », poursuit Kara.

Elle tend les bras et Kayla s'y précipite. J'observe les mouvements raides et prudents de Jenna, juste derrière elle, qui tente de prendre un air détendu mais demeure à quelques centimètres de sa fille dans une attitude protectrice. Pourtant, cela ne semble pas nécessaire. Kara discute gaiement avec Kayla d'ours roses, de bruits dans la nuit, et de l'importance du chocolat dans les flocons d'avoine.

Comme chaque fois qu'elle a l'occasion de vivre une nouvelle expérience, Dot est impatiente de se mettre en route, et elle se rue dehors aussitôt que nous avons fini de manger. Miesha, de son côté, ne dit pas grand-chose.

Juste avant le départ, alors que je me sers un verre d'eau, j'aperçois par la fenêtre Jenna et Allys qui s'entretiennent à voix basse à côté du garage. Allys secoue la tête.

Je sais, Allys, mais qu'est-ce que je pouvais dire ?

Tu pouvais dire non. Tu as vu…

… mais c'est peut-être mieux de s'éloigner…

… un lieu public. Pourquoi pas, mais…

… et elle a l'air de faire tant d'efforts.

Mais les…

Locke m'a dit…

… mais qu'est-ce qu'il en…

… je lui dois bien ça.

Je pose mon verre et regarde fixement l'évier vide. *Locke m'a dit.* Je l'ai suppliée de laisser une chance à Kara. C'est la vérité, au fond. *On se fait toutes sortes d'amis dans la vie. Mais il y a toujours quelque chose de particulier chez ceux avec qui on a déployé ses ailes.* Surtout s'ils deviennent plus que des amis.

« Prêt ? »

Pivotant brusquement, je me retrouve nez à nez avec Kara. Elle s'est approchée sans bruit, telle une ombre. Les lèvres qui ont embrassé les miennes il y a deux nuits ne portent plus qu'un masque de sourire. *Ne m'exclus pas, Kara. Je t'en prie.* Mais je ne perçois même pas un soupçon de connexion, et je me demande s'il y en a jamais eu. Soit c'est moi qui suis fou, soit c'est elle.

J'acquiesce.

« Prêt. »

L'espace à ciel ouvert du bazar est peut-être ce qu'il nous faut, après tout.

Chapitre 70

Le bazar en plein air porte très bien son nom. C'est curieux. La gare de Topeka était aussi moderne, lisse et aseptisée que je pouvais m'y attendre dans ce nouveau monde, mais le bazar n'est que son pauvre cousin bizarroïde : un mélange de technologie et de bricolage, de clinquant et de crasseux, le genre d'endroit où mon frère et ses copains auraient été tout à fait à l'aise. Les odeurs et les bruits confèrent aux lieux une atmosphère de carnaval. Des holopubs surgissent devant nos yeux ici aussi, mais ce ne sont pas des publicités pour des produits de luxe comme à la gare. Il s'agit de réclame pour des crédits, des assurances médicales à bas prix et des bons de réduction pour les attractions. Jenna nous montre le truc permettant de les faire disparaître définitivement : au lieu de chasser les hologrammes de la main comme nous le faisions à Topeka, il faut les attraper et les déchirer en deux tels des prospectus. Même s'ils sont translucides et virtuels, ils rendent alors un son de papier déchiré avant de s'éparpiller en confettis, et notre empreinte corporelle est identifiée comme refusant la publicité.

Avant que nous nous engagions dans le bazar, Kara nous annonce qu'elle a trouvé une carte monétaire il y a quelques jours, dans une poubelle où elle cherchait à manger, et qu'elle nous offre donc tous les achats. La Kara que j'ai connue aurait préféré mourir de faim plutôt que se nourrir dans les poubelles des autres. Et qui peut bien jeter de l'argent dans une benne à ordures ? Elle semble plus douée pour vivre dans la rue que je ne l'aurais cru. L'ombre d'un soupçon passe sur les traits d'Allys ; quant à Jenna, elle se détourne avant que j'aie pu noter sa réaction.

Nous parcourons les allées, si on peut les appeler ainsi. Celles-ci semblent en effet serpenter au hasard. Certaines structures ont l'air d'être permanentes, avec des étagères pour les marchandises et des pans de toile qui les protègent des éléments, mais beaucoup d'étals consistent en de simples tapis déroulés et couverts d'objets. Une femme donne même des fleurs des champs en espérant recevoir des dons. Des groupes de Pirates terrestres arpentent librement les lieux, mais aucun d'eux n'est jamais seul. Ils vont toujours au moins par paires, comme s'ils avaient en permanence besoin de quelqu'un pour surveiller leurs arrières.

Kara, Jenna et Kayla ouvrent la marche, avec Dot et moi derrière et Allys et Miesha en queue de cortège. Kara passe son bras sous celui de Jenna et il me semble voir cette dernière sourire lorsqu'elle tourne la tête, comme si elle commençait à croire à ce que j'ai dit – l'expression vide de Kara n'est peut-être qu'un résultat de l'incurie de Gatsbro.

Je reste à quelques pas derrière elles sans les quitter des yeux. Elles s'arrêtent, reprennent leur marche, pointent du doigt, examinent la marchandise. Un étranger ne devinerait jamais que c'est la première fois qu'elles se retrouvent après deux cent soixante ans de séparation. Cela me rappelle l'époque où je marchais derrière elles dans Newbury Street, à Boston, en portant leurs paquets – le shopping ne m'intéressait pas vraiment –, et où je les attendais sur le trottoir en jouant sur mon téléphone tandis qu'elles écumaient les boutiques. Je me souviens que Kara ne s'en lassait jamais, et qu'elle poussait Jenna à la dépense. Parfois, celle-ci cédait, mais ses goûts ont toujours été plus discrets que ceux de Kara, jusque dans ses choix de couleurs. Jenna gravitait toujours autour d'un camaïeu de bleus doux, alors que Kara adorait les couleurs vives, surtout le rouge. Nous ne nous arrêtions jamais pour déjeuner, mais nous grignotions dans la rue, partageant des parts de pizza, des smoothies et des bretzels chauds. Les filles m'attribuaient toujours la plus grosse part en me rappelant que j'étais un adolescent en pleine croissance. Je détestais ça.

Elles s'arrêtent maintenant devant un étalage de pantalons. Ils sont tous d'un gris terne, mais après quelques mots échangés avec un robot-vendeur décrépit, le modèle que Kara a choisi adopte une teinte rouge sang. Même ici, dans ce quartier plutôt pauvre, il faut croire que les étoffes à puce colorante sont une banalité. Jenna achète un petit tee-shirt pour Kayla, et un sac d'amandes épicées à un distributeur. Bientôt, chacun semble vouloir se disperser. Je vois Miesha diriger ses pas vers un stand de matériel de survie et Allys s'intéresser aux outils de jardinage de l'échoppe suivante. Avant que tout le monde n'ait disparu, je propose de m'asseoir sur un banc et de garder les affaires, comme je le faisais autrefois. Dot insiste pour rester avec moi. Observer la fascine tout autant qu'acheter. Même si elle est issue de ce monde et moi pas, cette perspective est aussi nouvelle pour elle que pour moi.

« Je me demande ce que ça sent », dit-elle en désignant un grill fumant sur lequel de grandes tranches de viande sont en train de cuire.

Je me remémore le bassin d'algues fétide qui ne l'a pas dérangée. Elle paraît si humaine que sa nature de robot n'en finit pas de m'étonner.

« C'est vrai, dis-je. J'avais oublié que tu n'avais pas d'odorat.

– J'ai des capteurs capables de détecter les émanations toxiques qui pourraient affecter mes clients, mais l'odorat n'a pas été considéré comme une option nécessaire dans mon travail. Est-ce que ça sent *bon* ? »

Comment pourrait-elle savoir ce qui est bon ? Comment pourrait-elle comprendre la différence entre les aisselles de mon frère et une délicieuse tarte aux pommes si elle avait de l'odorat ? J'inspire profondément, pour lui faire plaisir, et hoche la tête.

« Oui, Dot. Très bon. Une odeur de feu de bois et d'épices grillées, et c'est presque comme si j'avais déjà la viande rôtie dans la bouche. »

À ce moment-là, je me rends compte qu'elle n'est

pas dotée du sens du goût non plus. Elle voit, elle entend, et c'est tout. Je lui prends le poignet et trace son nom dans sa paume.

« Tu as senti ça, Dot ?

– Quoi donc ? »

Je repose sa main devant elle. Ils ne lui ont donné que ce qui pouvait lui servir au travail, et elle n'a même plus de travail. À cause de moi. Je lui ai peut-être permis d'avoir un semblant de jambes pour se déplacer à sa guise, mais je ne peux rien faire de plus pour compenser tout ce qui lui manque.

« Vous êtes soucieux, Client Locke. N'est-ce pas la destination que vous souhaitiez ? Je suis navrée, je ne suis plus qu'un passager désormais, je ne peux donc pas modifier notre…

– Non, Dot, ce n'est pas ça. Cette destination à la noix vaut bien n'importe quelle autre en ce moment. J'étais juste en train de me dire que j'aimerais pouvoir te donner plus que des jambes de substitution. Je sais que tu aurais pu gagner des points en nous dénonçant. »

Elle se redresse sur son fauteuil et hausse les sourcils.

« Client Locke, je n'ai peut-être pas tout ce que vous avez, mais j'ai davantage que vous ne le croyez, et bien plus que je n'aurais jamais pu en rêver. Je vous l'ai dit, les robots *rêvent*. Au moins certains. Que nous soyons censés le faire ou non, que cela soit prévu ou non, nous rêvons. Certains d'entre nous pensent au-delà de leur taxi : nous imaginons où vont nos clients et ce qu'ils voient. Lorsqu'ils sautent dans notre véhicule, nous imaginons d'où ils viennent, et ce que cela a changé en eux. Leur monde devient notre jardin secret, et parfois nous le partageons avec nos semblables, parfois même nous osons rêver que tous ces mondes pourraient être les nôtres, un jour. Nous ignorons bien sûr si cela pourra jamais nous arriver, mais nous entendons des histoires. Et à présent… je *suis* une de ces histoires. S'évader, ce n'est pas se déplacer d'un lieu à un autre. C'est devenir davantage que ce que l'on est. Je sais que la Sécurité des Taxis Star peut encore me retrouver. En un clin d'œil, la Désactivation à distance pourrait griller mes circuits comme une mouche dans un piège électrique, mais chaque minute de la semaine que je viens de passer en vaudrait quand même la peine. » Elle regarde sa main, là où j'ai tracé son nom, et passe son doigt là où je l'ai touchée. « Je ne peux peut-être pas marcher, ni sentir les goûts et les odeurs, ni percevoir le toucher, ni même penser exactement comme le font les Ventres affamés, mais j'utilise ce que j'ai bien plus que vous ne pouvez l'imaginer. Donc… » Elle tend le nez vers la viande qui grille, inspire profondément, puis tapote le côté de son fauteuil roulant. « Vous n'avez pas à vous faire de souci pour moi ! Client Locke, je vous remercie de m'avoir permis de me joindre à votre Évasion. »

Je la contemple, stupéfait. Elle est à des années-lumière de l'androïde que nous avons vu dans la gargote, et encore plus loin du robotaxi qui allait m'échanger contre des points. Rêvent-ils parfois d'évasion, ceux-là ? Rêvent-ils tout court ? Peut-être devraient-ils, car c'est peut-être à cette occasion que quelque chose change à l'intérieur. C'est peut-être ainsi qu'ils dépassent leur condition.

« Tu as raison, Dot. Je pense que je n'ai pas de souci à me faire pour toi.

– Du souci à propos de quoi ? demande Jenna qui nous surprend tous les deux en arrivant par-derrière.

– Rien du tout », dis-je, et Dot me fait un grand sourire.

Je regarde Jenna par-dessus mon épaule. « Déjà de retour ?

– Kayla est allée voir des nichoirs à oiseaux avec Allys, et Kara cherche toujours un haut qui lui convienne. Moi, j'en ai fini. Le shopping n'est plus trop mon truc.

– Où est Miesha ? s'enquiert Dot.

– Je ne sais pas. La dernière fois que je l'ai vue, elle s'en allait par là-bas.

– Je vais la retrouver. »

Dot s'éloigne dans la direction indiquée par Jenna, les pneus de son fauteuil crissant sur le gravier.

Jenna s'assoit à côté de moi.

« On dirait que ces deux-là sont devenues inséparables après cette semaine, fait-elle remarquer.

– Oui, et ça m'étonne. On ne peut pas dire qu'elles avaient bien commencé. Ça m'étonne d'ailleurs presque autant que de t'avoir vue accepter de venir ici. Qu'est-ce qui a pu te passer par la tête ? »

Jenna a un geste d'impuissance.

« Franchement, je n'en sais rien. Je me suis peut-être laissé dépasser par trop de choses en trop peu de temps. J'ai dû me faire à beaucoup d'idées dans un bref intervalle. Je pense que quand elle a parlé de shopping, j'ai vu ça comme une porte de sortie.

L'occasion de m'éloigner pour réfléchir, ou ne pas réfléchir, selon le point de vue. J'en suis encore à essayer de tout comprendre.» Elle se tourne vers moi. «Kara avait réellement envie de venir ici. Je ne pouvais pas lui dire non, et à toi non plus. Tu voulais que je lui laisse une chance, c'est ce que je fais. Elle est inexpressive, mais elle parle, bouge et fait tout exactement comme la Kara que j'ai connue...»

Elle s'interrompt soudain et une lumière chaude envahit son visage : Kayla descend une allée dans notre direction, faisant virevolter un ruban au bout d'un bâton au-dessus de sa tête. Allys la suit de près. Toutes deux s'arrêtent devant un de ces stands où l'on vend des biscuits-animaux, et regardent le marchand fabriquer un gâteau étincelant. Même à cette distance, l'émerveillement de la petite fille est bien visible.

«Elle est ton étoile polaire, n'est-ce pas ?»

Jenna hoche la tête, les yeux toujours posés sur Kayla.

«La première fois que j'ai plongé dans ses yeux, Locke, j'y ai vu l'univers. Je l'ai vu comme je ne l'avais jamais vu.» Elle me sourit. «*Enfin j'ai su, j'ai vu et j'ai ouï / Le comment, le pourquoi de toute chose enfuie.*»

C'est le poème d'Edna Millay que je lui ai cité il y a quelques jours.

«J'ai vu pourquoi le monde tournait, poursuit-elle. J'ai vu tout l'espoir que contient le futur, même si le monde est un vaste foutoir. Regarder dans les yeux de Kayla m'a donné l'espoir d'un avenir meilleur. L'espoir est peut-être la seule chose qui ait jamais fait tourner le monde.

– C'est voir beaucoup de choses dans les yeux d'une petite fille.

– Oui. C'est vrai. »

À ce moment-là, alors que Jenna contemple toujours rêveusement Kayla, quelque chose attire mon attention. J'incline légèrement la tête, et à travers la foule, derrière les chariots, derrière les paniers suspendus et les toiles tendues, j'aperçois Kara. Elle nous surveille. Son masque a disparu et elle observe fixement Jenna.

Et en un instant, je sais tout. Ses paroles d'il y a deux nuits me reviennent en un éclair. *Elle mérite de souffrir, comme nous avons souffert.*

C'est cela qu'elle a fait toute la semaine dernière.

Elle se préparait. Elle s'entraînait à maîtriser tous les mouvements de son visage. Elle travaillait à acquérir un contrôle parfait afin de ne rien révéler, pas même à moi, car j'aurais pu la trahir. À présent, c'est son numéro devant Jafari qui me revient à l'esprit : le rythme, les silences étudiés, le tout bien répété et parfaitement orchestré. Mais Jafari était un humain ordinaire. Il ne pouvait pas lire et disséquer une expression comme nous le faisons, et Kara est assez intelligente pour deviner que Jenna a le même don que nous. Sa performance devant elle exigeait un talent encore plus grand. *Quand le moment sera venu. J'épie. J'ai besoin de savoir.*

Faire du mal à Jenna ne lui suffisait pas. Même la tuer n'aurait pas suffi à Kara. Mais la faire souffrir… c'est cela qu'elle attend. Elle cherche le point faible de Jenna.

Chapitre 71

À chaque tournant, chaque avancée, chaque effort pour prendre Kara à part, et sur tout le trajet de retour à la maison, les autres se mettent dans mon chemin et me gênent. Enfin, alors que nous descendons du camion, je n'y tiens plus.

« Kara, je peux te parler ? Seul. »

Miesha et Allys me dévisagent. Jenna s'arrête.

« Ça ne peut pas attendre ? Je voudrais montrer la serre à Kara. Tout de suite. Au cas où elle voudrait y aller. »

Kayla se trouvant entre nous, elle s'adresse à moi en langage codé, mais nous savons tous les deux ce qu'elle entend par « au cas où ». Je ne vois cependant pas pourquoi c'est si urgent. Elle a peut-être du nouveau, mais ce dont j'ai besoin est bien plus urgent encore.

« On peut se voir plus tard, Locke, me dit Kara. J'ai envie de visiter la serre. »

J'écarquille les yeux en espérant qu'elle comprenne le message. *Kara !* Mais elle m'ignore royalement.

Jenna embrasse Kayla sur la tête et lui donne une petite tape sur le derrière.

« J'arrive tout de suite, mon ange. Va ranger ton nouveau tee-shirt. »

Kayla court en direction de la maison, suivie de Dot, Allys et Miesha.

Nous descendons la pente, traversons le pont et nous dirigeons vers la serre. Le masque de Kara est de retour, mais tandis qu'elle marche son regard balaie le paysage, toujours en mouvement, absorbant tous les détails comme si elle cherchait des pièges où nous faire tomber – ou comme si elle tentait d'en imaginer. Lorsque nous atteignons l'édifice, Jenna lui apprend qu'il y a une planque en dessous. Elle soulève la trappe sous le tapis de chanvre et commence à descendre. Kara se raidit, mais la suit. Nous avons tous les deux du mal à pénétrer dans des espaces clos et sombres. Une fois en bas, Jenna allume la lumière.

Kara observe la pièce aux allures de caverne sans rien dire. Un bref instant, j'aperçois une fissure infime dans son masque, mais celle-ci disparaît aussitôt. Elle se force à sourire et fait quelques pas. Jenna comble le silence tendu en donnant des explications sur la fonction d'origine de l'endroit.

Kara hoche la tête.

« Alors... pendant toutes ces années, tu as passé ton temps... à sauver des gens. De complets étrangers.

– Je suppose qu'on peut les appeler ainsi. Mais je comprenais ce qu'ils... » Les pensées de Jenna s'égarent. A-t-elle repéré la fissure, elle aussi ? « Ce n'était qu'une étape intermédiaire, le temps que nous leur trouvions un refuge plus permanent. »

Kara fait le tour de la salle, passe son doigt sur une table, puis en fait tomber la poussière.

« C'est très généreux de ta part, Jenna. Très. C'est formidable d'aider des *étrangers*.

– Je crois qu'il faut qu'on... »

Kara éclate de rire.

« Tu ne t'attends quand même pas à ce qu'on reste dans ce trou à rats, hein ? »

Aussitôt, comprenant qu'elle vient de gaffer, elle se fige. Aurait-elle déjà découvert le point faible de Jenna pour se contrôler aussi peu ? Elle hausse les épaules, tentant de se rattraper.

« Tu me connais, moi et la poussière ! »

Mais sa voix a gardé de sa dureté. Ça va mal finir. Elle est en train de perdre la maîtrise d'elle-même.

Je me rapproche, prêt à intervenir au besoin.

« Kara. Ce n'est qu'une solution provisoire, pour notre sauvegarde, au cas où...

– Ah ! Notre sauvegarde. Tu choisis bien tes mots. »

Jenna s'avance vers elle, imperturbable.

« Kara, dit-elle fermement, je pense qu'il faut qu'on parle. Tout de suite. »

Kara écarte les bras.

« Et de quoi ? De qui prend quel lit de camp ?

– De ce dont nous aurions dû parler dès ce matin. De l'accident. De ce qui est arrivé après. De ce que tu es devenue. »

Le sourire de Kara disparaît. Elle fait un pas en avant.

« Et que suis-je devenue, au juste, Jenna ? »

Jenna ne bronche pas.

« Nous avons tous changé. »

Kara fait encore un pas ; elle est à moins d'un mètre de Jenna désormais.

« Mais tu te crois… supérieure à moi ?

– Non, je n'ai jamais dit… »

Morceau par morceau, le masque tombe. Kara prend une voix mielleuse et condescendante, presque comme si elle s'adressait à un petit enfant.

« Mais si, bien sûr, tu es supérieure, Jenna. » Elle rejoint un lit de camp collé contre le mur et s'y assoit comme si elle testait son moelleux. « Tu es Jenna Fox. Tu as donné ton nom à une norme. La Norme Jenna Fox. Je ne peux pas même imaginer qu'une loi porte mon nom, mais c'est parce que je ne suis pas la Jenna Fox en titre. Et s'il y en avait une pour moi, je suppose qu'elle s'intitulerait la Loi Kara Manning sur les Monstres. »

Je m'apprête à lui sauter dessus mais Jenna m'arrête de la main.

« Non. Laisse-la parler. »

Kara me décoche un regard dur, les paupières plissées.

« Pas besoin de parler de ce qui est arrivé après l'accident, pas vrai, Locke ? Nous n'avons pas oublié un seul instant passé dans le noir. Nous étions là l'un pour l'autre. Toujours. C'est ce que font les vrais amis. J'étais là pour toi, moi. »

Le sentiment d'avoir été trahie lui met les larmes aux yeux, et je pense à toutes les fois où je n'ai pas été là pour elle, où je ne l'ai pas aimée comme elle le voulait.

À présent, c'est à mon tour de craquer. J'ai l'impression qu'une maison m'est tombée sur la poitrine. Je sais que Kara attend de moi que je haïsse Jenna comme elle le fait, mais cela m'est impossible. Je n'ai jamais pu. Jenna aussi m'a aidé à survivre.

« Oui, Kara, tu as toujours été là. »

Son regard, plus glacé que jamais, se fixe de nouveau sur Jenna. Son sourire revient.

« Est-ce qu'il t'a raconté comment c'était ? D'être oublié dans une boîte noire et silencieuse pendant deux cent soixante ans ? »

Jenna est devenue rigide. Sa tempe palpite, son souffle se précipite. Je me rapproche de Kara.

« Pas besoin de… »

Elle bondit du lit avant que je ne l'aie atteinte.

« Dis-lui ! »

Je lui prends le bras, mais elle se dégage brutalement.

« Je sais ce que c'est », dit Jenna.

Kara lui tourne autour en hochant la tête, avant de se poster face à elle.

« Tu es presque drôle, Jenna. Mais je suppose que c'était à prévoir, avec ton Bio Gel périmé. Locke et moi avons bénéficié du Bio Perfect. Perfect. Ça veut dire que tout, chez nous, est plus parfait que chez toi. Plus humain que chez toi. »

Est-elle sur le point de faire ce qu'a prévu Jenna, à savoir s'énerver et briser tout ce qu'elle peut briser ? Est-ce pour cela que Jenna tolère son attitude ? Je sais qu'elle veut que je la laisse parler, mais je ne suis pas sûr de pouvoir en supporter beaucoup plus. Je suis en train d'assister en direct à notre mort à tous les trois, comme si ce que nous avons été les uns pour les autres n'avait jamais existé.

Jenna ne cille pas et scrute les pupilles de Kara comme si elle y cherchait une vérité cachée.

« Je suis désolée pour ce que tu as traversé, Kara. Sincèrement désolée. »

Kara, elle, reste là, le visage calme et neutre, sans même respirer. Puis elle se penche vers Jenna.

« Tu n'as pas fini de l'être », crache-t-elle.

Le regard de Jenna se fait aussi glacial que celui de Kara, et c'est la goutte qui fait déborder le vase. Je ne planifie rien. Je ne comprends même pas ce qui m'arrive jusqu'au moment où je vois la chaise traverser la pièce et s'écraser contre le mur.

« Stop ! »

Ma voix résonne entre les murs de béton. Elles fixent toutes les deux la paroi fendillée et la chaise cassée, puis me dévisagent.

Je n'essaie pas de dissimuler mes émotions. Je m'en fiche. Je veux que le cauchemar prenne fin. Kara incline légèrement la tête, un de ses sourcils s'arrondit, ses cheveux dansent un instant sur ses épaules. Après quoi, sans transition, elle s'effondre contre Jenna, la tient serrée, les lèvres tout contre son oreille, secouée de sanglots rauques.

« Jenna. Je suis complètement perdue. Ç'a été tellement dur. » Elle pleure maintenant à chaudes larmes. « Pardonne-moi. Je t'en prie. J'ai besoin de repos. C'est tout. J'ai dit des choses horribles. Je t'en prie, pardonne-moi. »

Jenna lui rend son étreinte et lui tapote le dos, mais son regard est toujours froid et distant.

« Je sais. Va te reposer. Tu en as bien besoin. »

Kara recule de quelques pas.

« Tu me pardonnes ?

– Il n'y a rien à pardonner. »

Elle hoche la tête. Ses larmes semblent bien réelles. Son inquiétude aussi. Mais le masque est de retour. Son visage est à nouveau composé de cent facettes neutres, toutes semblables.

Kara.

Elle me décoche un bref coup d'œil, mais c'est tout. Pas un mot. Rien d'autre.

« Je te raccompagne à la maison », dit Jenna.

Kara se frotte les yeux.

« Non. Je connais le chemin. Je vais juste aller m'allonger un moment. Je sais que je me sentirai mieux après. »

Jenna acquiesce. Je m'avance à mon tour vers Kara.

« Je peux rentrer avec toi…

– Non, Locke. J'ai seulement besoin d'un peu de temps. Vraiment. »

Elle remonte les marches d'un pas lourd et traînant.

Jenna continue de regarder dans sa direction longtemps après qu'elle a disparu.

« On est… »

Elle colle un doigt contre sa bouche.

« Chht. »

Je perçois alors un tout petit bruit, comme une série de bip-bip-bip, puis plus rien.

« Elle est partie. » Devant mon air perplexe, Jenna ajoute : « Il y a des capteurs à l'extérieur. »

Elle ne m'en dit pas davantage, mais gagne rapidement le mur du fond et y pose la main. Une porte apparaît et Jenna se précipite dans une autre pièce en m'intimant de la suivre. Une fois la porte franchie, celle-ci disparaît derrière moi.

Exactement comme celle que j'ai vue en arrivant à la gare. Jenna se hâte de rejoindre un Net Center rutilant et en parfait état de marche.

« Allys », dit-elle. Rien ne se passe. « Grouille ! »

Elle s'impatiente, mais Allys met encore vingt bonnes secondes à apparaître à l'écran.

« Qu'est-ce qui se passe ?

– C'est Kara. Elle revient vers la maison. Pour se reposer. Garde-la à l'œil.

– C'est tout ?

– Oui, garde juste un œil sur elle. »

Allys hoche le menton, puis m'aperçoit derrière Jenna.

« Ferme ta bouche, rat des villes, tu vas avaler une cyber-abeille. »

Elle me fait un clin d'œil et s'en va.

J'examine la pièce, qui est environ cinq fois plus grande que celle d'où nous venons. Elle est propre et bien approvisionnée, et il y a trois petites chambres avec de vrais lits sur le pourtour, plus une cuisine, un espace isolé par un rideau qui semble être dédié aux soins médicaux, et un coin salon équipé de canapés. Le Net Center comprend quatre postes disposés en demi-cercle.

« On n'est jamais au bout de ses surprises avec toi, Jenna. » Je passe la tête dans l'une des chambres. « Donc… si je comprends bien, l'autre pièce n'est qu'un leurre, au cas où vous seriez découverts. Elle vous donne l'air d'une bande de bras cassés, à la retraite depuis longtemps, alors que… » Je me retourne vers elle. « Visiblement, tu es encore très active au sein du Réseau.

– Oui et non. Oui, c'est un leurre. L'autre pièce a toujours été poussiéreuse et déglinguée, depuis le jour où on l'a installée. Une partie de la fortune des Fox a en revanche été investie dans cette pièce-ci. Nous l'entretenons régulièrement, juste au cas où. Ce serait idiot de l'abandonner complètement, mais il y a des années que nous ne l'avons pas utilisée. Et non, c'était la vérité quand je t'ai dit que j'avais arrêté.

– Sauf dans les cas d'urgence comme celui-ci. Pour avertir Allys.

– Il faut que je te parle, Locke. Asseyons-nous. »

Elle m'entraîne vers le coin salon et s'installe dans un canapé, attendant que je fasse de même, mais je ne peux pas. Nous nous regardons fixement, chacun s'efforçant de déchiffrer les pensées de l'autre. J'ai la sensation que tout ce que nous avons un jour été nous glisse entre les doigts. Je cède le premier, espérant pouvoir donner un sens à ce qui vient de se passer.

« C'est de ça que tu parlais ? Quand tu disais qu'elle crierait et briserait des objets ? Au moins, elle n'a rien cassé.

– Et pourtant… J'ai une chaise en morceaux et un mur fendillé à quelques pas d'ici. »

Je m'assois en face d'elle.

« Désolé. C'était tellement dur de vous voir comme ça, toutes les deux. J'avais l'impression de tout perdre une nouvelle fois. »

Jenna serre ses genoux contre elle.

« Et tu crois que ce n'est pas dur pour moi ? » dit-elle, avant de se laisser retomber contre le canapé. « Locke, elle était ma meilleure amie ! Mais ce que j'ai vu là, ce n'était pas Kara énervée contre moi. J'ai eu le sentiment d'être en présence d'une inconnue.

– Et au bazar ? Je t'ai vue sourire avec elle. »

Elle se lève, croise frileusement les bras et parcourt toute la longueur du tapis jusqu'à moi.

« Parfois, à sa façon de parler, je pourrais presque croire... »

Je comprends qu'elle réfléchit à toute vitesse, tente de tout justifier, essaie de croire à la logique que j'ai voulu moi-même lui imposer ce matin : *Ce ne sont que des yeux, Jenna... ce ne sont même pas les siens... C'est Gatsbro qui les a fabriqués pour elle... Comment peux-tu juger quelqu'un sur un élément cultivé en laboratoire ?*

Elle secoue la tête.

« Mais il y a tout de même quelque chose qui ne va pas. Aucun de nous n'est resté comme avant. L'accident a tout fait basculer. Et ça a été le cas pour nous trois, mais... »

Elle parle, parle. Je vois bouger ses lèvres, mais je n'entends que le mot « accident ». *Il nous a tous transformés. Aucun de nous n'est resté comme avant.* On en revient toujours là. Je suis désolé. Mais ces trois mots sont si lamentablement inadaptés que je ne peux pas les prononcer tout haut. *Qu'est-ce que tu as fait, Locke ?* J'ai dit et redit à Kara combien j'étais désolé, chaque fois que sa question m'atteignait dans le noir. Et lorsqu'elle a reporté la faute sur Jenna, je n'ai pas protesté. J'étais soulagé. Je savais que c'était lâche, mais cela n'avait pas d'importance, alors. Maintenant, si. Je ne peux pas continuer à ignorer la vérité.

« Pardon, Jenna », dis-je soudain, lui coupant la parole.

Elle semble perplexe.

« Comment ?

– Sans moi, aucun d'entre nous n'en serait là.

– Qu'est-ce que tu racontes ? Bien sûr qu'il fallait que tu viennes ici. C'était la bonne…

– Non ! Je te parle de l'accident. C'est ce qui nous a amenés là. C'est ce qui a tout déclenché. C'est ma faute. Je suis désolé. Si je pouvais mourir trois fois pour toi et Kara, je le ferais. Je ferais n'importe quoi pour tout effacer. Je passerais le reste de l'éternité dans cet enfer si cela pouvait vous épargner. »

Je demeure assis, la bouche encore ouverte, incapable de respirer. Jenna cesse de faire les cent pas. Son front se plisse et ses bras retombent le long de son corps.

« Toi ? Depuis tout ce temps, tu penses que c'est ta faute ?

– C'est moi qui ai eu l'idée, Jenna.

– Locke, on a tous fait le même choix. Kara et moi avions envie de sortir autant que toi.

– Ce n'est pas ce dont je me souviens. Tu ne voulais pas…

– Locke, écoute-moi ! Les remords font des choses terribles à nos souvenirs. C'était ma voiture. J'aurais pu dire non. Je savais que Kara n'avait pas conduit depuis longtemps. J'ai eu plus que ma part de culpabilité. Et pense à Kara. Imagine un peu avec quoi elle a dû vivre depuis ce soir-là. C'est elle qui conduisait. Elle était l'aînée. Et regarde ce que ça lui a fait, de culpabiliser !

– Elle ne m'a jamais avoué aucun remords.

– Ça ne veut pas dire qu'elle n'en a pas. »

Mais s'il s'agissait d'autre chose que de culpabilité ? Nous n'avons pas besoin de prononcer les mots. Il me suffit de regarder Jenna pour savoir qu'elle se pose la même question Et si Kara ne s'en était pas bien sortie ? Si pendant toutes ces années emprisonnée dans une boîte, de petits morceaux d'elle s'étaient dissous ? Ces environnements étaient-ils réellement conçus pour durer si longtemps ?

Je pense alors à mes idées noires – aussi noires que tout ce que j'ai lu sur le visage de Kara. Et s'il me manquait quelque chose, à moi aussi – si ce n'est que personne ne l'aurait encore remarqué. Les dix pour cent font peut-être réellement une différence. Mes articulations sont douloureuses et je me sens soudain très faible, comme si chacune de mes biopuces capitulait à cette idée.

« Que veut dire "aller trop loin", Jenna ? Où est la limite entre un miracle et un monstre ? »

Jenna se rassoit et serre un coussin contre sa poitrine.

« Je ne sais pas, Locke. On pourrait croire qu'après toutes ces années tout devrait être noir ou blanc, mais pour moi, ce n'est pas le cas. Le monde change sans arrêt, et ce que j'en pense également. » Elle pose le coussin à côté d'elle et se penche en avant. « Tout ce que je sais, c'est que personne ne veut mourir. Tant que les gens pourront imaginer de nouveaux moyens d'esquiver la mort, ils le feront.

– Avec plus ou moins de succès.

– Oui, mais si on va par là, les gens normaux aussi assument leur humanité avec plus ou moins de succès. »

Je contemple mes chaussures en pensant à Gatsbro. Lui a raté tous ses examens d'humanité. Je lui préfère mille fois Dot. Je relève les yeux vers

Jenna. Elle n'a peut-être pas de réponses, mais au moins je sais maintenant que je ne suis pas le seul à m'interroger.

« Alors, et Kara ? dis-je. Qu'est-ce qu'on fait ?

– Kara. »

Elle fixe du regard un point vague entre nous. J'ai l'impression d'assister à sa version d'une absence, comme si elle retraversait toutes les années que Kara et elle ont partagées. Elle se renverse en arrière dans le canapé, menue et fragile d'apparence, et pourtant je sais qu'elle est bien davantage que la jeune fille timide d'autrefois. Elle est quelqu'un qui a construit des planques souterraines, modifié des lois et sauvé des inconnus.

« Pour l'instant, nous allons supposer qu'elle a passé sa colère. Et que c'est toi le responsable de la casse qu'il y a eu. »

Son visage exprime toujours de l'inquiétude, mais la loyauté a gagné. Nous n'avons eu qu'un an et demi tous ensemble, mais cette année et demie a été le début de ce que nous sommes aujourd'hui.

« Je vais la surveiller de près, dis-je. Promis. Elle a peut-être juste besoin de plus de temps.

– Mais nous n'en avons peut-être pas beaucoup.

– Tu as du nouveau ?

– C'est pour ça que j'ai voulu venir tout droit ici après le bazar. Pour que Kara aussi sache où aller. Le Réseau a repéré Gatsbro à Los Angeles ce matin. »

Les coudes sur les genoux, j'enfonce mes doigts dans mes cheveux.

« Alors il n'est pas au Mexique. »

Je sais que je devrais être inquiet, et je le suis peut-être en partie, mais j'ai presque envie de le revoir. Je voudrais lui broyer le crâne comme j'aurais dû le faire dès le début. Je veux le faire payer pour tout : pour avoir fait semblant de se soucier de nous alors que nous n'étions que de la marchandise à ses yeux ; pour m'avoir brisé les côtes et pour avoir frappé Kara ; le faire payer pour m'avoir appelé *fils*. Je ne suis pas son fils.

« Je ne sais pas s'il est en route pour ici ou s'il fouille les rues de L.A., ni même s'il est en transit pour Manchester. Ce qui est sûr, c'est qu'il n'est pas au Mexique. J'ai des guetteurs postés à la gare de San Diego. S'il montre le bout de son nez, ils me contacteront immédiatement. Ça nous laissera le temps de te cacher ici. »

Je ne me cacherai plus de lui. Plus jamais, je ne me cacherai de lui. Je n'ai peut-être pas vécu sur plusieurs générations comme Jenna, mais j'ai l'impression d'avoir vécu une existence entière au cours de l'année passée, plus une autre, la semaine dernière. Ma réalité a été remise en question tant de fois que j'ai perdu le compte. À partir de maintenant, c'est moi qui en fixerai les règles, mais je ne le lui dis rien de tout cela. Je lui ai déjà donné suffisamment de sujets d'inquiétude. Au contraire, je lui fais un grand sourire.

« Tu ne t'attends quand même pas à ce que Kara reste dans ce trou à rats, hein ? »

L'espace d'un instant, son appréhension laisse la place à un peu de gaieté. Ce n'est pas grand-chose, mais c'est un peu comme si je lui avais fait un cadeau. Je plonge mes yeux dans ses pupilles. Son père a reproduit ses iris exactement tels qu'ils étaient dans mon souvenir – sans rien ajouter ni rien retirer –, ce sont toujours les mêmes flaques de bleu étincelant. Pas étonnant qu'il ait donné cette teinte au Bio Gel. Je ne penserai plus jamais que mon Bio Perfect a la couleur d'une grenouille exotique, mais plutôt celle des yeux de Jenna, et cela change tout. Je me sens plus fort, comme si le bleu était la couleur la plus naturelle qui soit pour garnir l'intérieur d'un être humain.

Chapitre 72

Lorsque nous regagnons la maison, Allys nous informe que Kara a fait exactement ce qu'elle nous a dit : elle est allée se reposer dans sa chambre. J'entrouvre sa porte pour m'en assurer et la découvre couchée, immobile comme les pierres, le visage serein, la poitrine se soulevant doucement. Elle dort du sommeil des anges, comme disait ma mère.

Ayant promis de la garder à l'œil, j'hésite à m'éloigner, mais Jenna est d'avis que nous ne risquons rien tant qu'elle est endormie, si bien que je lui propose de l'aider au jardin. Elle avait raison, l'autre jour, quand elle m'a fait creuser la tranchée. L'effort physique aide vraiment à se nettoyer la tête – au moins sur de courtes périodes, et c'est déjà mieux que rien.

Je m'occupe tout l'après-midi à soulever de grosses pierres afin d'élever un muret de soutènement pour un jardin d'herbes aromatiques, et à planter des piquets et tendre du grillage autour du potager pour le protéger des cyber-abeilles. Jenna et Allys ont une préférence pour les vraies abeilles qui piquent, et je crois que moi aussi.

En fin d'après-midi, j'aperçois Kara dans la véranda. Elle porte les vêtements qu'elle s'est achetés au bazar. Je suis sur le point de remettre ma chemise et de retourner vers la maison lorsque Jenna me fait signe que ce n'est pas nécessaire. Je garde donc un œil sur elle tout en travaillant et la vois aider Allys à rapporter des courses du camion et à balayer les fleurs tombées du jacaranda. Elle retire ensuite quelques toiles d'araignées çà et là. Jenna m'apporte bientôt une bouteille d'eau fraîche et m'informe que Kara semble calmée, qu'elle fait tout son possible pour se rendre utile. Elle en parle avec beaucoup d'espoir, et son optimisme me gagne. Lorsqu'elle s'en va, je m'attaque au dernier rang de pierres. J'ai mal au dos à force de trimballer des roches de vingt kilos, mais je me sens aussi purifié, d'une certaine façon. Je n'aurais jamais pensé dire cela d'un travail aussi salissant, et je regrette de n'avoir pas aidé mon père et mes oncles à rénover notre maison de Francis Street. La sueur me coule sur le torse. Je recule de quelques pas pour admirer mon œuvre. Un mur droit et solide. Mon père aurait approuvé.

Peut-être tout va-t-il s'arranger comme Jenna l'a dit, si nous laissons passer un peu de temps. Je soulève encore une pierre.

Enfin j'ai su, j'ai vu et j'ai ouï...

Je laisse brusquement tomber ma charge et fais volte-face. Kara est à quelques pas de moi. Elle observe mon torse nu et hausse les sourcils.

« Je ne t'ai pas entendue arriver. »

Elle garde le silence. Son regard glisse lentement le long de mon corps.

Bientôt, Locke. Bientôt.

Bientôt ? Qu'est-ce que ça veut dire ? Je fais un pas vers elle. « Kara, qu'est-ce que tu...

– Je venais juste te prévenir que le dîner va être prêt. Jenna dit que tu devrais rentrer prendre une douche. Bientôt. »

Elle me sourit et s'éloigne.

Bientôt. J'achève la dernière rangée de pierres en me demandant si je n'ai pas l'esprit encombré de mots qui y flottent sans raison je perçois peut-être des choses qui ne sont même pas là. Bio Perfect... tu parles !

Le reste de la soirée se déroule dans le calme. Kara aide à mettre la table, puis propose gaiement de faire la vaisselle avec Miesha. Je les entends même rire ensemble une fois. Ensuite, elle dispute une partie de morpion par terre avec Kayla. Jenna et moi ne la quittons pas des yeux et nous percevons toutes les deux que l'atmosphère s'est détendue dans la pièce, comme si un filet qui nous enserrait se dénouait enfin.

Bientôt. Mais quand je me glisse dans mon lit et éteins la lumière, ce mot rôde encore dans ma tête.

Souviens-toi de ça, Locke. Quelqu'un doit payer. Nous méritions davantage que ce que nous avons eu.

Encore d'autres phrases qui hantent mes rêves.

Chapitre 73

« Locke ! »

Quelque chose tambourine sur ma poitrine. Une explosion de bruit et de lumière me fait ouvrir les yeux, et mes couvertures sont arrachées de mon lit. Je me redresse, les poings devant moi, prêt à me défendre. Jenna est là, et elle semble paniquée. Elle hurle. Je la saisis par les bras.

« Quoi ?

– Kayla ! Elle a disparu ! »

Je me rue dans le couloir tout en m'efforçant d'enfiler mon pantalon, courant de chambre en chambre. Tout le monde crie, Allys, Miesha, même Dot, en cherchant la petite partout. Je sais, avant même d'en avoir la confirmation, que Kara n'est pas là non plus.

Jenna se précipite dans la véranda. Je la suis de près. Elle appelle Kayla trois fois. Les silences qui lui répondent sont comme autant de coups de tonnerre. Enfin, elle hurle le nom de Kara. *Concentre-toi, Locke. Réfléchis. Où a-t-elle pu aller ?* Jenna et moi dévalons les marches, et là, nous apercevons quelque chose. Sur la balancelle, au bout de la galerie : l'ours rose de Kayla et, entre ses pattes, une petite enveloppe blanche. Jenna l'ouvre en sanglotant. Ses mains tremblent tellement que je dois lui prendre la lettre pour que nous puissions la lire.

Parties pour un pique-nique matinal.
Vous êtes invités à nous rejoindre,
du moins, si vous nous trouvez.
J'espère que vous ne mettrez pas 260 ans.

Jenna se plie en deux, agrippe son ventre et pousse un gémissement étranglé. Je n'ai jamais rien entendu de plus poignant, et mes genoux faiblissent. Mais presque au même instant, elle devient un feu follet parcourant la maison de long en large, moi sur ses talons. Elle attrape les clés du camion pendues à un crochet dans le couloir, tout en criant des ordres à Allys.

« Trouve Bone ! Dis-lui de fouiller le terrain avec les autres ! Et le père André ! Qu'il fasse le guet à la gare ! Miesha, va jeter un œil dans la serre ! Dot, surveille la route ! Je les ai vues toutes les deux il y a une heure, elles ne peuvent pas être bien loin ! »

Je lui saisis le poignet.

« Où vas-tu ? »

Elle se dégage pour rejoindre la porte de derrière, toujours pieds nus dans sa fine chemise de nuit blanche.

« Dans le parc ! La prairie ! Je ne sais pas ! N'importe quel endroit où on peut faire un pique-nique !

– Ça fait au moins cent possibilités ! »

Elle sort et nous sommes presque au camion lorsque nous remarquons la voiture noire garée à côté et l'individu qui se tient à quelques mètres. Celui-ci nous vise de son taser.

« Et nous n'avons même pas eu besoin de sonner », dit Gatsbro.

Nous nous figeons, Jenna et moi, et percevons les pas de Miesha et d'Allys qui arrivent derrière nous, ainsi que leurs exclamations étouffées.

Gatsbro me regarde fixement. Enregistre toute ma hauteur. Mon visage, mes bras, jusqu'à mes pieds. Je sais ce qu'il cherche. Des dégâts. Comment sa marchandise a-t-elle tenu ? Quelles réparations devra-t-il effectuer avant de me faire de nouveau défiler pour son bénéfice ? Puis il sourit, satisfait, et la haine se met à bouillir en moi. Seules Jenna et ma peur pour Kayla m'empêchent de me ruer sur lui.

Jenna fait alors un pas vers le camion et Gatsbro brandit son arme pour montrer qu'il ne plaisante pas. Je me rapproche légèrement, et là ce sont ses hommes de main qui deviennent menaçants. Hari est parmi eux. Je m'immobilise.

« Laissez-la, Gatsbro. Elle n'a rien à voir là-dedans.

– Au contraire, elle a tout à voir à présent, et c'est grâce à toi. Même si, étant donné ses activités illicites, je suis sûr que nous devrions pouvoir nous arranger. Entrons tous dans la maison et…

– Vous pouvez tirer si vous le souhaitez, gronde Jenna, mais moi je m'en vais. Maintenant. »

Sur ce, elle se dirige vers le camion, mais je la retiens. Elle ne sera d'aucune aide à Kayla si elle est assommée par un taser, et je sais que Gatsbro n'hésiterait pas.

« Bien joué, mon garçon. Ton Bio Perfect est clairement supérieur à son Bio Gel pour ce qui est d'évaluer les situations dangereuses. Tu peux me dire merci », fait-il remarquer d'un air supérieur.

« Est-ce qu'un taser peut me neutraliser ? » dis-je dans un souffle à l'oreille de Jenna.

« Toi plus trois éléphants.

– Pas de messes basses ! » intervient Gatsbro. Il fait un geste avec son arme. « Dans la maison. »

Ses gorilles se déploient comme s'ils tendaient un filet.

Je feins de persuader Jenna de rentrer, tout en surveillant en réalité Dot qui arrive dans l'allée derrière eux, coiffée de son grand sombrero – elle a dû sortir par la porte de devant. Elle attend d'avoir croisé mon regard, puis hoche la tête. Retirant son chapeau, elle s'exclame : « OK, la fête est finie ! »

Gatsbro et ses sbires sursautent et pivotent en direction de sa voix. Je crie à Jenna : « Vas-y ! » tout en sautant sur le docteur. Celui-ci donne un coup de taser au hasard et j'entends quelque chose voler en éclats, mais je suis déjà en train de le bourrer de coups, et l'arme finit par lui tomber de la main. Je sens des doigts sur mes épaules, des poings dans mes côtes, dans ma mâchoire – c'est la mêlée générale. Je ne me bats pas seulement avec Gatsbro, mais aussi avec ses seconds couteaux. Je ne ressens pourtant aucune douleur. Je suis devenu exactement ce que redoutait Hari, rien ne peut plus m'arrêter. Rien ne peut plus protéger Gatsbro de ma fureur. J'entends le camion démarrer. Miesha pousse un hurlement, mais je n'aperçois que l'éclair des yeux de Gatsbro, et la peur que j'y vois me galvanise.

Les gorilles ont reculé pour je ne sais quelle raison : il n'y a plus que Gatsbro et moi. Je suis sur lui, les mains sur sa gorge. C'est comme si je m'étais entraîné dans l'attente de cet instant depuis deux cent soixante ans. Les yeux lui sortent de la tête et j'ai conscience que je pourrais l'achever d'un geste sec, mais je ne veux pas qu'il s'en tire si facilement. Je maintiens une pression constante. Il suffoque, je savoure sa terreur. Ses ongles me griffent les bras, mais ils sont insignifiants face à ma puissance.

« Alors, on ne fait plus le malin, hein ? »

Il ne répond pas.

« *Hein ?* » Je serre son cou plus fort.

Il s'étrangle, hoquette et me fait signe que non.

« Arrête ! » me crie Miesha.

Je relève la tête. Elle vise les gorilles avec le taser de Gatsbro : c'est elle qui les tient désormais à distance.

« Ne fais pas ça, Locke ! Il n'en vaut pas la peine ! »

Gatsbro me supplie maintenant du regard. Ses lèvres sont entrouvertes et sa langue est épaisse dans sa bouche. De la bave coule aux commissures de ses lèvres et se mêle au sang qui goutte de son nez. Mais ce sont ses cheveux, ébouriffés en tous sens alors qu'il est d'habitude si bien coiffé, et son costume déchiré et poussiéreux, qui me font arrêter. Ce n'est pas un grand savant, ni un sauveur : rien d'autre qu'un tout petit bonhomme avec de tout petits objectifs. Le rideau est tombé et, avec lui, le pouvoir qu'il avait sur moi. Il me serait facile de lui briser la nuque. J'ai la force de le faire.

Il m'implore du regard, les yeux rendus vitreux par la terreur.

Mes doigts se referment sur sa gorge. Quelques secondes deviennent des décennies d'attente. *Que veut dire « aller trop loin »*... Je le lâche.

« Sortez de ma vie. Et n'y remettez jamais les pieds. La prochaine fois, je vous tue. »

Il acquiesce fébrilement, tout en cherchant de l'air. Je retire mes genoux de sa poitrine et me relève. Il roule sur le côté en toussant et en crachant.

Je regarde Miesha. Pense à Kayla. Gatsbro n'existe déjà plus pour moi.

« Il faut que j'y aille. »

Je me mets à courir sans me retourner.

« Vite ! me crie-t-elle. Retrouve-la ! Je me charge de ceux-là ! »

Jenna a pris par la route. Je prends par la forêt. Kara est maligne. Sans doute la plus maligne de nous tous. Elle veut qu'on la retrouve, mais elle veut faire souffrir. Où a-t-elle pu aller dans ce but ? Je trébuche sur les cailloux, longe la rivière en tous sens, tends l'oreille pour guetter sa voix, le moindre craquement de brindille, cherche des yeux, entre les arbres, le moindre éclat de chair. Kara a passé des journées entières ici, à nous épier. Je l'ai entendue avant même de savoir qu'elle était là. Elle me surveillait. Sur la place. Dans la forêt. Mais aussi...

Je repars en courant. Je sais exactement où elle est. C'est l'endroit le plus parfait, le plus dangereux pour un pique-nique. J'ai senti que j'étais observé ce jour-là. C'était elle.

Le sentier forestier me paraît plus long que la première fois. *Vite, Locke.* Je force mes jambes à accélérer, bondissant par-dessus les troncs, les roches, le long des méandres du cours d'eau. J'aperçois enfin de la lumière, là où s'achève la forêt, et je déboule à découvert. Je regarde aussitôt au loin, au-delà du champ labouré, au-delà de la longue pente, jusqu'au sommet du coteau. L'araignée s'y trouve toujours mais elle est à présent dressée sur ses pattes, et là, presque invisible dans son ombre, une couverture bleue est étalée sur l'herbe et une silhouette est assise dessus. Kara. Mon estomac se serre comme un poing. Kayla n'est pas visible. Kara est si proche du précipice que je ne suis pas sûr de devoir bouger, mais il vaut mieux que j'arrive le premier, plutôt que Jenna.

Je ne suis encore qu'à mi-côte lorsque Kara se lève. Elle me guettait. Elle ne me fait pas signe. Ne bouge pas. Elle reste simplement debout à attendre. Je n'ai parcouru que quelques mètres de plus lorsque je vois enfin apparaître le camion de Jenna, suivi d'un nuage de poussière, sur le chemin de terre en contrebas. Allys et elle n'ont pas mis longtemps à comprendre. J'accélère. Je connais mieux qu'elles cette nouvelle Kara. Il faut absolument que je…

Ne montre jamais ta faiblesse.

Ces mots me frappent de plein fouet. Je n'ai fait que ça. La montrer, sans cesse, ma faiblesse. À Kara. J'ai fait tant d'efforts pour la dissimuler à tous les autres… mais *elle* a toujours su. Kara,

Jenna et mes remords étaient mes faiblesses, et le savoir lui a toujours donné l'avantage sur moi.

Je cours jusqu'à n'être plus qu'à dix mètres d'elle, et c'est alors que je découvre Kayla, allongée sur la couverture, immobile, presque invisible dans les hautes herbes. Je ralentis. *Mon Dieu, Kara, qu'as-tu fait ?*

« Elle dort, Locke. On dirait un ange, tu ne trouves pas ? N'est-ce pas ainsi que l'appelle Jenna ? Mon ange ? »

Alors que je ne suis plus qu'à deux pas, Kara s'interpose entre Kayla et moi.

« Tu es bien assez près. »

Sa voix s'est faite menaçante. Je m'arrête.

Les petites mains de Kayla sont ouvertes, tournées vers le ciel, comme si la vie les avait quittées. Seuls ses longs cheveux noirs sont agités par le vent. Je regarde Kara comme si je la voyais pour la première fois.

« Qu'est-ce que tu as fait ?

– Je ne lui ai donné que la moitié de ce que Jenna m'a administré. Ça vous met K.-O. à une vitesse étonnante.

– Ce n'est qu'une enfant, Kara. »

Je fais un pas vers elle. Derrière moi, j'entends le camion attaquer la colline.

Il n'y a pas de vie dans les yeux de Kara.

« Et comment veux-tu que je m'y connaisse en enfants ? Jenna m'a volé ça. » Elle incline la tête, s'efforce de déchiffrer mon expression. « Elle m'a tout volé, d'ailleurs. Je n'ai plus rien. »

Pas de place pour l'erreur. Tout en moi se concentre pour lui donner ce que je veux qu'elle voie. Nous avons toujours eu une relation de maître à élève. À présent, c'est à moi de devenir le maître. Je n'ai pas le choix.

« Tu m'as, moi, Kara. Tu m'as encore.

– Vraiment ? » Elle plisse les paupières, soupçonneuse, étudie chacun de mes traits. Avance d'un pas. « Tu connais tous *ses* poèmes préférés, Locke. Et les miens, tu t'en souviens ? »

Oh, bon Dieu. Est-ce que je m'en souviens ? J'ai mal à la tête. Le désespoir qui poussait mes pieds à courir plus vite explose dans ma cervelle tandis que je fouille tous les souvenirs téléchargés en moi.

« Oui, Kara. Je n'ai rien oublié. »

Je me rapproche insensiblement, essayant de gagner du temps, de la regarder dans les yeux comme si l'univers entier s'y trouvait alors que je n'y vois qu'un champ de ruines, mort et dévasté. Nos moments passés sur le pont finissent cependant par me revenir à l'esprit, et avec eux, tous les vers qu'elle m'a jadis récités.

« Cummings. Tu adorais Cummings. Yeats. Whitman. »

Le souffle court, je m'efforce de lui cacher que je suis aux abois.

Elle sourit, comme amusée.

« Whitman », répète-t-elle d'un air satisfait. Puis, plus bas : « Alors tu te rappelles celui-ci ? *Quiconque a-t-il pensé jamais que l'on est fortuné de naître ? Je m'empresse d'apprendre à cet homme ou cette femme qu'il est tout aussi fortuné de mourir, et je le sais*[1]. »

---

1. Walt Whitman, extrait du « Chant de moi-même », dans le recueil *Feuilles d'herbe*, traduit par Gilles Mourier.

Je secoue la tête.

« Non, Kara. Ce n'est pas ce que…

– Nous n'avons jamais pu faire nos adieux à qui que ce soit, Locke. Je donne à Jenna bien plus que ce qu'elle nous a elle-même donné.

– C'est mal, Kara. Tu sais au fond de toi que c'est mal, ce que tu fais.

– Au fond de moi ? » Elle me fixe de ses pupilles qui palpitent comme si elles tentaient de s'adapter à la lumière. « Tu as vu ce qu'il y a au fond de moi, Locke ? Tout au fond, je n'ai que du Bio Perfect. Et un vestige d'humanité qui attend que justice soit faite. »

J'entends soudain claquer une portière. En me retournant, j'aperçois Jenna et Allys sautant du camion… et au loin, la voiture de Gatsbro qui gravit la colline à toute vitesse. Je prie pour que Miesha soit au volant, et pas lui. Je n'ai plus beaucoup de temps.

Kara se baisse et prend Kayla dans ses bras. Ses petites mains pendent le long de son corps, sans vie.

« Elle est magnifique, hein ? Pas étonnant que Jenna l'aime tant. »

Celle-ci arrive bientôt à mes côtés, découvre sa fille dans les bras de Kara, et les pieds de Kara au bord du précipice. Elle a la bouche ouverte, les lèvres tremblantes. Elle lève une main vers elles, mais à la vue de Kara qui se rapproche encore du vide, elle la baisse, poing serré.

« Pitié. Je t'en supplie. »

Kara sourit.

« Tu n'as pas idée du nombre de fois où j'ai prononcé exactement les mêmes mots, Jenna. Pendant toutes ces années, j'ai espéré que quelqu'un vienne me sauver. Que quelqu'un vienne me prendre par la main pour me faire sortir des ténèbres. Ma meilleure amie, peut-être ? »

Des larmes roulent sur les joues de Jenna.

« Kara. Tu étais ma meilleure amie, vraiment. J'ai tenté de te sauver, mais je n'ai pas pu. Je n'avais que dix-sept ans, mais je n'ai jamais oublié. Jamais. Quand j'ai eu Kayla… » Ses mots ne sont maintenant plus que des sanglots. « Kayla, murmure-t-elle. Son prénom. C'était pour toi, Kara. Toi, Lily et Locke. Des lettres de tous vos prénoms, afin que chaque fois que je la regarde… »

Elle suffoque.

Kara contemple Kayla dans ses bras. Ses yeux parcourent le petit corps, et elle chasse délicatement une mèche du visage de l'enfant. Elle incline la tête, puis la relève vers Jenna.

« Alors, j'ai fait le choix idéal, n'est-ce pas ? Si je voulais te détruire, elle était le meilleur moyen. »

Ses pupilles ne sont plus que des têtes d'épingle.

Je prends le risque de me rapprocher.

« Je t'en prie, Kara, viens avec moi. Rentrons à la maison. Nous avons encore une vie à vivre, lui dis-je à voix basse.

– Nous ne sommes pas des gens, Locke. Il n'y a pas de vie à vivre. Nous ne sommes que la mémoire d'une fille et d'un garçon qui ont vécu il y a bien des années. Des souvenirs abrités dans des simulacres de corps. Kara est morte. Elle est morte il y a longtemps. »

Elle prononce ces mots comme si elle s'était déjà détachée de Kara, comme si elle parlait de quelqu'un d'autre.

« Non, Kara. Nous avons réussi. Nous sommes en vie.

– Tout est de sa faute. C'est elle qui conduisait – l'ancienne Kara. Si quelque chose d'elle subsiste encore, il mérite de mourir aussi.

– Non. J'ai besoin de toi. J'ai encore…

– Kara, ma belle ! »

Je tourne brusquement la tête. Gatsbro est tout près, juste derrière l'araignée, la main tendue vers elle.

« Viens par ici. Éloigne-toi de cette falaise. Rentrons au domaine, où tu pourras être traitée comme tu le mérites. Comme une reine. Nous oublierons cette petite infidélité. » Il se touche le front. « Nous oublierons même ton fâcheux accès de colère. »

Je devrais être fou de rage, mais je vois Kara hausser les sourcils comme si la proposition l'intéressait. Elle s'écarte un peu du précipice. Pour la première fois depuis notre évasion, je suis content que Gatsbro soit là.

« C'est bien, Kara. Ceci n'est pas une vie pour toi. »

Elle se rapproche encore de nous, presque assez pour que je puisse les attraper, Kayla et elle. J'observe son sourire et ses yeux de glace. Les calculs, Kara jouant pour un public, Kara au timing impeccable. De nouveau, elle contemple l'enfant dans ses bras. *Quelqu'un doit payer.*

« Kayla », souffle-t-elle.

Elle lisse les cheveux de la petite, après quoi son regard revient se poser sur Jenna et moi.

« Kara vous aimait, dit-elle. Elle vous aimait tous les deux. »

Elle me tend l'enfant. Jenna étouffe un gémissement. J'avance d'un pas et Kara dépose le petit corps inerte dans mes bras. Puis je recule et Jenna me reprend immédiatement sa fille, en sanglotant, l'emportant à l'écart.

Pendant ce temps, Kara demeure comme en suspens, la main offerte, attendant que Gatsbro vienne l'attraper. Celui-ci me sourit, comme s'il avait gagné.

« Jette un coup d'œil derrière toi, mon garçon. Il ne faut jamais se fier au petit personnel. Je ne peux quand même pas laisser ma précieuse marchandise dans la nature, pour que les autres me la volent. »

Je me retourne : Hari me tient en respect avec le taser. Gatsbro sourit toujours à Kara, l'air très content de lui, et saisit enfin sa main tendue.

« Tu as toujours été la plus intelligente des deux.

– Oui, Doc, je l'étais », dit-elle, avant de serrer les doigts du docteur dans une poigne de fer. « Prêt pour un petit tour de manège ? »

D'un coup de pied en arrière rapide et gracieux, elle enfonce soudain le panneau de commande de l'araignée. L'engin se met en route d'un bond, détend une patte et emprisonne sa cheville. Mon horreur se reflète dans les yeux de Gatsbro, qui lutte pour se défaire de la poigne de Kara.

« Non ! »

C'est moi qui ai hurlé, mais déjà l'araignée se cabre et se met en marche. Mes doigts effleurent ceux de Kara juste avant qu'elle ne tombe dans le précipice, entraînant Gatsbro avec elle, et, titubant jusqu'au bord de la falaise, je la regarde tomber, hors d'atteinte. Pendant ces quelques fractions de seconde, je crois voir ses yeux, les yeux de la Kara que j'ai connue, s'éloignant de moi.

Pour toi, Locke… toujours… toujours là…

L'araignée se fracasse sur les rochers en contrebas, puis la mêlée de corps et de métal s'en va rouler dans la rivière. Le tout est avalé par les eaux noires et bouillonnantes comme si rien de tout cela n'avait jamais existé.

Kara. Ma main est toujours tendue vers elle. Quoi qu'elle soit devenue, quoi qu'il reste d'elle, je ne peux pas le laisser partir. *Concentre-toi, Locke. Concentre-toi. Tu peux revenir en arrière.* Mais non, je ne peux pas. Je ne le pouvais pas à l'époque. Je ne le peux pas maintenant. Je ne le pourrai jamais.

J'entends des voix derrière moi. Qui crient. Puis une main se pose dans mon dos.

« Locke, murmure Jenna. Éloigne-toi du bord. »

Elle est à genoux à côté de moi. Je m'écarte lentement du précipice. De la terre et des cailloux se détachent et dégringolent dans le vide.

Jenna se lève et prend ma main, me hisse à mon tour sur mes pieds et m'attire plus loin du danger. Je n'arrive à penser à rien. Je regarde mes doigts, engourdis comme s'ils n'étaient plus là. Inutiles. Ils n'ont pas pu la sauver.

« Au moins, j'ai encore l'un de vous à ramener. »

C'est Hari, qui me vise toujours avec le taser.

« Tu n'as même pas essayé de lui venir en aide, dis-je.

– Et pourquoi ? Je ne l'aimais pas plus que toi. Et je n'ai pas besoin de lui. J'ai déjà des acquéreurs pour toi. Allons-y. »

Allys rend Kayla à Jenna et s'avance vers Hari d'un air consterné.

« Si j'étais toi, je réfléchirais, abruti. Ce taser ne peut frapper qu'une personne à la fois, et met pas mal de temps à se recharger. Alors que… »

Elle porte les yeux au loin, quelque part derrière lui. Hari tourne la tête, tout en gardant l'arme braquée sur moi. Les deux autres gorilles qui l'accompagnent font de même. Une bande de Pirates terrestres est en train de gravir le coteau en file indienne. Ils sont au moins vingt. Leurs manteaux noirs qui claquent au vent leur donnent l'air de corbeaux menaçants. Des corbeaux animés par un but bien précis. Bone se trouve parmi eux.

« En ce qui les concerne, ils n'ont pas de tasers, dit Allys, mais de bons vieux fusils, à l'ancienne. Le genre qui peut te faire un trou de quinze centimètres dans le corps. Ou de vingt-cinq. Difficile à dire une fois que c'est fait, avec tout ce sang. »

Hari cherche du secours du côté de ses sbires, qui font des gestes d'impuissance.

« Et il faut que je te prévienne : ils visent terriblement mal. Parfois, ils arrachent des bras, des pieds et toutes sortes d'autres choses avant de mettre dans le mille. Mais ils ont de la suite dans les idées, ces diables d'hommes. »

Dans les pupilles de Hari, je vois apparaître un

mélange de frustration, de peur, et des symboles de dollars qui s'effacent peu à peu. L'homme retrousse les lèvres d'un air narquois, semblant se raccrocher au pouvoir dans un dernier effort.

« Partons », dit-il enfin.

Ils ne se font pas prier, grimpent en voiture et disparaissent. Trois des pirates épaulent alors et tirent, les manquant de peu. Erreur de jugement ou avertissement ? Cela n'a pas vraiment d'importance. Quoi qu'il en soit, le but est atteint : le véhicule accélère.

Allys conduit sur le chemin du retour. Jenna est entre nous, Kayla sur ses genoux. Aucun mot n'est prononcé. Kayla est sauvée. Kara n'est plus. C'est aussi simple que ça. En un instant, la réalité s'est de nouveau retournée. Se sentent-elles aussi engourdies que moi ? En ce moment, la vie me paraît plus dure à supporter qu'un siècle de ténèbres.

La seule chose qui me pousse à garder les yeux sur la route est le sort de Miesha. Que lui est-il arrivé ?

En pénétrant dans l'allée, nous la découvrons, inanimée, au pied des marches. Dot, quant à elle, demeure invisible.

Nous nous précipitons. Miesha respire mais est inconsciente.

« Elle a dû recevoir un coup de taser, dit Jenna. Portons-la à l'intérieur. »

Je commence à avoir l'habitude. D'abord moi. Ensuite, Kara. Et maintenant, Miesha. Je la prends dans mes bras et la porte jusqu'à son lit, en priant pour qu'elle ait la peau plus dure que trois éléphants. Allys et Jenna prennent ensuite le relais à son chevet et je ressors pour partir à la recherche de Dot. À la vue de son fauteuil renversé dans un laurier-rose, je me mets à courir. Je la découvre juste derrière, dans le potager, gisant au beau milieu d'un carré de laitues. Ses yeux ouverts contemplent aveuglément le ciel. Son torse est saccagé et sa peau se détache au niveau du cou. Je tombe à genoux à ses côtés.

Une odeur de circuits grillés flotte dans l'air. « Dot », dis-je tout bas, incapable de croire qu'elle nous a quittés, elle aussi.

« C'est vous, Client Locke ? »

Je m'assois sur mes talons.

« Dot ?

– Je ne vous vois pas. Je crains fort que. Que. Que. Une partie de mes circuits ait subi des dégâts. Dég. Dég.

– Ils sont un peu abîmés, dis-je avec douceur.

– C'est ce tir perdu du taser. Miesha m'a vue. Hors service. Ça l'a. Ça l'a distraite. C'est là qu'ils l'ont attrapée. Elle va bien ? »

Je mens : « Oui. Elle va bien. Mais que t'est-il arrivé ensuite pour que tu sois dans cet état ?

– Voiture. Ils ont fait un écart. Pour m'écraser. Ils. Je ne vous vois pas. Je crains que. Que. Que. Une partie de mes circuits ait subi des dégâts. Dég. Dég.

– Oui, je sais. Ils sont abîmés.

– Exact. Mais vous êtes libre ?

– Oui, Dot. Grâce à toi, je suis libre. Que puis-je...

– Mission accomplie. Votre réussite est. Est. Eeest. »

J'entends alors un petit « plop ! », et de la fumée

s'élève de l'ouverture dans son cou. Plus un mot, rien que le silence et son regard aveugle tourné vers le ciel. Son ciel bleu turquoise. Je me lève et la charge sur mon épaule. Des pièces détachées tombent à terre, mais je fais au mieux et la porte jusqu'à ma chambre où je la couche sur mon lit.

Chapitre 74

Les deux semaines suivantes se passent dans le brouillard. Nous enterrons Dot sous un arbre, non loin de la serre. Nous posons sur sa tombe une plaque à son nom, le nom qu'elle s'est choisi, accompagné du titre qu'elle méritait pleinement. Agent Dot Jefferson, Libératrice.

Miesha n'a toujours pas repris connaissance. Jenna dit que le taser était réglé pour tuer et non pour assommer, et qu'elle a de la chance d'être encore en vie. On ne sait ni quand ni si elle se réveillera. Kayla ne proteste pas lorsque je glisse une de ses peluches sous son bras, un petit éléphant bleu auquel il manque un œil. Je lui rends visite chaque jour avant de sortir travailler, puis de nouveau à mon retour.

J'ai achevé le mur de pierre pour le jardin d'herbes aromatiques, réparé la véranda affaissée, et je creuse d'autres tranchées. Je travaille du matin jusqu'à la nuit tombée. Aux côtés de Bone et des autres, je prépare également la terre pour les semis. Aucun d'eux ne parle. Moi non plus. Quand je viens enfin à bout des tranchées, je regrette qu'il n'y en ait pas plus à faire.

Les ampoules. La sueur. Tout me fait du bien. Mais parfois, cela n'est pas suffisant et mes pensées finissent par s'égarer. Miesha n'aurait peut-être pas été blessée si je ne l'avais pas laissée seule ; mais si je ne l'avais pas laissée, Kayla serait peut-être morte. Et si j'avais brisé la nuque de Gatsbro quand je le pouvais ? Si j'avais mieux aimé Kara ?

La vie peut prendre un million de directions différentes. Chaque fois que mon esprit fait mine de dériver vers l'une d'elles, je creuse deux fois plus vite, tape deux fois plus fort et soulève deux fois plus de roches.

Mais même ainsi, quand la sueur brûle mes égratignures aux mains et au visage, quand mon dos n'en peut plus de hisser des pierres, quand chaque parcelle de moi se sent humaine à hurler, je vois les yeux de Kara, de ce qui restait d'elle du moins, lâchant prise, voulant encore un peu contrôler son destin. Je la vois partir à la dérive parce que quelque chose en elle est déjà mort. La nuit, c'est une autre histoire. Malgré tout mon labeur, je ne parviens pas à dormir, si bien qu'une fois Kayla couchée, Jenna et moi allons souvent faire un tour. Et nous parlons.

« Je l'aimais, Jenna. Mais jamais comme elle en a eu besoin. Jamais avec tout ce que j'avais en moi. Ça n'a jamais été suffisant pour la ramener.

– Elle était partie, Locke. Je l'ai vu dès l'instant où je l'ai regardée dans les yeux, mais je ne voulais pas y croire non plus. Tu n'aurais rien pu y faire. Je ne sais ni quand ni comment c'est arrivé, mais elle n'était plus là.

– Elle a dit que nous étions morts. Que nous n'étions que des souvenirs abrités dans des simulacres de corps.

– C'était peut-être vrai pour elle, Locke, mais pas pour toi.

– Comment peux-tu le savoir ? Peut-être que le vrai Locke n'est plus non plus. Il m'est parfois venu des pensées aussi noires que les siennes.

– Nous avons tous des zones d'ombre en nous. Mais ce qui compte au final, ce sont les choix que nous faisons. » Elle pose sa main sur ma joue pour tourner ma tête vers la sienne. « La pitié que tu as montrée envers Gatsbro. Les risques que tu as pris pour Kayla. Ta gentillesse avec Dot. Tes yeux. Ton visage. C'est ainsi que je le sais. Le vrai toi est toujours là. Mon Bio Gel n'est peut-être pas du Bio Perfect, mais il a eu des années pour s'entraîner à déchiffrer les êtres. »

J'ai besoin de me raccrocher à cela. Peut-être avons-nous tous effectivement une zone d'ombre en nous, une zone où vivent les idées noires et nos rêves les plus sombres, mais cela ne définit pas pour autant ce que nous sommes.

Nous contournons l'étang, passons le pont, traversons le bois, suivant des chemins qui ne mènent nulle part, puis nous rentrons. Nous marchons dans le noir, à la lueur des étoiles. Nous parlons de nos vies, de nos familles, et des tours inattendus que tout cela peut prendre. Mais surtout, nous parlons de Kara. Nous parlons de tous les « avant ». Des choses idiotes que nous faisions. De ce qui était drôle. De toutes les fois où elle nous a fait rire. Parfois même, nous tombons dans les bras l'un de l'autre et pleurons de concert. Alors, j'imagine Kara avec nous. Roulant des yeux. Nous prenant par le bras. S'accrochant à nous.

Nous répétons certaines histoires deux fois, trois fois ou davantage, pour que ces souvenirs ne meurent pas. Nous les répétons afin qu'ils surpassent les événements de ces derniers jours avec elle, afin qu'ils soient ce que nous nous rappellerons quand nous penserons à Kara. Parfois enfin, nous nous asseyons au bord de l'eau, simplement pour écouter le silence. La lune joue sur sa surface et je peux alors nous apercevoir, de loin. Trois amis pointant le doigt vers les étoiles, trois amis assis dans le bureau du proviseur, trois amis laissant pendre leurs pieds d'un pont et récitant de la poésie. *Nous nous tenions par la main. Nous passions les bornes. Nous nous donnions du courage.* Trois amis à jamais, figés dans le temps.

Chapitre 75

Aujourd'hui, alors que je gravis les marches, épuisé, pour m'écrouler dans la balancelle, Jenna sort sur la véranda et me considère d'un air renfrogné.

« Je sens vraiment si mauvais ? dis-je.

– Tu ne peux pas continuer comme ça, Locke. Pourquoi est-ce que tu travailles comme un dingue ? Pour prouver au monde que tu es humain ? »

Je me redresse sur la banquette. Je n'y avais jamais pensé dans ces termes, mais c'est probablement vrai. Les paroles de Kara me hantent toujours. Je ne peux pas être qu'une accumulation de souvenirs dans un simulacre de corps. La technologie m'a rendu ma vie, et chacun de mes muscles douloureux, chacune de mes coupures, de mes égratignures apporte la preuve de mon humanité.

« Je suppose que c'est ça, en partie du moins. »

Elle se hisse sur la balustrade, face à moi.

« Et l'autre partie ? »

L'autre partie, je n'ai aucun mal à la comprendre. Depuis que Gatsbro n'est plus à mes trousses, et que Kara ne vient plus s'immiscer dans mes pensées, je respire la liberté – plus que jamais auparavant –, mais dans le même temps, au contact de Bone sans doute, je peux voir à quel point cette liberté est limitée.

« L'autre partie, c'est la colère, Jenna. Je me dis qu'il vaut mieux enfoncer une pioche dans le sol que lancer encore une chaise contre le mur.

– Eh bien, c'est sans doute déjà positif d'en avoir conscience, je suppose. » Elle hausse les épaules en attendant d'autres explications. « Mais cette colère... d'où vient-elle ?

– Quand je pense à ce que Kara et moi avons traversé, ou même Dot, Bone et les autres... je crois que je m'attendais à un avenir différent. Je pensais que...

– Que tout le monde serait traité avec équité ?

– Quelque chose comme ça.

– Le monde a changé, Locke. Il change en permanence. Beaucoup de choses se sont améliorées, mais aussitôt qu'un problème est résolu, un autre apparaît. Rappelle-toi, mon existence a été illégale pendant quatre-vingt-dix ans, et même après que les dix pour cent sont devenus licites, je n'étais toujours pas acceptée. On m'évitait, on me regardait comme une bête curieuse. Il a fallu des années de travail et de persévérance pour y remédier. Le changement ne se fait pas en un jour : il est façonné par ceux qui ne baissent pas les bras. »

Sauf quand on les élimine alors qu'ils essaient de le faire advenir.

« Tu as connu Karden Sanders ? »

Jenna sursaute.

« Qu'est-ce que tu sais à son sujet ?
– Miesha m'en a parlé. C'était son mari. »
Elle ne peut dissimuler sa surprise.
« Son *mari* ? » Elle descend de la balustrade et s'assoit dans la balancelle à côté de moi. « Miesha et Karden ? » Elle plisse le front, comme stupéfaite. « Oui, je l'ai connu, dit-elle enfin. Il a passé quelques semaines avec moi ici, sous la serre. Il se déplaçait sans cesse à l'époque. Quelques années plus tard, j'ai appris qu'il s'était marié, mais je n'ai jamais su quel était le nom de sa femme. J'étais sous le choc quand j'ai appris sa mort. C'est tragique, ce qui leur est arrivé, à sa fille et à lui. Je ne peux même pas imaginer ce qu'a ressenti Miesha. » Elle secoue la tête, incrédule, et marmonne presque pour elle-même. « La femme de Karden. Je n'en reviens pas. Pourquoi tu ne m'en as pas parlé plus tôt ?
– J'ignorais que tu le connaissais, et on ne peut pas dire qu'elle aime s'en vanter. C'est encore douloureux pour elle, après toutes ces années. Elle ne parle pas beaucoup d'elle-même. Avant que nous ne prenions la fuite, je ne connaissais même pas son nom de famille. Miesha… »
Derring.
Miesha Derring.
Ton frère s'est finalement marié, a eu une fille, et sa fille a épousé un type nommé Derring. J'ai réussi à suivre la trace de ses descendants jusqu'à la Division civile.
Le nom avait glissé sur moi la première fois.
J'ai fait des recherches, en quête d'une quelconque famille, quelqu'un avec qui j'aurais eu un lien de sang…

Moi. C'est moi qu'elle cherchait. Après quoi, dans le train, elle m'avait questionné à propos de mon frère. *Non, je ne l'aimais pas. Je ne voulais rien avoir à faire avec lui.*

À partir de là, elle s'était refermée comme une huître. Puis, lors de notre tête-à-tête près de l'étang, elle avait de nouveau essayé. *Il y a autre chose que j'ai besoin de te dire.*

« Locke ? »

Je me lève d'un bond.

« Je vais prendre une douche. Ensuite, je t'aiderai à préparer le dîner. »

Avant que Jenna puisse ajouter un mot, je m'éclipse, mais ne me dirige pas pour autant vers la salle de bains. Je me glisse avant cela dans la chambre de Miesha. Ses paupières sont fermées et l'éléphant en peluche que j'ai placé ce matin sous son bras est maintenant à terre. Je le ramasse et rapproche un tabouret de son lit.

« Tu as laissé tomber ça », dis-je.

Je soulève sa main et coince l'éléphant dessous.

Elle me cherchait. Elle a suivi la moindre piste. Je ne sais pas comment elle a fait, mais elle m'a retrouvé. Elle n'a pas baissé les bras et a pris tous les risques pour moi. Sa main laisse à nouveau échapper la peluche.

« Tu es bien plus forte que trois comme ça, Miesha. »

J'observe son visage, les petites pattes d'oie autour de ses yeux. Ma très, très lointaine nièce. Elle a tenté de me le dire. Je l'embrasse sur le front. Demain, peut-être, elle se réveillera.

« N'abandonne pas », lui dis-je tout bas, avant de refermer la porte derrière moi.

Après le dîner, j'aide Jenna à faire la vaisselle et lui révèle la vérité à propos de Miesha. Je sais qu'elle entend sûrement dans ma voix autant de frustration que de joie. Si mon existence avait été légale, Miesha aurait simplement pu quitter le domaine de Gatsbro en ma compagnie. J'aurais été libre de m'en aller. J'aurais été un citoyen à part entière, comme n'importe qui. Les chose étant ce qu'elles étaient, elle a au contraire été obligée de mentir, de planifier, de fuir. Je ne veux pas attendre le changement pendant quatre-vingt-dix ans. Je le veux tout de suite.

« Ta nièce ? » Jenna assimile lentement cette nouvelle information. « Miesha réserve bien des surprises, dis-moi. À présent, je sais pourquoi je l'ai aimée à la minute où je l'ai vue. Je suppose que ça fait de toi le plus vieil oncle du monde. »

Décidément, je détiens beaucoup trop de records peu enviables.

Elle lave la dernière assiette et me la tend.

« Le père André est passé aujourd'hui. Il te cherchait. »

Je frotte le fond d'une cocotte avec mon torchon.

« Moi ? Qu'est-ce qu'il me veut ? Me dégommer ? »

Elle me sourit à pleines dents.

« Juste une faveur. » Elle éteint ensuite la lumière au-dessus de l'évier. « Le Réseau voudrait te demander quelque chose. »

Une faveur. J'avais presque oublié. Je leur dois beaucoup. Je suspends la cocotte à un crochet au-dessus de la cuisinière et pose le torchon sur le plan de travail.

« Et qu'est-ce qui m'arrive si je dis non ? Ils viennent me fracasser les genoux ? »

Jenna soupire, une moitié du visage éclairée par la lueur venue du couloir.

« Les temps ont changé, Locke, mais une faveur est toujours une faveur. Tu choisis de l'accorder ou non. C'est ainsi que fonctionne le Réseau. Personne ne t'oblige à rien.

– Mais ?

– Mais rien. Un Hors-pacte a besoin d'aide à Boston. Le Réseau pense que tu as des aptitudes particulières qui pourraient régler le problème. »

Boston. Je m'appuie contre le plan de travail. Je me rappelle soudain ce que j'ai éprouvé quand j'ai interpellé le boulanger malhonnête et aidé le Hors-pacte. Un sentiment de pouvoir. C'est une drogue puissante. Et la justice aussi. Qui peuvent vous consumer si vous n'y prenez pas garde. C'est un chemin dangereux sur lequel s'engager.

« Tu y réfléchis ? »

Je repose les yeux sur elle. Je ne peux m'imaginer sans Jenna désormais. À marcher dans les bois. À parler. Pendant toutes ces années, je n'osais même pas rêver de la revoir.

« Je ne peux pas partir. »

Je m'approche d'elle. Cela fait des semaines que nous tournons autour du pot. Cela ne peut plus durer. Je pose mes mains sur ses épaules.

« Et toi, dans tout ça ? Ou plutôt, ce que je veux dire, c'est : et nous, Jenna ? »

J'incline la tête, mais juste avant que mes lèvres ne rencontrent les siennes, elle se détourne. J'attrape son menton pour la ramener vers moi.

« Jenna, tu sais ce que je ressens pour toi. »

Elle secoue doucement la tête.

« Locke, ce ne serait pas bien.

– Mais pourquoi...

– Ce n'est pas parce que nous sommes les mêmes à l'extérieur que l'intérieur n'a pas changé. Je ressemble peut-être toujours à la Jenna que tu as connue il y a si longtemps, mais je suis aujourd'hui à des générations de cette fille. J'ai deux cent soixante-dix-sept ans, maintenant.

– Et moi, quel âge crois-tu que j'ai ?

– Ce n'est pas la même chose. »

Elle commence à s'éloigner. Je pose une main sur le mur pour lui barrer le passage.

« C'est toi qui le dis. Tu n'as pas idée de ce que ç'a été, de rester deux cent soixante ans dans une boîte.

– Tu as raison. Je n'en ai aucune idée. Mais je sais que ce n'était pas vivre. C'était seulement exister. » Sa voix se fait de plus en plus douce. « Locke, tu as besoin de faire l'expérience du monde par toi-même. Tu mérites la chance de vivre ta propre existence. »

Son ton est de nouveau plus distant, comme si déjà elle me repoussait. Mon cœur se serre.

« Je ne suis plus le garçon de seize ans que tu connaissais, Jenna ! Les deux cent soixante ans qui se sont écoulés m'ont changé, moi aussi ! L'année passée m'a changé !

– Alors dis-moi, Locke. Qu'est-ce que tu es ? Un garçon ? Un homme ? Autre chose ? »

Je la regarde fixement. Elle pointe le menton, presque goguenarde, en attendant que je réponde. Ma main glisse le long du mur.

« Je ne sais pas.

– C'est justement ce que tu dois découvrir », murmure-t-elle alors.

Nous demeurons immobiles pendant que les secondes s'égrènent en silence.

« Je serai toujours là dans dix ou vingt ans si tu veux revenir, dit-elle. Mais je ne peux pas te priver de ça. Tu as déjà trop perdu. »

Les paroles restent coincées dans ma gorge. C'est maintenant que je suis en train de tout perdre.

« Le père André a besoin de connaître ta décision d'ici la fin de la semaine. Penses-y et fais-moi savoir ce qu'il en est. »

Sur ce, Jenna va se coucher.

Je fais de même, mais je ne dors pas de la nuit, les yeux rivés au plafond. Peu importe qu'il fasse noir dans ma chambre : je distingue la moindre bosse, la moindre irrégularité, la moindre fissure qui traverse le plâtre et disparaît dans le néant.

Elle est décidée à me laisser partir. Elle a pourtant presque insinué que c'était un sacrifice pour elle. *Je ne peux pas te priver de ça*. Voit-elle en moi quelque chose que je ne vois pas moi-même ? Se dit-elle que je ne peux pas passer ma vie à creuser des tranchées, à ériger des murs de pierre et à jeter des chaises contre les murs ? Elle a vécu cinq existences. Quant à moi, même pas une.

Tu mérites la chance de vivre ta propre existence.

Je ne peux pas imaginer une vie sans Jenna, mais je ne peux pas nier non plus que lorsqu'elle a parlé de Boston, quelque chose a bondi en moi. Mon chez-moi. Un endroit où un vestige de ma vie passé existe peut-être encore, ou alors, s'il n'y a plus rien, peut-être une bonne occasion de tourner la page. *Tu as besoin de faire l'expérience du monde par toi-même.* C'est ce que Kara, Jenna et moi avions tout juste commencé à faire avant l'accident. J'y avais à peine goûté, et cela grâce à Kara et Jenna. Elles m'avaient donné du courage. Comment pourrai-je y arriver désormais sans elles ?

Mes yeux vont et viennent sans relâche le long des fissures, comme si je suivais le tracé d'une carte. Toutes les routes me ramènent à Boston. Quelqu'un y a besoin d'aide. *Une faveur.* Le choix m'appartient. Mais il est ici question de bien davantage qu'une simple faveur. Il est question d'un but. Pas celui de mes parents, ni celui de Gatsbro, ni même celui de Kara. Un but qui a du sens pour moi, et c'est à moi et à moi seul de le choisir, ou pas. Il serait sans doute moins dangereux, peut-être même plus sage, de refuser d'être mêlé à tout ça, mais alors je pense à Bone, aux autres Hors-pacte, à Kara, aux robots comme Dot qui tentent de s'élever au-dessus de leur condition… Tous ont quelque chose en commun. Tous sont en quelque sorte des non-personnes, comme moi. *Le changement ne se fait pas en un jour. Il est façonné par ceux qui ne baissent pas les bras.*

Je roule sur le côté, face à la commode. Mon sac est posé dessus. Le changement ne se fera peut-être pas en un jour, mais je ne peux pas non plus attendre quatre-vingt-dix ans qu'il vienne à moi. Je repousse mes couvertures, me débats dans les draps qui se sont entortillés autour de mes jambes, et, juste avant l'aube, je m'endors enfin.

Chapitre 76

Miesha lisse ma chemise d'une main. De l'autre, elle s'appuie sur une canne. Elle est réveillée depuis quelques jours, mais elle est toujours faible et n'a pas de sensations dans la jambe droite.

« Voilà », dit-elle avant de me donner deux tapes dans le dos. « C'est fait. » Elle recule de quelques pas pour admirer le résultat. « Tu es sûr que tu veux te lancer là-dedans ? Tu n'as que dix-sept ans, Locke.

– Deux cent soixante-dix-sept tu veux dire ! J'ai beaucoup de choses à rattraper. »

Elle clopine jusqu'à sa chaise et s'assoit, fatiguée par l'effort.

Je décroche mon manteau de la patère, derrière la porte. Miesha me regarde attentivement l'enfiler.

« Il n'était pas beaucoup plus vieux que toi quand il a rejoint la Résistance.

– Je ne fais partie d'aucune Résistance, Miesha. Je dois une faveur et je vais aider une personne. C'est tout. »

Elle se mord la lèvre et hoche la tête.

« Je ne suis pas douée pour les adieux, Locke.

– Je pense qu'on est tous les deux un peu handicapés dans ce domaine. Viens, je t'aide à retourner dans ta chambre. C'est la moindre des choses pour un oncle. »

Elle me sourit et me laisse la prendre par le bras.

Quand je regagne enfin ma propre chambre, Allys est dans le couloir. Elle toque à la porte ouverte.

« Attention, j'entre, rat des villes.

– Ne va pas croire que je pourrais t'arrêter. »

Elle sourit.

« Malin, le citadin. » Elle vient s'asseoir sur mon lit. « Ton sac à main est prêt ?

– C'est un sac tout court.

– Bien sûr, je te taquine. J'ai quelque chose à te donner. » Elle me tend alors quelque chose de sphérique enveloppé dans une serviette en papier. « Une pêche au chocolat, dit-elle. C'est une expérience. Il ne faut pas que tu rates ça. Savoure. » Elle se lève et m'embrasse sur la joue. « Savoure-la jusqu'au bout. Tu m'entends ? »

Chapitre 77

En plus d'aider le Réseau, j'ai pas mal de choses à terminer. Entre autres, à Manchester, visiter quelques labos. Je ne voudrais pas me retrouver nez à nez avec une copie de moi-même dans deux cent soixante ans. Je ne veux pas non plus qu'une autre Kara soit obligée de poursuivre son existence dans une boîte. J'ai besoin d'être certain qu'il n'existe plus aucune sauvegarde de nos esprits. J'ai aussi à faire à Andover. Je n'avais jamais beaucoup pensé aux cimetières auparavant, mais ce sont peut-être les véritables lieux de la conclusion – et non un bureau où l'on jette votre passé dans une corbeille à papiers. Et puis, à Boston, avant de trouver la personne qui a besoin de mon aide, il me faut prendre quelques taxis afin de leur raconter des histoires d'Évasion et leur parler d'un robot nommé Dot Jefferson, un robot qui avait des rêves et des espoirs. Car si j'étais au départ un élément d'un héritage oublié et poussiéreux, tout comme Dot, aujourd'hui, j'ai des rêves et des espoirs, moi aussi. Je compte devenir davantage que ce que je suis.

Je voyage léger. Mes quelques possessions tiennent dans mon sac, sur mon dos, et j'ai un long chemin à parcourir.

Essaie de voir ça comme un voyage, Locke. Un voyage au long cours. Comment aurais-je pu savoir à l'époque à quel point celui-ci serait long ?

Jenna me conduit à la gare et m'accompagne jusqu'à l'entrée. Elle prend alors ma main et glisse quelque chose dans ma paume. Un morceau de verre, roulé par la mer.

« C'est le deuxième œil de la Liberté, me dit-elle. Lily disait qu'il était là, quelque part, et qu'en cherchant assez longtemps nous finirions par le découvrir. Je crois qu'elle aurait voulu que tu l'aies. »

Je referme mes doigts autour du tesson.

« Il ne me reste plus qu'à retrouver le premier, pas vrai ? »

Jenna sourit. Nous sommes incapables d'ajouter quoi que ce soit. Elle se hausse ensuite sur la pointe des pieds pour embrasser ma joue. Je tourne les talons et m'engage sur le quai au moment où le train arrive. Regarde derrière moi et lui fais signe. C'est la seule chose que je puisse faire pour ne pas courir à elle. Sa main se lève lentement puis son poing se serre, comme si elle non plus ne voulait pas dire au revoir. Mais je sais qu'elle a raison. J'ai encore tant de choses à apprendre, un monde dans lequel me faire une place, une existence à vivre.

Imagine-toi dans cinq ans. Où voudrais-tu être ? Garde ça en tête. Chaque jour. C'est comme ça que tu y arriveras. Peut-être dans cinq ans. Je tapote ma poche où est rangée ma nouvelle carte d'identité. Jenna, souriante, hoche la tête.

Concentre-toi sur ta destination.

C'est ce que je fais. Pour Dot. Pour Bone. Pour Kara. Pour Miesha. Pour quelqu'un que je ne connais pas encore. Peut-être même pour mon père. Et pour moi. Un garçon. Un homme. Quelque chose en tout cas. Je vais trouver.

L'appel d'air provoqué par le train fait flotter mon manteau. Je frotte le morceau de verre roulé entre mes doigts et le fourre dans ma poche, puis fais signe à Jenna pour la dernière fois, peut-être la toute dernière fois. Je pourrais presque voir Kara debout à côté d'elle, me retournant mon salut. *Nous nous tenions par la main. Nous passions les bornes. Nous nous donnions du courage.* Elles m'ont donné du courage.

Et je monte dans le train.

Remerciements

Un univers de remerciements à :

Jessica Pearson, Karen Beiswenger, Ben Beiswenger, Melissa Wyatt, Marlene Perez et Jill Rubalcaba pour leurs nombreuses lectures, leur formidable soutien et leur sagesse – vous êtes les meilleurs. Des remerciements supplémentaires à Jessica, qui a lu un chapitre après l'autre, et qui a émis l'idée d'un « troisième livre ». En dépit de ma réticence, elle a bel et bien amorcé la chose.

À toute l'incroyable équipe de Macmillan et Henry Holt. Je ne connais pas leur secret, mais leur énergie et leur enthousiasme ne faiblissent jamais. Je leur suis redevable à tous.

À la merveilleuse Ana Deboo, qui a travaillé en tant que correctrice sur plusieurs de mes livres. Je ne peux que lui dire « merci », mais aussi « je suis tellement désolée ».

À Rosemary Stimola, mon agente et amie, qui fait toujours les choses à fond, que ce soit en tant que première lectrice, conseillère avisée ou lorsqu'elle me tient tout simplement la main. Je suis sûre que sous sa peau coule du Bio gel.

À Kate Farrell, mon éditrice, qui est tout ce

qu'un auteur peut souhaiter – première et dernière lectrice, et tout ce qu'il y a entre les deux. Elle est toujours d'un grand soutien à chacune des étapes du processus créatif, et ce livre n'aurait vraiment pas pu être écrit sans elle. Elle est par ailleurs une co-conspiratrice des plus drôles. Je crois que j'ai gagné le jackpot.

À mes enfants, Karen, Ben, Jessica et Dan, qui sont les supporters de mes premiers jets, mon inspiration et ma joie. Ils me font avancer et c'est grâce à eux que les mots me viennent.

Et comme toujours, à mon mari, Dennis. Son amour et son soutien sont sans faille. Et puis il me fait rire.

Découvrez une autre magnifique quête d'amour et d'amitié, parue en **Pôle fiction** *:*

LE COMBAT D'HIVER
de Jean-Claude Mourlevat

Quatre adolescents, évadés de leur orphelinat prison, reprennent la lutte perdue par leurs parents quinze ans plus tôt. Leur combat, hymne grandiose au courage et à la liberté, semble désespéré. Et pourtant...

MARY E. PEARSON est né en 1955 et vit en Californie. Elle est l'auteur de cinq romans pour la jeunesse, et *Jenna Fox, pour toujours,* son premier livre publié en France, a reçu le prix Millepages en 2010.

Retrouvez Mary E. Pearson sur son site internet :
www.marypearson.com

Dans la collection

Pôle fiction

filles

Garçon ou fille, Terence Blacker
Ce que j'ai vu et pourquoi j'ai menti,
Judy Blundell
Quatre filles et un jean
Le deuxième été
Le troisième été
Le dernier été,
L'amour dure plus qu'une vie,
Toi et moi à jamais,
Ann Brashares
LBD
1. Une affaire de filles
2. En route, les filles !,
Grace Dent
Cher inconnu, Berlie Doherty
Qui es-tu Alaska ?, John Green
13 petites enveloppes bleues, Maureen Johnson
15 ans, Welcome to England !, Sue Limb
Trois mètres au-dessus du ciel, Federico Moccia
La vie blues, Han Nolan
Les confidences de Calypso
1. Romance royale
2. Trahison royale
3. Duel princier,
Tyne O'Connell

Le journal intime de Georgia Nicolson

1. Mon nez, mon chat, l'amour et moi

2. Le bonheur est au bout de l'élastique

3. Entre mes nungas-nungas mon cœur balance

4. À plus, Choupi-Trognon ..

5. Syndrome allumage taille cosmos

6. Escale au Pays-du-Nougat-en-Folie,

Louise Rennison

Code cool, Scott Westerfeld

fantastique

Interface, M. T. Anderson

Genesis, Bernard Beckett

Le Cas Jack Spark

Saison 1 Été mutant,

Saison 2 Automne traqué, Victor Dixen

Eon et le douzième dragon

Eona et le Collier des Dieux, Alison Goodman

Menteuse, Justine Larbalestier

Felicidad, Jean Molla

Le chagrin du Roi mort,

Le Combat d'hiver,

Jean-Claude Mourlevat

Le Chaos en marche

1 - La Voix du couteau

2 - Le Cercle et la Flèche

3 - La Guerre du Bruit,

Patrick Ness

Jenna Fox, pour toujours, Mary E. Pearson

La douane volante, François Place

La Forêt des Damnés

Rivage mortel, Carrie Ryan

Le papier de cet ouvrage est composé de fibres naturelles, renouvelables, recyclables et fabriquées à partir de bois provenant de forêts plantées et cultivées expressément pour la fabrication de la pâte à papier.

Maquette : Dominique Guillaumin
Photo de l'auteur © D.R.

ISBN : 978-2-07-064923-5
Loi n° 49-956 du 16 juillet 1949 sur les publications destinées à la jeunesse
Dépôt légal : octobre 2012.
N° d'édition : 245341 – N° d'impresssion : 176291.
Imprimé en France par Maury Imprimeur - 45330 Malesherbes